도서관의 야식

도서관의 야경

하라다 히카 지음

이소담 옮김

RHK
알에이치코리아

목 차

제1화

『시로밤바』의 카레

7

제2화

‘마마야’의 당근밥

77

제3화

『빨간 머리 앤』의
빵과 버터와 오이

143

제4화

다나베 세이코의
정어리찜과 비지찜

209

최종화

모리 요코의 통조림 요리

279

+ 일러두기 +

모든 주석은 옮긴이 주입니다.

제1화

『시로밤바』의 카레

자기소개라고 할 만큼 거창하진 않아도 도서관 앞에서 그에게 이름을 댔을 때, 히구치 오토하는 허탈함과 안도감을 느끼며 복잡한 기분에 휩싸였다.

　오토하에게 이름을 들은 사람들은 보통 이렇게 말한다.

　"히구치 오토하라고요? 히구치 이치요*에서 따온 이름인가요?"

● 일본 근대 소설가. 우리나라에는 『해질녘 보랏빛』, 『배반의 보랏빛』 등이 출간되었다.

『시로밤바』의 카레

책을 좋아하는 사람이라면 이렇게도 묻는다.

"히구치 이치요의 작품 중에서 제일 좋아하는 건요?"

그런데 그는 간단히 이렇게 말했다.

"처음 뵙겠습니다. 사사이 유즈루라고 합니다. 그럼 도서관을 안내하겠습니다."

그러더니 빙그르르 발길을 돌려 걸어갔다.

사사이 유즈루는 키가 175센티미터 정도에 말랐고, 생김새는 평범하지만 코의 형태가 아름다웠다. 오토하는 키가 160센티미터 조금 못 되어서 그의 어깨쯤에 간신히 닿았다. 사람에 따라서는 그를 미남이라고 평할지도 모르고, 너무 평범하게 생겼다고 할 지도 모를 얼굴이었다.

그래도 그는 겉모습이나 말투처럼 쌀쌀맞은 사람은 아닌지, 오토하가 바퀴 달린 캐리어를 끌고 오는 것을 보고 손을 내밀어 "들어드릴까요?"라고 물었다.

"아니에요. 이거 조금 망가져서…… 끌 때 요령이 필요해요. 바퀴 하나가 떨어지려 해서 그쪽을 쓰지 않아야 하니까……."

그때 그의 표정이 반짝 빛났다.

"빨간 머리 앤?"

"네?"

무심코 되묻자, 그가 민망한 듯이 미소를 짓더니 곧 표정을 굳혔다.

"아니요, 죄송합니다. 그럼 안으로 들어가서 접수처에 맡겨두면 되겠어요."

"네."

"도호쿠 쪽에서 바로 오셨나요?"

"네."

"피곤하시겠어요. 오늘은 전체적으로 설명하고 여기 직원들과 인사를 마치면 기숙사로 안내하겠습니다."

"아니에요, 괜찮아요. 일할 수 있어요."

사실 정오도 되기 전에 이삿짐 실은 트럭을 배웅하자마자 이 캐리어와 가방 하나를 들고, 곧장 전철을 타고서 도쿄까지 온 참이었다. 받은 메일에 구글 맵 링크가 있긴 했으나, 어림잡아 '도쿄 교외'라고 들었던 장소를 찾는 데에 생각 이상으로 시간이 걸렸다. 약속 시간인 저녁 7시에 늦지 않아서 다행이었다.

퇴직, 갑작스러운 제안, 이직, 이사……. 요 한 달간 많은 일이 겹쳐 몸도 마음도 잔뜩 지쳐있었다. 그래도 오늘은 새로운 직장에서 보내는 첫날이다. 그것도 평생 꿈꿨으나 한 번은 잃을 뻔했던 책을 다루는 일이다. 그래서 오토하는 일 열심인 사람으로 보이고 싶었다.

자동문을 지나 들어가자, 입구 벽이 희끄무레한 대리석으로 덮여있었는데 오토하의 시선 높이에 작은 액자가 파묻힌 것처럼 쏙 들어가 있었다.

"여긴 전부 진짜 대리석을 썼습니다."

사사이가 말했다.

"와, 대단하네요."

액자는 사방 7센티미터 정도로 작았다. 그 안에 엄지손톱만 한 작은 나비가 들어있었다. 본 적 없는 나비라 왠지 궁금해서 끌려들어 가는 것처럼 가까이 갔다.

"나비인가요?"

사사이를 돌아보며 물었다.

"……나방입니다."

으악, 하는 비명이 몸 안쪽에서부터 나왔다.

"왜 이런…… 이렇게 기분 나쁜 걸……."

자세히 보니 날개는 보랏빛 도는 남색으로 반짝거렸지만 몸체가 나비치고 약간 굵었다.

"액막이라고 합니다."

"네?"

"오너가 액막이를 위해 두었다고 들었어요."

사사이는 별로 흥미 없다는 태도로 말했다.

"이런 게 액막이가 되나요?"

"그럼요. 싫어하는 사람은 두 번 다시 접근하지 않으니까요."

"하긴 그렇겠어요."

"이곳에 정말로 관심이 있는 사람만 오게 됩니다. 장난이나 구경이 목적인 인간은 안 와도 된다는 뜻이라고 해요."

"그런 건가요?"

"게다가 나방은 밤에 사는 나비죠. 외국에서는 나방을 차별하지 않는다고 합니다. 밤의 나비, 낮의 나비라고 구별해 부르기만 한다고 해요."

"딱히 차별하는 건 아닌데요."

자신을 가리켜 차별주의자라고 한 것 같아서 조금 기분이 상했다. 사사이는 안색 하나 달라지지 않고 "그렇습니까?" 하고 대꾸했다.

"오너를 뵐 수 있나요?"

오토하는 이번 일에 제대로 감사 인사를 드려야겠다고 생각하며 물었다.

"못 만날 겁니다."

"네?"

오너가 나에게 이곳으로 오라고 직접 제안했는데도? 하고 생각했다.

"저도 오너와 만난 적은 없어요. 전화나 메일로 대화할 뿐입니다."

"하지만 사사이 씨는 여기 매니저잖아요?"

"네."

"그런데도요?"

"네. 아마도 도서관 직원 중 누구도 그분과 만난 적은 없을 겁니다."

"정말요?"

"1년 중 대부분을 해외에서 지내시니까요."

"그러시구나."

"오너에 관해서는 궁금해하지 않는 편이 좋을 겁니다."

왜 그러느냐고 묻기 전에 사사이가 앞장서서 척척 걸어갔다. 그 뒷모습이 '이것으로 질문은 끝'이라는 단호한 의지를 드러내는 것처럼 보였다. 오토하는 뒤처지지 않게 종종걸음으로 쫓아갔다.

대리석 입구 안쪽에 자동문이 또 있어서 거길 지나자, 오른쪽에 티켓 판매대, 왼쪽에 입장 게이트가 있었다. 티켓 카운터 안에 여성이 한 명 앉아있었고 벽에는 요금표가 붙어있었다.

입장료 1,000엔

월간 이용권 1만 엔

연간 이용권 5만 엔

사사이가 오토하를 여성에게 소개했다.

"이쪽은 히구치 오토하 씨입니다. 오늘부터 같이 일할 분이에요."

그녀가 일어나서 깍듯하게 인사했다. 고개를 숙이자 길고 까만 머리카락이 어깨에서 사르륵 흘러내렸다. 아름다운 사람이었다.

"앞으로 잘 부탁합니다."

오토하는 허둥거리며 상대와 비슷한 정도로 고개를 푹 숙였다.

"히구치 씨, 이쪽은 접수처 담당인 기타자토 마이 씨입니다."

기타자토라고 불린 여성은 한마디도 하지 않았다. 웃지도 않고 무표정이었는데, 사사이는 익숙한지 개의치 않고 "히구치 씨에게 방문자 출입증을 줄 수 있을까요?"라고 말했다. 기타자토는 고개를 살짝 끄덕이고 목에 걸 수 있는 카드형 출입증을 주었다. 오토하를 위해 미리 준비해 둔 것처럼 보였다.

"내일이면 직원 출입증도 준비해 둘 테니까요."

사사이가 자기의 직원 출입증을 보여주었다.

"이걸 여기에 대면 열립니다."

입장 게이트는 전철 개찰구를 조금 작고 간소하게 만든 것처럼 생겼는데, 카드를 대면 열리는 형식이었다.

오토하는 사사이처럼 카드를 대고 들어갔다.

"기타자토 씨는 저렇게 보여도 가라테 전국대회 우승자입니다."

"네? 저분이요?"

"그러니까 저기에서 이상한 일은 안 하는 게 좋아요."

"그런가요……."

"지금 평범한 도서관치고 출입이 엄격하다고 생각하셨죠?"

정답이라고 외치고 싶을 만큼 그런 생각을 했지만, 오토하는 고개를 도리도리 저었다.

"아니요, 전혀요."

"또 한 번 입장할 때 천 엔은 비싸다고 생각하셨죠?"

이것 역시 그 말대로였다. 오토하는 어쩔 수 없이 웃으며 고개를 끄덕였다.

"……조금은요."

"괜찮습니다. 다들 그렇게 말씀하시니까."

사사이가 도서관으로 들어가며 중얼중얼 말했다.

"예전에는 무료로 누구나 마음껏 들어올 수 있게 했습니다. 그랬더니 도난과 절도가 횡행하고, 누군지도 모를 놈들이 와서 왜 오래된 책만 전시해 놓냐느니 읽고 싶은 책이 한 권도 없다느니 트집을 잡아대는 탓에 오너가 결정한 부분입니다. 티켓 요금은 돈이 필요해서라기보다 이상한 놈들을 퇴치하기 위한 것이죠."

"아하."

"거듭 말씀드리지만 정말로 오고 싶은 사람만 오면 되는 곳입니다."

"그러네요."

"유료로 전환한 뒤로도 가끔 책을 훔치는 사람이 있었습니다. 그래서 허가를 받지 않고 여기에서 책을 가지고 나가려고 하면 도서관 내에 경보가 울리게 해두었어요."

『시로밤바』의 카레

"철저하네요."

"여기 있는 책은 전부 다른 곳에는 없는 귀중한 책입니다. 조심히 다뤄주세요."

"네. 그 점은 충분히 이해하고 있습니다."

자동 유리문을 또 하나 지나고서야 마침내 도서관에 들어섰다.

오토하는 숨을 헉 들이쉬며 위를 올려다보았다.

입구 근처는 2층까지 뚫린 아트리움 형태인데, 천장에 닿을 정도로 책장이 빽빽하게 설치되었고 책도 잔뜩 꽂혔다.

"대단하네요. 정말 예뻐요. 어쩜 이리도 아름답죠!"

천장까지 책이 가득 꽂힌 모습은 장관이었다. 도서관 외관은 심심할 정도로 깔끔한 회색 건물이었기 때문에 그 격차에도 놀랐다.

"제법 괜찮죠."

사사이는 흥분한 오토하와는 대조적으로 냉정했다.

"대단해요. 제가 평생 꿈꿨던 도서관이랑 비슷해요."

"그거 다행이군요."

그가 또 성큼성큼 안으로 들어갔다.

책장에 꽂힌 책들을 자세히 보고 싶었지만, 어쩔 수 없이 오토하도 다시 그를 쫓아갔다.

아트리움을 지나 넓은 방에 들어갔다. 입구에 접수처가 있고, 도서관 직원으로 보이는 남자와 여자가 앉아 있었다. 두 사람 다 사복에 똑같은 까만색 앞치마를 입었다. 사사이와 오토하를 보고 그들이 일어났다. 여성은 오토하와 키가 비슷했고 남성은 180센티미터쯤 되는 큰 키에 몸집이 단단해 보였다.

"오늘부터 같이 일할 히구치 오토하 씨입니다."

"도카이 나오토입니다."

"에노키다 미나미라고 합니다."

두 사람은 사사이나 기타자토 마이와 다르게 웃는 표정이었다. 오토하는 그제야 안도했다. 도서관 직원이 전부 쌀쌀맞은 미인들이면 어쩌나 걱정이던 참이었다. 두 사람 모두 오토하보다 조금 연상이긴 하지만 비슷한 나이인 것도 기뻤다.

"히구치 오토하 씨라니, 히구치 이치요와 비슷한 이름이네요. 한자가 하나만 달라요.* 혹시 관계가 있나요?"

미나미가 생글생글 웃으며 물었다. 몇 번이나 들어서 약간 지겨운 질문인데, 지금은 오히려 마음이 놓였다.

---

* 한자로 히구치 오토하는 樋口乙葉, 히구치 이치요는 樋口一葉이다.

『시로밤바』의 카레

"아, 엄마가 히구치 이치요를 좋아하세요. 결혼해서 성이 히구치가 되자마자 딸을 낳으면 '잎 엽葉' 자를 넣어서 이름을 지으려고 생각했대요."

"그렇군요. 히구치 이치요의 작품을 많이 읽었어요?"

"네, 어느 정도는요. 좋아하는 작품은 『십삼야』예요."

"아, 그거 짧은데 애절해서 좋죠. 『십삼야』에 나오는 여성은……."

사사이는 두 사람의 대화를 완전히 무시하고 "히구치 씨에게는 우선 장서 정리를 부탁하기로 했습니다."라고 말했다.

"알겠습니다."

도카이가 고개를 끄덕였다.

"고생이겠지만 힘내요."

"나중에 도우러 갈게요."

두 사람 다 동정 어린 기색이었다. 도카이의 미소는 어딘지 쓸쓸했고, 미나미는 눈썹이 살짝 내려갔다.

"그렇게 어려운 일인가요?"

오토하는 걱정되어 물어보았다.

두 사람이 얼굴을 마주 보았다. 그 모습을 보고 알았는데, 두 사람은 왠지 쌍둥이처럼 닮았다. 얼굴이라기보다 행동이나 표정을 쓰는 방식, 풍기는 분위기가 비슷해 보였다.

"어렵지는 않은데 단순 작업이라 질리거든요."

"저는 그렇게 싫진 않아요. 신입이라면 모두 알아둬야 하는 일이고요."

미안해요, 그래도 도울 테니까요, 라고 둘 다 입을 모아 말했다. 말은 그렇게 하면서도 두 사람이 어딘지 즐거워 보여서 조금은 긴장이 풀렸다.

"이따 야식 먹으러 같이 가요. 아마 오늘 밤은 시로밤바일 거야."

시로밤바? 뭐지? 의아해하는데 사사이가 또 성큼성큼 걸어가 버려서 뒤를 쫓아갔다. 두 사람을 돌아보자, 이쪽을 향해 생글생글 웃으며 나란히 오른손을 흔들고 있었다. 무심코 오토하도 손을 흔들었다.

"자, 이쪽입니다."

사사이가 소리도 내지 않고 척척 빠르게 걸었다.

다음 방도 그다음 방도 똑같이 벽면에 책장이 있었고, 어느 책장이나 책이 빽빽하게 채워져 있었다. 몇 개인가 비교적 넓은 방은 벽면뿐 아니라 방 중앙에도 책장이 있었다.

그런 방을 몇 개나 지나, 들어온 곳 이외에는 어디에도 출구가 없는 방에 도착했다. 그렇다면 이 방이 1층의 끝일 것이다.

그런데 사사이가 방 끝까지, 즉 책장 쪽을 향해 걸어가더니 그 앞에 멈춰 섰다.

"이 안입니다. 당신이 처음에 일할 곳은요."

"어, 하지만 더 갈 데가 없는데요."

"아니요, 이 안입니다."

의미를 이해하지 못했는데, 그가 손을 크게 흔들었다.

"열려라, 문!"

엇, 이 사람, 뭐 하는 거야? 어른스러운 얼굴이면서 어린애처럼……

놀라서 책장과 그의 얼굴을 번갈아 가며 바라보았다.

그런데 정말로, 책장이 덜컹덜컹 좌우로 열리더니 그 안에 방이 나타났다.

"말도 안 돼."

이런 건 외국 드라마에서 부잣집에 방공호로 설치된 것 이외에는 본 적 없다.

"……지금 저를 어른스럽지 않다고 생각하셨죠?"

이젠 부정할 기력도 없어서 오토하는 힘없이 고개를 끄덕였다.

"'열려라, 참깨'라고 말하지 않은 걸 칭찬해 주세요."

그가 처음으로 이를 살짝 드러내며 웃었다.

오토하는 도호쿠 지방의 터미널 역 빌딩에 입점한 서점에서 일했다.

책과 관련 있는 일을 하는 것이 오토하의 오랜 꿈이었다. 대학에서는 문학을 전공했고, 근현대문학 세미나에 들어가 다자이 오사무를 주제로 졸업 논문도 썼다. 국어 교원 자격증과 서예 교사 자격증도 땄다. 사실은 도서관 사서 자격증도 따고 싶었는데, 지방에서 혼자 도쿄에 와서 생활하는 사정상 거기까지는 손을 댈 수 없었다. 학자금 대출은 받지 않았으나, 부모님이 빠듯한 가계에서 학비를 보태주었기에 아르바이트로 생활비를 벌어야만 했다.

고향의 교원 채용 시험에 떨어진 뒤로 출판사, 에이전시 회사, 대형 서점…… 생각나는 대로 '책과 관련 있는 일'을 하려고 취업 활동을 했으나 전부 떨어졌다. 대학에서 소개해 준 제조사 채용에 합격했으나, 어떻게든 책 다루는 일을 하고 싶어서 아르바이트라도 좋다는 생각에 입사를 거절했다. 결국 고향으로 돌아와 계약사원으로 서점에 들어갔다.

『시로밤바』의 카레

"모처럼 도쿄에 있는 대학을 나왔으니까 한 번은 큰 회사에 들어가는 게 좋지 않겠니? 갓 졸업한 신입으로 회사에 들어갈 수 있는 기회는 딱 한 번뿐이야."

"그게 아르바이트랑 뭐가 다르냐."

불안해하는 부모님에게 "내가 좋아하는 일을 하고 싶어요. 앞으로도 당연히 취업 활동은 할 거고요!"라며 설득해서 시작한 일이었다.

서점 면접 때 "소설을 좋아해요!"라고 열렬히 주장한 덕분에 기쁘게도 문예 부문에 배속되었다.

역 빌딩에 입점한 서점에서 하는 일은 즐거웠으나 점점 몸도 마음도 피폐해졌다. 무급 야근은 당연했고, 월급도 너무 적었다. 게다가 40대 중반인 남성 점장과 잘 맞지 않았다. 본사에서 파견된 그는 첫인상으로 직원을 '밝은 사람'과 '어두운 사람'으로 판단해서, 자기가 직접 말을 거는 사람은 '밝은 사람'으로 한정하는 신기한 사고방식의 소유자였다. 오토하는 불행인지 다행인지 그와의 첫 만남에서 "히구치 씨는 밝게 웃는 얼굴이 좋네."라는 말과 함께 '밝은 사람'이 되었다. 다만 그건 그것대로 큰 스트레스였다. 점장은 뭘 하든 "밝은 히구치 씨는 할 수 있잖아."라며 손이 많이 가는 일이나 중요한 일을 맡겼다.

　어두운 사람으로 보이면 일을 못 하게 될 거야……, 그런 공포심에 오토하는 계속해서 밝게 행동했다.

　고객의 불합리한 클레임이 많이 들어왔는데, 점장은 그런 처리를 전부 오토하에게 떠맡겼다. 좋아하는 마음만으로 버티기 어려운 상황이 점점 늘었다.

　그러다가 매출 부진으로 문예 서가를 줄이게 되면서 본사와 충돌한 뒤로 서점에 다니기 불편해졌다. 본사에서 들어온 곤란한 요청을 점장에게 보고했더니 "히구치 씨, 어둡네. 히구치 씨답지 않아."라는 소리를 들었다. 그날부터 점장은 말을 걸지 않았다. 게다가 서점에서 벌어진 '어떤 사건'에 오토하도 휘말리게 된 이후, 일을 계속하기 어려워졌다.

　당연히 점장은 단 한 번도 감싸주지 않았다.

　오토하는 취직한 이후로 SNS에 익명의 서점 직원으로 글을 올리곤 했다. 처음에는 자기 일에 대해 희망 가득한 말들뿐이었는데, 정신을 차리고 보니, 무심코 불평이나 고민을 늘어놓는 글이 늘어있었다. 일을 그만둘지 말지 고민할 때, 한 통의 다이렉트 메시지를 받았다.

『시로밤바』의 카레

근계, 평소 귀하의 SNS 활동을 즐겨 보았습니다. 저는 '세븐 레인보우'라고 합니다. 히구치 씨의 글에서 언제나 책, 특히 소설에 품은 애정을 느꼈습니다. 현재 이직을 고려하신다고요. 진심으로 안타깝습니다. 만약 괜찮으시다면 책과 관련한 일을 소개해 드릴 수 있습니다만, 어떻습니까.

연락을 받았을 때, 기쁜 마음과 의심하는 마음이 뒤섞였다. 물론, 책과 관련한 일을 계속할 수 있다면 기쁘다. 그러나 수상하다. 너무도 수상쩍었다.

얼마 지나지 않아 다이렉트 메시지가 또 왔다.

저는 도쿄 교외에서 작은 도서관을 운영합니다. 도서관의 이름은 따로 없습니다. 굳이 이름을 붙인다면 '밤의 도서관'이라고 불러 주세요. 실제로 저녁 7시부터 자정까지 문을 엽니다. 근무 시간은 오후 4시부터 심야 1시까지. 휴식 시간이 한 시간 있습니다. 일반 도서관과 다르게 평범한 책은 놓아두지 않았습니다. 도서관에서 다루는 책은 전부 이미 세상을 떠난 작가의 장서뿐……. 작가가 작고한 뒤, 책을 기부받아 우리 도서관에서 전시하고 정리하는 일이 주요 업무입니다. 손님이 관람하는 책은 그런 장서들입니다. 기본적으로 대여는 하지 않습니다. 이름은 도서관이지만 실질적으로는 책 박물관일지도 모르겠군요.

월급은 많이 드리지 못합니다. 실수령액으로 월 15만 엔, 다만 도서관 뒤편에 낡은 연립주택이긴 하지만 기숙사가 있어서 무료로 지낼 수 있습니다. 광열비는 각자 부담이지만 와이파이는 무료로 사용할 수 있습니다. 또 에어컨과 가스레인지가 있고요. 필요하다면 방 배치도를 보내드릴 수 있습니다.

이쯤에서 오토하는 뺨을 꼬집고 싶었다.

월급은 괜찮다고 하기 어렵지만 조건은 나쁘지 않았다. 교외지만 다시 도쿄에서 살 수 있다는 것도 기뻤다.

무엇보다 작가의 장서를 다룬다는 점이 흥미로웠다.

관심 있으면 연락해 주십시오.

많이 고민한 끝에 오토하는 답을 보냈다. 그러자 금방 답이 왔는데, Zoom 접속 링크와 면접 일시가 적혀 있었다.

또 한 가지 놀란 점은, 면접이 음성만으로 이루어졌고 그 음성도 변조 프로그램을 쓴 것이었다. 그러니까 나이 있는 남성

유괴범 같은 목소리로 들렸다. 오토하는 오너라고 계속 주장하는 그 수상한 목소리와 대치해야 했다.

그래도 취직하기로 한 이유는 그 이상한 목소리 이면에 책을 대하는 오너의 애정이 분명하게 숨어있었기 때문이었다.

"책에 관한 이야기를 해주십시오."

"책에 관한……?"

"당신이 어려서부터 어떤 책을 읽었는지, 어떤 때 어떤 책과 만났는지, 지금은 어떤 책을 읽는지, 그런 이야기를 들려주세요."

"음, 어느 정도로 말하면 될까요? 처음부터 말하면 너무 길어질 텐데요."

"전부여도 상관없습니다. 처음부터 지금까지 전부요. 당신이 지금껏 읽은 책 전부를 말할 생각으로요."

처음에는 망설였다. 하지만 상대는 제법 좋은 청자였다. 목소리는 이상하고 웅얼거렸지만 오토하가 하는 말을 성실하게 듣고 열심히 맞장구를 쳤다.

이 사람은 틀림없이 박식한 사람이겠다……. 대화를 나누며 오토하는 깨달았다. 이렇게 말이 잘 통하고 즐거우면서 공부가 되는 사람과 대화한 적이 없었다. 오토하가 말하는 책을 거의 읽었고, 모르는 책이 화제에 오르면 "잠깐만 기다려 주세요. 저도 꼭 읽고 싶습니다."라며 메모했다. 모르는 것을 솔직히 모른다고 말하는 점에서 성실한 사람으로 보였다.

오토하는 이 사람이 점점 좋아졌다. 이 사람 곁에서 꼭 일하고 싶었다.

어느새 세 시간 넘게 대화했다.

"……합격입니다."

"네?"

"부디 우리 도서관에 와주세요. 히구치 씨가 괜찮으시다면."

그때 오토하는 처음으로 이 세상에 받아들여진 기분이었다.

오너가 '전에 다니던 서점을 어째서 그만뒀는지' 단 한 번도 물어보지 않은 점에도 마음이 놓였다.

책장 안쪽에는…… 동굴이 잠들어 있었다.

이런 생각이 들 정도로 벽을 새까맣게 칠한 살풍경한 방이었다.

벽 쪽에 상자가 높이 쌓였고, 디귿 형태로 놓인 책상이 세 개 있었다. 책상 위에는 데스크톱 컴퓨터가 하나씩 있었다. 그 앞에 연배 있는 여성 두 명이 서있었다.

『시로밤바』의 카레

두 사람 역시 까만 앞치마를 걸쳤다. 한 명은 자잘한 꽃무늬가 들어간 발목까지 오는 연지색 원피스 차림에 통통했고, 다른 한 명은 얼룩덜룩한 무늬의 셔츠와 바지 차림에 날씬한 체형이었다. 바닥에는 상자가 있는 곳을 제외하고 전부 수많은 책이 쌓여있어서 두 사람은 복사뼈까지 파묻혀 있는 것처럼 보였다.

"여긴……."

"아까 말한 장서 정리 부서입니다. 이 방은 장서 정리실이라고 해요."

"아하."

"저 두 분은 아코 씨와 마사코 씨입니다."

소개받은 두 사람이 곧바로 고개를 숙였다.

"아코입니다."

"마사코입니다."

원피스가 아코, 셔츠가 마사코였다.

"히구치 오토하입니다. 잘 부탁드립니다!"

오토하도 꾸벅 고개를 숙였다.

"어머나, 예의 바르네."

"그렇구나, 이 사람이야."

아코와 마사코가 동시에 말했다.

"우리 도서관에 입사한 사람은 모두 처음엔 여기에서 일을 배웁니다. 장서 정리는 말하자면 우리 도서관의 심장이자 두뇌이며…… 아무튼 가장 중요한 곳입니다. 이 도서관은 두 분의 어깨에 달렸다고 해도 과언이 아니에요."

사사이가 엄숙하게 말하자, 아코와 마사코가 얼굴을 마주 보더니 "우후후." 하고 웃었다.

"무슨 소리람."

"부끄럽게 말이야."

사사이는 두 사람에게 인사하고 "그럼 히구치 씨를 잘 부탁드립니다."라고 말하고서 방에서 나갔다. 갈 때는 "열려라, 문!"이라고 외치지 않았는데도 자연히 문이 열렸다.

어안이 벙벙해서 그 뒷모습을 보는데, "히구치 씨." 하고 아코의 느긋한 목소리가 들렸다.

"오늘 여기 도착했나요?"

"네."

"저런, 피곤하겠어요."

아니에요, 라고 대답하기 전에 "에이, 아직 젊은 사람이니까 기운 넘치겠지. 우리랑 똑같이 생각하면 안 돼."라고 마사코가

『시로밤바』의 카레

말했다.

"네에……."

현재 오토하의 상태는 두 사람의 말대로였다. 지친 것도 사실인데, 이 정도라면 조금쯤은 무리해도 되는 것도 사실이었다. 애매모호하지만 어떻게든 웃는 얼굴로 두 사람에게 고개를 끄덕였다.

오토하의 얼굴을 본 마사코는 어쩔 수 없다는 듯 웃고 "뭐, 괜찮겠지."라고 말했다.

"일단 오늘은 업무 내용을 대충 설명하고 같이 해볼까?"

"네!"

아코가 방 한쪽에 설치된 사물함에서 까만 앞치마를 꺼냈다.

"이건 여기 유니폼이라고 해야 하나, 작업복이야. 뭘 입어도 되는데 일할 때는 이걸 둘러야 해."

"매니저인 사사이 씨는 접수처에 앉을 때 이외엔 안 하지만."

마사코가 말을 보탰다.

"뭐, 그 사람은 외부 사람과도 만나니까. 그래도 비교적 편리해. 옷이 지저분해지지 않거든."

"그러네요."

"새까매서 조금 재미없지만 어떤 옷에도 잘 어울리고, 우리는 유족 분들과 만나기도 하니까 상복을 입지 않아도 예의를 차린 느낌이 있지."

과연, 그런 이유로 까만색이구나.

"사이즈는 보통이면 될까?"

"네, 괜찮습니다."

오토하는 아코에게 받은 앞치마를 옷 위에 걸쳤다. 앞치마가 넉넉해서 목 쪽의 끈을 조절해도 조금 헐렁헐렁했다.

오토하는 자신을 지그시 응시하는 두 사람의 앞치마를 힐끔 봤는데, 전부 딱 맞아 보였다. 아코는 통통한데 답답하게 껴 보이지 않았고, 마사코는 별명이 꼬챙이지 않을까 싶게 말랐는데 옷감이 남는 것 같지 않았다.

오토하가 두 사람의 앞치마를 살펴보자 "후후후, 알아차렸네?" 하며 마사코가 말했다.

"사실은 우리만 앞치마 사이즈를 고쳤어. 아코 씨는 손재주가 좋아서 바느질을 잘하니까 몸에 맞춰서 줄이거나 늘릴 수 있거든."

아코도 후후후 웃었다.

"젊은 사람은 조금 크거나 작아도 대부분 귀여워 보이는데, 나이를 먹어 봐. 딱 맞게 입지 않으면 보기 흉해."

"그거 좋다."

오토하가 무심코 말하고 허둥거리며 두 손으로 입을 막았다. 한참 연상인 선배에게 반말을 썼기 때문이다.

"그래? 조만간 당신 것도 고쳐 줄게."

"어, 그래도 괜찮아요?"

"조만간."

"자, 이제 시작할까?"

마사코가 강하게 목소리를 냈다.

"네!"

"여기가 어떤 곳인지는 오너에게 들었지?"

아코가 발밑의 상자를 열며 물었다.

"대충은요."

"그럼 한 번 더 제대로 설명할게. 이 도서관은 작가…… 주로 소설가가 중심인데, 그들이 작고한 뒤에 그들의 장서를 인수해서 보존하고 전시하는 곳이야."

"그 점은 들었어요."

"작가 본인이 유언을 남기거나 생전에 책장을 정리해서 우리에게 기증할 때도 있고, 작가 사후에 장서를 처분하다가 곤란해진 유족이 맡길 때도 있어."

아코의 말을 마사코가 이어받았다.

"매달 대량의 책이 오는데, 그걸 먼저 이 방에 모아 정리하는 것이 우리 일이야."

"네."

"사실은 지금 책이 너무 많아서 작고하고 얼마 안 된 작가의 책은 창고에 넣어둔 게 현실이야."

마사코가 팔짱을 끼며 말했다.

"그렇군요."

아코는 책상 위에서 도장을 집어 보여주었다.

"이게 장서인이야. 이걸 모든 책 뒤표지 안쪽에 찍어. 생전에 작가가 직접 지정해서 만든 것도 있고, 사후 유족과 상의하거나 우리가 정해서 만든 것도 있어. 기본적으로 작가 취향에 맞춰서 만드는데, 반드시 이름 전체를 넣어서 딱 봐도 누구 건지 알게 하는 게 규칙이야. 그렇지 않으면 나중에 큰일이 되거든."

"초반에는 이런 점을 통일해 놓지 않다 보니, 일러스트에 성 없이 이름만 쓰거나 필기체여서 읽기 어려운 게 제법 있어. 뭐, 우리는 알아보지만."

"아무튼 이건 아주 중요하니까 정확하게 찍어야 해. 오토하 씨, 오늘은 우선 그 일을 해보면 어떨까?"

"네."

오늘은 도장만 찍으면 되는구나……. 안도한 한편으로 조금은 힘이 빠지는 기분이기도 했다.

"어머, 이거 아주 중요한 일이야."

오토하의 표정을 읽었는지 마사코가 말했다.

"아, 아니요, 중요하지 않다는 게 아니라요……."

"게다가 생각보다 힘들어."

아코도 말했다.

오토하는 책상에 앉아 장서인을 찍기 시작했다. 확실히 익숙해지기 전까지는 생각했던 것 이상으로 어려운 일이었다.

견고한 나무로 만든 도장에 인주를 충분히, 골고루 묻혀야만 제대로 찍힌다. 다정하게 대해주는 두 사람도 도장을 흔들림 없이 깨끗하게 찍어야 한다는 점만은 엄격히 주의했다. 게다가 도장을 찍고 책을 바로 덮으면 맞은편 페이지에 묻기 때문에 처음 몇 번인가는 두 사람이 붙어서 지도해 주었다. 찍은 뒤에는 전용 종이를 끼운다.

힘을 균일하게 주는 데에는 의외로 힘이 필요했다. 정말 금방 지쳤다.

"그거 찍으면서 들어."

마사코가 일에 제법 익숙해진 오토하를 보고 말했다.

"네."

"장서인을 찍은 책은 데이터를 입력해서 관리해. 제목, 작가 이름, 몇 쇄인가, 언제 간행되었는가 등을 데이터에 넣어. 책을 쭉 훑어보고 뭔가 메모가 있으면 그것도 적고. 이건 인터넷으로 관리하는데, 기본적으로 도서관 밖으로 나가지 않게 인트라넷에만 올려놔. 외부 사람은 여기에 오지 않는 한 자료나 정보를 볼 수 없어."

"네."

"작가 한 명의 장서 정리를 마치면, 컴퓨터 데이터뿐 아니라 책 한 권으로 만들어서 보관해."

"오오."

"이런 식으로."

마사코가 책 한 권을 꺼내 보여주었다. 단순한 연지색 표지의 책인데, 금박 문자로 '나가미네 다에코 장서집'이라고 적혀 있었다. 오토하는 읽어본 적 없는 작가였다. 그래도 작년쯤 그녀가 작고했다는 기사를 읽은 것 같았다. 10대에 데뷔한 작가인데, 요 몇 년간 새로운 작품은 발표하지 않았을 것이다.

"이건 2층 책장에 모아뒀어. 한 권 한 권 정성껏 제본해서 보관해."

"대단하네요."

"고맙게도 장서를 기부해 준 작가니까 이 정도쯤은 해야지."

"자료가 방대한 작가도 있고 한 권이 안 될 정도로 적은 작가도 있지만."

아코가 웃었다.

"그래도 그런 사람은 적은 편이야."

"지금은 전자책도 있으니까 종이책은 줄어들지도 모르겠어. 앞으로 전자책을 어떻게 관리할지가 문제겠지."

"그러네요."

오토하는 손을 쉬지 않고 움직였다.

"데이터를 기록한 책은 바깥 책장에 놓을지 안쪽 서고에 놓을지 분류해. 같은 책을 몇 권이나 꽂아둘 수는 없으니까. 기본적으로 겹치는 장서는 서고에 넣어."

"그러면 서고 안에는 기부 받은 똑같은 책이 몇십 권이나 있지 않나요?"

"그렇지."

마사코가 입을 한 번 꾹 다물었다.

"그게 중요한 점이면서 고민의 씨앗이기도 해. 장서 중에는 귀중한 고서나 절판본도 많지만, 최근에 나온 책도 많거든. 오너는 그런 책도 전부 보존하고 싶다고 하지만."

"아하."

"작가 본인이나 친척, 팬, 연구자에게는 작가의 손길이 묻었다면 어떤 책이든 유일무이한 책이라면서."

"그러네요."

"오너는 책 전부를, 세상을 떠난 연인의 소유물로 여기고 다뤄달라고 하는데 말이야."

아코가 끼어들었다.

"지금은 어떻게든 창고에 들어간다지만 장소는 무한하지 않지."

"그것도 그렇겠어요."

"언젠가는 꽉 찰 거야. 그때는 어떻게 할 것인가……. 결국 처분할 수밖에 없겠지만."

"그래도 오너의 말에도 일리, 아니 이리, 삼리도 있으니까." 아코가 눈을 데굴데굴 굴리며 말했다.

"죽은 작가가 어떤 일을 계기로 대인기 작가가 되는 날이 올지도 모르잖아? 영화로 만들어져서 유명한 영화상이라도

『시로밤바』의 카레

받으면 전 세계에서 대대적으로 주목받을지도 모르고, 새롭게 뭔가 상을 받을지도 몰라. 그러면 여기에 사람이 몰려올 수도 있어."

"요즘 시대는 어디서 불이 붙을지 모르니까요. 유명인의 SNS나 TV 방송도 있고."

오토하도 고개를 힘차게 끄덕이며 말했다. 서점에서 일할 때도 때때로 그런 일을 보고 들었다.

"그런 건 정말 몇천 만분의 일 정도로 아주 아주 아주 낮은 확률이지. 복권 당첨이 더 쉬울지도 몰라."

마사코가 신랄하게 말했다.

"그래도 말이야, 팬이나 연구자에게는 작가의 어떤 책이든 귀중한걸. 책에 적힌 메모나 접어놓은 곳 하나가 연구 진보로 이어질지도 몰라."

"앗, 혹시 아코 씨, 국문과세요?"

"맞아! 어떻게 알았어?"

"국문과에서 연구 논문을 쓴 사람이 할 법한 발상이어서요."

"혹시 오토하 씨도?"

"맞아요!"

오토하와 아코는 무심코 두 손으로 하이파이브를 했다.

그 모습을 마사코가 헛웃음 지으며 바라보았다.

"뭐, 영화상을 받는 것보다는 연구 때문에 필요해질 확률이 높겠지."

마사코는 마지못해서 인정해 준다는 듯이 대꾸했다.

10시가 지났을 무렵, 에노키다 미나미가 왔다.

"수고하십니다."

"응, 수고했어."

아코가 대답했다.

"오토하 씨를 데리고 야식 먹으러 가려고요."

"그러네. 마침 딱 세 시간이 지났으니까 쉬면 되겠어."

마사코가 벽에 걸린 시계를 보며 말했다. 이어서 오토하를 돌아봤다.

"오토하 씨, 가서 야식 먹고 와."

"네? 하지만……."

선배를, 그것도 나이가 한참 위인 사람을 두고 먼저 쉬어도 괜찮을까.

"나는 도시락을 가지고 왔어. 적당할 때 여기에서 먹을 거야."

아코가 말했다.

"나는 원래 다른 사람들이 먹은 다음에 가. 혼자 먹고 싶거든."

두 사람 모두 태도가 단호했다. 자기가 먹는 음식이나 먹는 방식에 고집이 있나 보다.

"그리고 오늘은 그만 퇴근해도 돼."

"네? 그래도……."

이 도서관은 저녁 7시부터 한밤중인 자정까지 운영한다. 도서관 직원의 근무 시간은 4시부터 심야 1시까지로, 휴식 시간이 한 시간 있다고 들었다.

"오토하 씨는 아직 일이 익숙하지 않고 오늘 도호쿠에서 막 도착했잖아. 오늘은 기숙사에 가서 쉬어주는 게 좋아. 이삿짐 정리도 해야 하고."

"그러네."

아코도 고개를 끄덕였다.

그 말대로 지금은 긴장한 상태라 그다지 피로를 느끼지 못하지만, 집에 가면 피곤이 우르르 몰려올 것이다.

"그래도 괜찮나요?"

정말 괜찮을까. 미나미를 힐끔 보자, 생글생글 웃으며 고개를 끄덕였다. 아코, 마사코의 표정도, 미나미의 웃는 얼굴도 거짓은 아닌 것 같았다.

지금껏 남의 안색을 살피면서 일했다. 입으로는 "쉬어도 돼."라고 말하면서 시키는 대로 하면 "배려를 모르는 사람이네. 내가 예의상 권하는 걸 모르나 봐? 선배님이 먼저 쉬고 오시라고 말하는 게 상식이잖아."라며 험담하는 사람들 틈에서 일해왔기에 저 말이 진심인지 늘 의심했다.

"물론이지. 어렵게 생각할 것 없어."

마사코가 힘주어 고개를 끄덕였다.

"그럼 감사히…… 아, 혹시 괜찮다면." 갑자기 생각나서 말했다. "잠깐만…… 아주 잠깐이면 되니까 나중에 접수처에 앉아볼 수 있을까요? 이 도서관이 어떤 느낌인지 더 알고 싶어서요."

조심스럽게 제안하자, 미나미가 바로 대답했다.

"물론 괜찮지. 마침 잘됐다. 야식을 먹은 다음에 도카이 씨와 교대할 테니까 그때 같이 앉아요."

"의욕 넘치네."

마사코가 칭찬했다.

"그래도 첫날부터 너무 힘냈다가 나중에 맥이 풀리지 않게 하고."

"네, 물론이죠. 그럼 실례하겠습니다."

미나미와 방을 나선 뒤, 오토하는 고개를 돌려 방금 자기들이 나온 책장으로 된 문 사이를 살폈다.

"저기."

"응?"

"이 출입구, 어떤 원리죠? 아까 사사이 씨가 '열려라, 문'이라고 말했더니 열렸거든요. 정말 그런 주문으로 열리나요?"

"어? 사사이 씨가 그런 소릴 했어요?"

미나미가 폭소했다.

"사사이 씨도 장난을 치는구나. 아니에요, 저기는……."

미나미가 한 번 더 책장에 다가가 책장 앞에서 손을 이리저리 움직였다. 그러자 책장이 또 스르륵 양쪽으로 열렸다.

안에 있던 아코와 마사코가 놀라서 이쪽을 봤다.

"죄송해요. 오토하 씨한테 문 여는 방법을 알려줬어요."

어머나, 라거나 그랬구나, 라는 소리가 들렸다.

"봐요, 저기 위에 센서가 있어요. 이렇게 손을 흔들거나 몸이 닿으면 열려요."

"하지만 사사이 씨는……."

"아마 그 사람, '열려라, 문'이라고 말하면서 센서를 건드렸을 거예요."

미나미가 2층을 향했고 오토하도 뒤따라 걸었다.

"사사이 씨, 의외로 장난꾸러기네요."

"이런 건 처음이야. 다음에 골려줘야지."

"제가 말했다고 하면 안 돼요."

"말은 안 하겠지만 아마 금방 알게 되겠지?"

"앗."

"괜찮아요. 그 사람, 기뻐하거나 웃는 일이 별로 없는 만큼 화를 내거나 슬퍼하지도 않으니까."

그런 법인가? 미나미의 말에 오토하는 고개를 갸웃거리며 쫓아갔다.

"저걸 손님이 건드리거나 하면 어떡해요?"

"열리지. 다들 깜짝 놀라."

"그래도 되나요?"

"뭐, 일 년에 서너 번 정도니까."

2층 한쪽 끝에 식당이 있었다. 입구에 '도서관 카페'라고 적힌 나무 간판이 걸려있다.

이름이 촌스럽달까, 너무 직설적인 느낌인데 내부 인테리어는 산뜻한 카페였다. 마룻바닥에 니스 칠하지 않은 나무 테이블과 의자가 놓였다. 몇 명쯤 커피를 마시거나 밥을 먹거나 책을 읽고 있었다.

입구 근처에 옛날식 식권 발매기가 놓였고 메뉴가 몇 개쯤 있었다. 자세히 보고 싶었는데, 미나미가 곧장 안으로 들어가는 바람에 포기하고 쫓아갔다. 그녀는 제일 끝의 6인용 테이블에 앉았다.

"여기 있으면 다른 도서관 직원들도 아마 올 거야."

"그렇군요?"

"대부분 비슷한 시간에 오니까……. 접수처만은 다르지만."

그때 나이가 좀 있는 남성이 다가왔다.

"둘 다 야식 먹을 거지?"

"네!"

미나미가 활기차게 대답했다.

"기노시타 씨, 매일매일 고맙습니다."

"그래."

그가 살짝 고개를 끄덕였다.

"이쪽은 오늘부터 일하는 히구치 오토하 씨예요."

"처음 뵙겠습니다. 잘 부탁드립니다."

오토하는 일어나서 고개를 숙였다.

"나야말로 잘 부탁해."

기노시타라고 불린 남자가 담백하게 대답했다.

"식후에는 아이스커피면 되나?"

겨울인데 아이스커피? 오토하는 조금 의문이었는데, 미나미가 "기노시타 씨의 아이스커피는 진짜 맛있어."라고 귓속말해서 고개를 끄덕였다.

기노시타도 무뚝뚝하지만 친절한 사람인가 보다.

"기노시타 씨는 여기 오기 전에 긴자의 유명한 커피 전문점에서 커피를 만들던 사람이야."

멀어지는 그의 뒷모습을 보며 미나미가 알려주었다.

"와."

"기노시타 씨는 그 가게의 상징적인 존재였는데, 가게 오너와 사소한 일로 틀어져서 그만두게 됐어. 가게를 그만뒀을 때, 손님들 모두 깜짝 놀랐대. 기노시타 씨가 오너이고 점장인 줄 알았으니까. 그 정도로 인기가 대단했대."

"그렇군요? 기노시타 씨가 그렇게 말씀하셨나요?"

왠지 그는 자기 과거를 재잘재잘 털어놓을 사람으로 보이지 않아서 물어보았다.

"아아, 아니야, 아니야. 기노시타 씨는 그런 소리 안 해. 도카이 씨가 커피를 좋아해서 그 가게에 몇 번인가 간 적이 있대. 그래도 그쪽 취미를 가진 사람들 사이에서는 인터넷에 올라올 정도로 유명한 일화인가 봐."

"그 가게는 어떻게 됐나요?"

"그게 말이야, 일시적으로 손님이 줄어들었는데, 그래도 긴자 일등지에 있는 가게잖아. 커피 머신을 도입하고 가격을 조금 낮췄더니 지금까지와는 또 다른 손님들이 평범하게 찾아와서 다시 장사가 잘된대. 그중에는 기노시타 씨가 만드는 커피라고 생각하고 마시는 사람도 있나 봐."

너무하지만 흔하게 듣는 이야기이기도 했다.

그런 대화를 나누는데, 기노시타가 돌아오더니 접시가 담긴 쟁반을 내려놓았다.

"와!"

무심코 감탄사가 나왔다.

쟁반 위의 얕은 접시에 샛노란 카레가 담겨있었다.

"오늘은 『시로밤바』지. 월요일은 『시로밤바』."

"카레는 먹으면 기운이 나죠."

미나미가 수긍했다.

"아까부터 『시로밤바』라고 하는데 그게 뭐예요?"

오토하가 물었다.

"몰라? 안 읽었어? 이노우에 야스시의 『시로밤바』 말이야. 그 책에 나오는 요리를 재현한 거지. 오누이 할머니가 만드는 카레라이스야."

"안 읽어봤어요. 죄송해요."

"나도 여기 와서 읽었으니까 건방진 소리는 못 하지만, 재미있더군."

"바로 읽어볼게요."

"『시로밤바』라면 재고가 많을 거야. 특별히 빌려 달라고 해보지? 소중히 다루면서 깨끗하게 읽으면 괜찮으니까."

"네, 그렇게 할게요."

"잘 먹겠습니다."

"그래, 맛있게 먹어."

그 말을 남기고 기노시타가 떠났다.

오토하는 숟가락으로 카레를 한 입 먹었다. 평범하게 맛있는 카레였다. 그런데 처음 한 입만 먹었을 땐 순하게 느껴지다가 점차 매콤해지는 독특한 풍미가 있었다. 이런 것을 두고 중독되는 맛이라고 하나 보다.

"맛있지?"

『시로밤바』의 카레

미나미가 기다렸다는 듯이 속삭였다.

"네."

당근이나 감자를 주사위 모양으로 예쁘게 썰어서 넣은 것은 알겠는데, 똑같은 모양에 반투명하게 삶은 채소는 뭔지 모르겠다. 먹어보니 푸스스 부스러지는 식감이었다.

"이거 뭘까요. 부드럽고 수분 많은 채소인데……."

카레에 들어간 걸 본 적 없는 채소였다.

"무야."

"네? 무?"

무를 넣은 카레는 처음이었다. 의외로 잘 어울렸다.

"기노시타 씨가 여기 스카우트될 때, 오너가 지시한 소설이나 에세이에 나오는 요리를 몇 가지쯤 재현해 내는 것이 조건이었대. 요리도 잘하니까."

"고기도 들어갔죠? 고기 감칠맛이 나는데 보이지 않아요."

주사위 모양을 한 채소들은 자기주장이 강하고 고기는 숨어있다. 고기는 찢었는지 부스러기만 보였다. 그게 또 카레의 맛에 지대한 영향을 주는 것 같았다. 숟가락으로 퍼서 빤히 살폈다.

"아!"

"알았어?"

"콘비프네요."

"정답. 『시로밤바』를 읽어보면 더 자세히 알 수 있어. 요일에 따라 야식 메뉴가 달라지는데, 월요일은 『시로밤바』야. 식대는 300엔에 커피 포함이고. 긴자의 유명한 가게 출신이 만들어주는."

"간단히 말해서 최고네요."

카레를 먹는데 중년 남성이 들어왔다.

"도쿠다입니다. 처음 뵙겠습니다."

몸집은 통통하고 둥근 안경을 썼다.

"도쿠다 씨도 서점 직원이었어. 반년 전에 입사했어."

"저는 히구치 오토하입니다."

"나는 사사이 군보다 열 살이나 연상인데, 그 사람은 매니저고 나는 평사원이야. 몸이 아파서 서점을 그만두고 한동안 쉬었고, 여기 입사한 것도 얼마 전이거든. 오너도 느긋하게 일하는 게 좋겠다고 말했고."

도쿠다가 조금 다급한 말투로 설명했다.

"아, 잘 부탁드립니다."

도쿠다도 기노시타에게 야식을 주문하고 물을 가지러 갔다.

『시로밤바』의 카레

"도쿠다 씨는 좋은 사람인데, 조금 신경질적이고 연공서열에 집착하는 면이 있어서……. 사사이 씨가 자기보다 윗사람인 게 마음에 안 드나 봐. 그런 면만 없으면 정말 다정하고 일도 잘하고 괜찮은 사람인데……."

미나미가 중얼거리며 말을 이었다.

"도쿠다 씨가 나중에 입사하기도 했으니, 연상이 아랫사람인 게 대체 무슨 상관인가 싶어. 애초에 여기 있는 모두가 나이도 다 다르고, 아코 씨나 마사코 씨 같은 사람도 있으니까."

"그러게요."

"그래도 나이도 어리고 자기보다 신입인 오토하씨가 들어왔으니 도쿠다 씨 마음이 편해질지도 모르겠다."

"그런 걸까요……."

도쿠다는 어딘지 부산해 보인다 싶더니 오토하와 미나미의 몫까지 챙겨서 잔에 물을 받아왔다.

미나미는 도쿠다에 대해 그렇게 말했지만, 어쩌면 직함 이외에는 딱히 신경 쓰지 않는 사람인지도 모른다. 오토하는 그가 가져다준 물을 마시며 생각했다. 상하관계에 집착하는 사람이라면 대하기 어렵겠다고 내심 걱정했는데, 나이 어린 여자에게도 이렇게 물을 가져다줄 정도라면 친절한 사람일 테니까.

그래도 한동안 그는 깍듯하게 대하는 편이 좋겠다고 생각했다.

식사를 마치자, 아까 말했던 대로 아이스커피가 나왔다. 향이 풍부하면서 쓰지 않았다.

"나는 카레를 먹은 다음에는 아이스커피가 최고로 잘 어울린다고 생각해. 나만의 생각일지도 모르지만."

기노시타가 설명했다.

"정말 잘 어울려요. 맛있어요."

"이건 더치커피야. 어젯밤부터 추출했지."

"와, 정말요? 처음이에요."

"더치커피가?"

"네. 이름을 들어본 적은 있지만요. 이렇게 맛있는 커피인 줄 몰랐어요."

사실 학창 시절에도, 사회인이 된 뒤에도 차분하게 커피를 마시는 호사를 별로 누린 적이 없었다. 돈이 없었고, 친구와 수다를 떨기 위해선 프랜차이즈 카페면 충분했다.

"어쩌면 지금까지 마신 아이스커피 중에서 제일 맛있을지도요."

『시로밤바』의 카레

"두 번째는 어딘데?"

"세븐일레븐이요."

기노시타가 크게 웃었다.

"이거 앞으로 커피를 내리는 보람이 있겠는데? 세븐일레븐 아이스커피는 정말 맛있지."

"나도 여기 들어오기 전까지는 커피를 별로 마신 적이 없어요. 이렇게 맛있을 줄 몰랐거든요."

도쿠다도 칭찬했다.

"아, 그러셔. 남자는 딱히 됐수다."

기노시타가 유난스러울 정도로 쌀쌀맞게 대답하자, 도쿠다 이외에 그 자리에 있던 사람들 모두가 폭소했다.

야식을 먹은 뒤에는 아까 미나미에게 부탁했던 대로 접수처에 앉아보았다.

"정말 괜찮겠어? 힘들면 바로 말해."

"아, 네."

둘이 나란히 앉아 잠깐 대기하는데, 조금 나이가 있는 여성이 들어왔다. 흰머리를 단정하게 세팅했고 심홍색 코트를 입고서 손에 지팡이를 들었다. 얼굴에는 색이 연하게 들어간 커다란 선글라스를 썼다. 걸음걸이가 느릿느릿했다.

"안녕하세요."

여성이 떨리는 목소리로 인사했다.

"니노미야 씨, 안녕하세요." 미나미가 바로 대답했다. "날이 쌀쌀해졌어요. 괜찮으세요?"

"그럼. 여기까지 택시를 타고 왔으니까."

"가실 때도 택시를 부를까요?"

"그래. 나중에 부탁할게."

대화를 나누던 니노미야는 오토하를 알아차렸는지 이쪽으로 시선을 돌렸다.

"아, 이쪽은 오늘부터 입사한 히구치 오토하 씨예요."

"잘 부탁드립니다!"

자리에서 일어나 꾸벅 인사했다.

"어머나, 젊은 분이네. 앞으로 잘 부탁해. 히구치 오토하 씨라면, 혹시 히구치 이치요와 한자 하나만 다른가?"

"네, 어머니가 팬이어서요! 제일 좋아하는 소설은 『십삼야』입니다!"

따로 묻기 전에 전부 말했다.

"어머, 취향이 좋네."

『시로밤바』의 카레

그러더니 그녀는 또 느릿느릿 접수처에서 떠나 안쪽 방으로 들어갔다.

"저분은 연간 이용권을 쓰시네요."

"아, 알아봤어?"

여성의 목에 건 카드 케이스에 이용권이 들어있어서 바로 알아차렸다.

"저분…… 니노미야 기미코 씨는 단골이야. 여기에서 도보로 15분쯤 걸리는 곳에 사셔. 벌써 몇 년이나 거의 매일같이 와서 다카기 고노스케의 책장 앞에 계셔. 다른 책은 안 보고."

다카기 고노스케는 저명한 시대 소설 작가다. 세상을 떠난 지 벌써 20년 이상 지났는데, 책은 지금도 잘 팔리고 영화나 드라마로 제작되기도 한다.

"다들 알고 있고 아마 니노미야 씨 본인이 말할 테니까 말해도 될 것 같은데…… 니노미야 씨는 다카기 선생님의 정부였어."

"네에에에에? 정부!"

비명보다 굵직한 "네?"가 터져 나왔다.

"쉿!"

미나미가 웃으며 입술 앞에 손가락을 세웠다.

"죄송합니다. 그래도 위험하지 않나요?"

"깜짝 놀랐지? 나도 처음 들었을 때는 믿지 못했어."

"다카기 고노스케 작품은 저도 읽어본 적 있어요. 「쇼군 배알」 시리즈, 꽤 재미있었어요."

「쇼군 배알」 시리즈란, 다카기 고노스케의 제일 유명한 대표작으로 두 번이나 드라마로 제작되었다. 제목대로 쇼군이에도 거리에 나타나 시정인과 어울려 사건을 해결하는 시리즈다.

"그렇지. 저 사람, 예전에 다카기 선생님이 긴자에 작은 바를 차려줬대."

"우아, 대놓고 정부잖아요! 그거 위키피디아에 실려있나요? 가십 잡지에서 다룬 적은요?"

"그럴 리 없지. 한 시대 전에 인기 있던 작가잖아. 지금보다 작가에 대한 터부가 훨씬 강했던 시대인걸. 그래도 딱 한 번, 『소문의 진상』에 실린 적 있다고 본인이 말했어."

"『소문의 진상』이 뭐예요?"

"오토하 씨는 젊으니까 모르나?"

미나미는 자기도 젊으면서 그렇게 말했다.

"지금은 폐간했는데, 예전에는 터부 없이 뭐든 다룬다고 유명했던 잡지야. 정치가나 소설가의 스캔들을 파헤쳤어. 지금도 때때로 작가 장서에서 나오거든. 나도 그래서 알게 되었어. 아마 우리 도서관에 거의 전권 있을 거야. 20년쯤 된 잡지니까 다루는 사람은 다 옛날 사람인데, 그중에 재밌는 것도 있어."

"우아아."

또 몸 깊은 곳에서 굵직한 소리가 나왔다.

"아무튼 저 사람은 정부이고, 거의 매일 밤 다카기 고노스케 선생님의 장서를 만나러 와. 여기 있으면 마치 그와 함께 있는 것 같은 기분이래."

"……조금 로맨틱하네요."

"다카기 선생님은 부인도 있고 자식도 있었으니까 생전에는 사람들 앞에 둘이 같이 나선 적도 없대. 어차피 나이로 보면 니노미야 씨와 사귀었을 때, 이미 다카기 선생님은 거의 할아버지가 된 후였겠지만."

"흐응."

"아무튼 오토하 씨한테도 그런 얘기를 할지 모르니까 이야기가 길어져도 모르는 척하고 들어줘."

"알겠습니다!"

대화하는 동안 또 다른 사람이 쓱 들어왔다. 연파란색 겉옷을 입은 나이 든 여성으로 작고 말랐다. 털모자를 쓰고 큼지막한 마스크를 했으며, 손끝이 뚫린 장갑을 꼈다. 얼굴이 잘 보이지 않았는데, 모자 아래로 새하얀 단발머리가 보여서 나이를 먹은 사람이라 짐작했다. 여성은 생각보다 기운찬 발걸음으로, 이쪽을 거들떠보지도 않고 방을 가로질렀다. 잠시 뒤에는 커다란 청소기와 대걸레 등이 담긴 짐차를 끌고 나와 또 방을 가로질러 걸어갔다. 그녀가 들어간 방에서 청소기 소리가 들리기 시작했다. 아마도 카펫 먼지를 빨아들이나 보다.

"지금 저분은요?"

대화가 잠깐 끊긴 틈에 오토하가 물었다.

"응?"

"지금 지나간 여성분은 누구세요?"

"아아, 고바야시 씨?"

"고바야시 씨라고 해요?"

"그분은 청소해 주시는 아주머니."

"청소하는 분이시구나."

"응. 이 시간쯤 되면 오셔."

"아, 그럼 인사하는 게 좋을까요?"

『시로밤바』의 카레

그러자 미나미가 고개를 저었다.

"남들과 거의 대화를 안 하는 사람이야. 그쪽에서도 절대로 말을 걸지 않고, 우리가 말을 걸어도 거의 대답이 없어. 그러니까 신경 안 써도 돼."

다정한 미나미 씨치고는 조금 쌀쌀맞은 말투로 들렸다. 어쩌면 몇 번이나 무시당해서 기분이 상했을지도 모른다.

"그래도 청소를 아주 꼼꼼하게 하고, 나쁜 사람은 아니야."

오토하의 표정을 보고 알아차렸는지, 미나미가 허둥지둥 말을 보탰다.

"우리 연립주택의 공용 구역도 청소해 줘. 그러니까 그쪽에서도 종종 만날 거야."

"그렇군요."

"일단은 도서관의 청소원 겸 연립주택 관리인이라고 하면 될까. 예를 들어 공용 구역인 우편함 같은 게 망가지면 저 사람한테 말하면 돼. 대답은 제대로 안 해주겠지만."

미나미가 헛웃음을 지었다.

"그러면 다음 날 고쳐줘."

"그렇군요."

"그러니까 조금 무뚝뚝해도 신경 쓰지 마."

미나미는 자기 자신을 설득하는 것처럼 말했다.

"히구치 씨."

갑자기 위에서 목소리가 들려서 반사적으로 고개를 들었다.

"슬슬 기숙사에 가는 게 어떨까요? 오늘은 푹 쉬는 편이 좋을 것 같습니다만."

사사이였다.

"아, 고맙습니다."

사실은 첫 출근(도서'관'에 출근이니까 출관이라고 해야 하나?)이라 흥분해서 전혀 졸리지 않고 오히려 즐거웠지만, 다들 하도 권하니까 쉬기로 했다.

"그럼 제가 기숙사까지 바래다 드리지요."

사사이는 처음부터 그럴 생각이었는지 얇은 패딩 코트를 입고 있었다.

"고맙습니다. 저기……."

"뭐죠?"

"아코 씨와 마사코 씨가 계신 곳에 코트와 가방을 두고 와서요. 두 분에게 인사도 드릴 겸 다녀와도 될까요?"

"네, 기다리겠습니다."

오토하는 접수처에서 종종걸음으로 멀어지려고 했다. 그러자 사사이가 "뛰지 않아도 돼요. 천천히 다녀오세요."라고 뒤에서 말했다. 무심코 돌아보자 "도서관 안에서는 뛰지 마세요. 그리고 숙녀는 뛰지 않습니다. 뛰는 건 어린이나 스포츠 선수예요."라는 소리도 했다.

사사이가 그런 말을 하다니 의외였다. 그러면서도 사사이와 미나미가 뒤에서 지켜본다고 의식하니까 살금살금 걷게 되었다.

"열려라 참깨."라고 작게 중얼거리며 아코와 마사코가 있는 방으로 들어갔다.

"죄송합니다. 오늘은 이만 실례하겠습니다."

말을 걸자 아코가 일어나 오토하 쪽을 봤다.

"아, 일부러 인사하러 왔어? 그러지 않아도 되는데."

아코가 명랑하게 말했다.

"가방과 코트도 가지러 왔고요."

"아하."

"잘 가!"

책에 파묻힌 마사코가 손만 내밀어 흔들었다.

"내일도 잘 부탁드립니다."

"푹 쉬어."

몇 번이나 꾸벅꾸벅 인사하고 방에서 나왔다.

연립주택은 도서관과 같은 부지에 있었다. 부지에 커다란
나무가 많아서 어지간한 공원 같았다. 도서관 뒤쪽에는 오래
된 목조 연립주택이 있었다. 처음에 들었던 대로 저곳을 기숙
사로 사용하나 보다.

도서관을 나와 뒤로 돌아가자, 남색 지붕에 벽이 하얀 연립
주택이 바로 보였다.

사사이와 걸어가며 뒤를 돌아보자, 나무 사이로 직육면체
모양의 잿빛 건물이 보였다. 저렇게 평범해 보이는 곳에 멋진
것들이 꽉 차 있다고 생각하자 신기했다.

"기숙사에는 방이 총 여덟 개입니다. 지금은 전부 찼어요.
아코 씨, 마사코 씨, 도카이 씨, 에노키다 씨, 기타자토 씨, 기노
시타 씨, 도쿠다 씨…… 그리고 히구치 씨까지. 히구치 씨 방
은 2층입니다."

"사사이 씨는 여기 안 사세요?"

그의 뒤에서 캐리어를 끌고 쫓아가며 물었다.

"저는 이 근처 다른 곳에 삽니다."

"그러시군요."

『시로밤바』의 카레

"뭐, 제가 말하긴 그렇지만 일단은 매니저인 처지이니 여러분과 따로 있는 것이 좋을 테고 기숙사도 꽉 차서요."

"아하, 그러네요."

사사이는 2층 오른쪽에서 두 번째 방의 문에 열쇠를 꽂았다. 계단을 오를 때는 캐리어를 들어주었다.

"1층은 도카이 씨, 기노시타 씨, 아코 씨, 마사코 씨가 사십니다. 일단은 남성이 1층에 사는 편이 좋을 것 같아서요. 아코 씨와 마사코 씨는 만에 하나 무슨 일이 있을 때를 대비해서 1층이 좋을 것 같고요."

문을 열고 열쇠를 오토하에게 건네며 말했다.

"만에 하나요?"

"지진이나 화재가 발생했을 때요."

"그러네요."

나이가 있으니 그러는 편이 좋겠지.

"여긴 48년 전에 지어졌습니다. 낡았지만 내부는 일단 잘 수리해 두었어요."

사사이가 설명하며 전등을 반짝 켰다.

"전기와 수도는 쓸 수 있게 해두었습니다. 히구치 씨 이름으로."

그것도 미리 연락받았다.

"고맙습니다."

"가스는 내일 직접 연락하세요."

확실히 외관은 낡았어도, 벽은 하얗게 칠했고 바닥도 마루였다. 부엌이 있고, 대략 네 평쯤 되는 방이 있었다. 욕실과 화장실도 따로 있었다. 오래됐지만 그만큼 넓었다. 안쪽 방에 반 평쯤 되는 옷장이라고 해야 할까, 창고가 있었다. 아마도 벽장을 고친 것이리라.

부엌은 한 평 정도이고 낡았지만 가스레인지도 있었다. 방에 에어컨도 있었다. 오너에게 처음 설명을 들은 대로였다. 일단은 당장 생활이 가능해 보여서 안심했다.

"내일 이삿짐이 들어오죠?"

"네. 오전 중에 아카보•가 올 거예요. 짐도 많지 않지만요."

"히구치 씨가 이사한다고 모두에게 말해두었습니다. 그래도 너무 시끄럽게 하진 말아주세요. 아마 다들 주무실 테니까. 그렇게까지 예민한 사람은 없겠지만."

~~~~~~

• 赤帽, 빨간 모자를 쓰고 일하던 짐꾼에서 온 말로, 트럭을 써서 이사나 운반 등의 일을 하는 운송업자를 이른다.

"알겠습니다."

"아."

사사이가 머리에 손을 댔다.

"오늘 밤은 이불이 없군요."

"괜찮아요. 대충 잘게요. 내일 9시부터 짐이 들어오니까 끝나면 출근할 때까지 잠깐 쉴 수 있고요."

그래도 사사이는 곤란한 표정을 지었다.

"죄송합니다. 신경을 못 썼어요. 면목 없습니다."

"정말로 괜찮아요."

"그럴 수는 없죠. 몸도 아플 테고 추우니까."

뭐가 없으려나, 하고 중얼거리며 그가 옷장을 열었다. 그러자 그 안에 상자가 하나 놓여있었다.

"참, 말씀드리는 걸 깜박했군요. 전에 살던 사람의 물건입니다. 이걸 두고 가서……. 이미 연락해 두었으니까 조만간 찾으러 올 겁니다."

"그래요?"

"죄송합니다만 그때까지는 가지고 있어 주세요. 오다 사호 씨라는 분입니다."

"네."

짐을 두고 가다니 도대체 뭐 하는 사람일까?

그나저나 사사이는 남아있는 짐보다 오늘 밤 오토하의 침구가 걱정인지 "이거 곤란하네, 곤란해." 하고 중얼거렸다.

"괜찮아요. 오늘 밤은 일단 대충 잘 테니까요."

조금 강조해서 말하자, 사사이는 방을 이리저리 돌아다니는 걸 간신히 그만두었다.

"감기 걸리지 않게 조심하세요. 난방도 잘하시고요."

그 말을 끝으로 돌아갔다.

사사이가 나가자, 갑자기 기운이 빠져서 부엌 바닥에 주저앉았다.

하아, 하고 크게 한숨을 쉬었다.

오늘은 정말 많은 일이 있었다. 고향에서 떠났고, 여러 사람을 소개받았고, 또 야식도 먹었고…… 지쳤다. 그래도 싫지 않은 피로감이었다.

얼른 자고 싶어서 옷을 입은 채 눕기로 했다. 코트를 벗어 그걸 덮고 누웠다.

눈을 감자 금방 잠들었다.

어느 정도 시간이 흐르고, 문을 똑똑 두드리는 소리가 났다. 순간 어둠 속에서 잠이 확 깼다. 자신이 지금 어디에 있는지

『시로밤바』의 카레

알 수 없었다. 잠깐 생각하다가 새로운 직장에서 보내는 첫날인 걸 기억했다.

한 번 더 노크 소리가 들렸다. 손목시계를 보자, 사사이가 떠난 지 겨우 20분쯤 지난 시각이었다.

"……누구세요?"

떨리는 목소리로 물었는데, 대답이 없었다.

살그머니 일어나서 문으로 다가가 문구멍으로 밖을 내다보았다. 아무도 없었다. 벌벌 떨려서 그냥 무시하고 자려다가 용기를 내 문을 열었다. 그러자 문앞에 침낭이 놓여있었다.

"아."

어쩌면 사사이나 도서관 직원이 두고 간 것은 아닐까. 맨발로 얼른 나가 연립주택 2층 복도에서 밖을 내려다보자, 사사이가 잰걸음으로 연립주택을 떠나는 모습이 보였다.

불러서 고맙다고 말하려고 했으나, 늦은 시간이라 그만두었다. 내일 아니, 오늘이 되겠지만 도서관에서 다시 만나면 말하자 생각하고 침낭을 주웠다.

한 번 더 그의 뒷모습을 보고 "고맙습니다." 하고 작게 중얼거렸다.

따뜻한 침낭에 폭 감싸인 채, 오토하는 짧은 꿈을 꿨다.

아니, 꿈이라기보다 기억을 한 번 더 되감는다고 하면 좋을까. 생각한 바가 그대로 영상이 되는 것 같았다.

서점을 그만두었다고 부모님에게 알리러 갔을 때였다.

"……괜찮겠니? 그런 시골에서 정체도 모르는 도서관……. 거기에 살면서 일한다니."

엄마가 미간에 주름을 잡고 말했다.

고향이 훨씬 더 시골이라고 생각했지만, 어쩌면 앞으로 가게 될 무사시노武藏野 산골은 여기보다 더한 시골일 가능성이 높았다.

입을 다물자, 아버지가 불쑥 말했다.

"어떤 일이든 3년은 해야 하는 법이야."

아버지는 그대로 안방으로 가버렸다.

아버지는 엄격한 분이다. 사고방식이 고루한 것도 안다. 블랙 기업이든 성희롱을 당하든 회사를 그만두면 안 되냐고 반문하고 싶었으나, 말이 나오지 않았다. 자신은 성희롱을 당하지 않았다.

"……오토하를 걱정해서 그러시는 거야."

히구치 이치요를 좋아하는 엄마가 말했다.

거실에는 엄마 책장이 있는데, 거기에 히구치 이치요의 작품들은 물론이고 각종 소설이 잔뜩 꽂혀있다. 책과 관련한 일을 하고 싶다고 말했을 때, 엄마가 제일 기뻐할 줄 알았다.

"엄마는 좋아하는 것과 직업이 꼭 일치하지 않아도 된다고 생각해. 예를 들어 공무원으로 일하면서 좋아하는 책을 읽는 것도 멋진 인생이잖니……."

엄마의 이 말이 틀리지 않다고 생각하면서도 왠지 도망치는 것 같아서 받아들이지 못했다. 애초에 지금부터 공무원을 준비한다고 해서 될 것 같지도 않았다.

"나는 타협하고 싶지 않아."

"너는 그럼 아빠나 엄마 인생이 타협한 인생이라는 소리니? 꿈을 포기하고서 가족을 지켰다는 거야?"

엄마 안색이 달라졌다.

지금 아버지를 보면 전혀 상상 안 되지만, 예전에는 밴드 활동을 했다고 한다. 엄마는 당연히 문학소녀였다. 그걸 외동딸과 가족을 위해 버렸다고 말할 수 있을까.

"젊은 시절은 한 번뿐이니까 하게 해줘요."

"……너 알아서 해라."

엄마는 마치 내뱉는 것처럼 말했었지.

잘못했다는 생각은 있다. 이때껏 부모님께 걱정만 잔뜩 끼치고 기대에는 단 한 번도 부응하지 못한 것 같다. 도망친 것은 자신일지도 모른다.

아침 9시, 정확하게 이삿짐을 가지고 아카보가 왔다. 초인종 소리가 나서 오토하가 문을 열자, 얼굴이 동글동글한 아저씨가 서 있었다.

"아카보입니다."

"고맙습니다."

같이 1층으로 내려가자, 빨간 트럭이 세워져 있었다.

아저씨는 익숙하게 트럭에서 테이블과 의자, 플라스틱 상자 등을 척척 내렸고, 큰 물건부터 운반했다. 오토하도 상자하나를 들고 그 뒤를 쫓아갔다.

"괜찮아요. 저 혼자서도 할 수 있어요."

아저씨는 그렇게 말했지만, 역시 손 놓고 보고 있을 수는 없었다.

상자를 방에 두고 내려가자, 트럭 옆에 도쿠다와 마사코가 나란히 서 있었다.

"죄송합니다. 저 때문에 깨셨어요?"

『시로밤바』의 카레

오토하가 당황해서 사과했다.

"아니, 뭐 도울 만한 일이 있나 해서."

도쿠다가 웅얼웅얼 중얼거렸다.

"괜찮아요. 저도 도울 필요 없다는 소릴 들을 정도인걸요."

거절했는데도 그는 냉장고나 텔레비전 등 큰 물건을 운반할 때 같이 도와주었다. 역시 첫인상보다 훨씬 친절한 사람 같았다.

마사코는 짐을 나르진 못했지만, 얼마 안 되는 짐을 다 나르자 아저씨에게 페트병 차를 권했다.

"고마워요. 수고하셨어요. 이거 괜찮으시면……."

"받아도 되나요? 고맙습니다."

아저씨가 기쁘게 받았다.

오토하는 그 모습이 마치 할머니나 엄마 같다고 생각하며 마사코를 바라보았다.

"도쿠다 씨, 마사코 씨, 죄송해요."

아카보가 떠난 뒤, 오토하는 한 번 더 제대로 인사했다.

"괜찮아, 괜찮아. 나는 아침 5시면 깨긴 깨는데 금방은 다시 잠들지 못 하거든. 게다가 아까 그 차는 마트에서 행사할 때 받았는데, 나는 안 마시니까 냉장고에서 자리만 차지하고 있었어."

"나도 아침 일찍 일어나는 체질이어서요."

"괜찮다면 내 방에서 커피라도 마실래? 조금 전에 막 내린 게 있어."

마사코가 권하자, 도쿠다가 오토하를 봤다. 조금 머뭇거리는 것 같았다.

"아······ 괜찮으시면 갈게요."

"저도 가도 될까요?"

도쿠다의 말을 듣고 그도 사실은 가고 싶었지만 머뭇거린 것을 알았다.

마사코의 방은 오토하의 방과 구조가 똑같았는데 분위기는 전혀 달랐다.

방 중앙에 고타쓰°가 있고, 작은 책장이 있었다. 부엌에는 커다란 옷장과 식기장이 있었다. 둘 다 짙은 갈색에 튼튼하게 생겼는데, 부엌이 그 가구들에 점령되었다. 부엌에는 빨간색과 초록색이 어우러진 아시아풍 카펫이 깔렸다.

꼭 할머니 집에 온 것 같다고 생각했다. 실제로 마사코는 할

• 일본의 난방기구. 히터 달린 탁자 위에 이불을 덮어서 쓴다.

머니뻘 정도의 나이이기도 하다.

"젊었을 때 부모님이 사주신 거라 버리질 못하겠더라고."

도쿠다가 식기장을 보는 걸 알아차리고 마사코가 변명처럼 말했다.

"아, 아니요. 본가에도 이런 게 있어서요."

"자, 고타쓰에 들어가 앉아 있어. 춥잖아."

고타쓰에 앉아서 기다리자, 마사코가 커피를 가지고 왔다. 커피는 고풍스러운 웨지우드 커피 잔에 담겼다. 자기 것은 평범한 머그잔이었다.

한 모금 마시자, 향이 풍부한 커피 맛이 입을 가득 채웠다.

"맛있어요."

"정말? 기뻐라. 역 앞 커피 가게에서 원두를 샀어. 아침에는 맛있는 커피를 마시고 싶거든. 내 유일한 사치야."

"오늘은 죄송해요. 이사도 도와주시고 이렇게 커피까지 주시고."

"게다가 저까지 이렇게 얻어 마시고요. 별로 대단한 일도 안 했는데……."

도쿠다가 웅얼거리며 말했다.

"무슨 소리야. 여자 둘이면 힘쓰는 일은 하기 어려우니까."

그렇지? 하며 마사코가 오토하에게 동의를 구했다.

"네, 정말 고맙습니다."

"아닙니다."

도쿠다가 조금 수줍어했다.

"그래, 괜찮다면 아침에 가끔 커피 마시러 와. 나는 5시부터 일어나니까. 커피를 마신 다음에 다시 자. 출근하기 전 3시까지."

마사코가 오토하와 도쿠다의 얼굴을 번갈아 보며 말했다.

"도쿠다 씨도."

"……네."

도쿠다가 성실하게 고개를 끄덕였다.

"불편하지 않으시면요."

"물론이지."

"고맙습니다."

오토하도 그러겠다고 했다.

커피를 한 잔 마시고 오토하는 방으로 돌아왔다. 아까 도쿠다와 아카보 아저씨가 운반해 준 침구 주머니에서 침구를 꺼내 사사이의 침낭 옆에 깔았다. 시트도 제대로 펴지 못하고 쓰러져 누웠다.

간신히 마음이 놓였다. 첫 출근을 마치고 이사도 마치고, 직장 동료 겸 이웃 주민과의 교류까지 마쳤다.

어떻게든 잘할 수 있을 것 같다고 생각하자 깊고 깊은 한숨이 나왔다.

아무도 오토하를 두고 어둡다거나 밝다고 말하지 않았다. 서점을 그만둔 이유도 묻지 않았다.

아까 꺼낸 침구 옆에 『시로밤바』 문고본이 놓여있었다. 오토하는 깜빡했었는데, 미나미가 찾아서 빌려주었다. 누운 채 책을 펼쳤다.

대각선으로 쭉 훑어 읽는데, 카레에 관한 서술이 비교적 금방 나왔다.

오누이 할머니가 만들어준 카레는 맛있었다. 당근과 무와 감자를 주사위 모양으로 썰고, 밀가루와 카레 가루를 혼합해서, 소고기 캔을 소량 넣고 끓인 것인데 맛이 독특했다.

아, 그 맛이다. 그때 먹었던 그 카레다.

왠지 기쁘고 마음이 놓여서, 진한 커피를 마셨는데도 그대로 깊은 잠에 빠져들었다.

제2화

'마마야'의 당근밥

오토하는 이사를 마친 뒤 한숨 자고서 오후 3시가 되자 도
서관에 갔다.

　도서관 앞에 새까맣고 커다란 차가 세워져 있었다. 크기만
한 게 아니라 차체도 번쩍번쩍해서 한눈에 봐도 비싼 차로 보
였다. 무심코 안을 들여다봤는데, 양복에 까만 장갑을 낀 나이
든 운전사가 앉아서 주간지를 읽고 있었다.

　이렇게 멋진 차를 타고 온 사람이 누굴까, 궁금해하던 오토
하는 퍼뜩 생각이 미쳤다.

　혹시 이곳의 오너가 아닐까.

사사이는 오너에 대해 탐색하지 않는 편이 좋다고 말했지만, 만약 우연히 오너가 와서 딱 마주친다면 인사 정도는 할 수 있을 것이다.

오토하는 서둘러 안으로 들어갔다.

도서관 접수처에 마침 사사이가 있었는데, 어딘가에 전화를 거는 중이었다. 조금 심각한 표정이었다. 사사이 옆에 남색 양복을 입은 초로의 남성도 서있었다.

저 사람이 혹시 오너일지도 모른다고 생각하며 다가가자 오토하는 그도 오토하를 알아차리고 가볍게 인사했다.

사사이가 전화를 끊기를 기다려 말을 걸었다.

"좋은 아침입니다! 앗, 아침이 아니죠."

벌써 오후인 걸 깨닫고 오토하가 허둥지둥 입을 다물었다.

"좋은 기분입니다."

"네?"

"기분은 어떠세요?"

여기에서는, 아니 이 사람은 이렇게 인사하나.

"이렇게 인사하면 시간과 상관없으니까요."

"아, 그러네요."

"그건 그렇고 이분은 도서관 탐정인 구로이와 씨입니다. 히구치 씨와는 처음 만나시죠."

"앗."

오너가 아니라 도서관 탐정이라니……. 연일 새롭게 놀라
게 되는 곳이네……, 여기는. 오토하는 인사도 잊고 그를 말똥
말똥 바라보았다.

"안녕하세요, 처음 뵙겠습니다. 도서관 탐정 구로이와 데쓰
지입니다."

"앗, 실례했습니다. 처음 뵙겠습니다. 히구치 오토하입니다!"

"구로이와 씨는 전직 경찰이십니다. 기본적으로 도서관 이
용 시간에 와계십니다. 어제는 히구치 씨가 대부분 정리실에
있었으니까 만나지 못했고요."

"네."

"직함은 탐정이지만, 일종의 경비원 같은 겁니다."

구로이와가 설명했다. 목소리가 나직하고 차분했다.

"오늘은 일찍 와주십사 연락했어요. 도서관 앞에 세워진 차
를 보셨죠?"

"아, 네!"

"지금 손님이 오셔서……."

"그 손님이 오너인가요?"

'마마야'의 당근밥

"네에?"

사사이가 처음으로 눈을 크게 떴다.

"그 차 주인이 혹시 여기 오너가 아닌가 하고……."

그가 후후 미소 지었다.

"그럴 리가요. 그분은 여기 오시지 않아요. 차라리 그분이 왔다면 좋았을 텐데요."

"아니었군요." 오토하의 고개가 자연히 푹 꺾였다. "뵙고 싶었는데……."

"아쉽지만 조금 어려운 손님이 오셔서요. 그럼, 실례하겠습니다. 구로이와 씨도 와주세요."

사사이와 구로이와는 장서 정리실 쪽으로 갔다.

오토하는 어제 사사이가 빌려준 침낭을 챙겨 왔는데 돌려주지 못했다. 그도 알아차렸을 텐데 뭐라고 말하지 않았다. 그렇게 대단한 손님인가……, 하고 생각하며 접수처 안쪽 바닥에 침낭을 두기로 했다.

그들과 교대하듯이 접수처 안쪽 직원실에서 미나미가 나왔다. 손에 차를 올린 쟁반을 들고 있었다.

"미나미 씨, 좋은 아침입니다. 아니지, 좋은 기분이에요!"

"아, 오토하 씨. 기분 괜찮아?"

"저기, 손님이 오셨나 봐요?"

미나미에게 물어본 것은, 그녀가 사사이 못지않게 곤란한 표정이었기 때문이다.

"응. 갑자기 왔어. 아까……."

미나미가 목소리를 낮췄다.

"누구예요? 사사이 씨가 어려운 손님이라고 했는데요."

"사사이 씨가 그렇게 말했어? 그럼 오토하 씨한테 말해도 되겠네."

미나미가 오토하에게 손짓했다. 귀를 가까이 대자 속삭였다.

"다무라 준이치로 선생님이야."

"헉, 다무라 준이치로?"

다무라 준이치로는 이 업계 사람이라면 누구나 아는 유명 작가다. 아마 일흔 살 정도이고 젊어서부터 히트작을 팍팍 냈으며, 지금도 신간을 내면 반드시 몇 주 정도는 베스트셀러에 올라간다.

게다가…… 오토하 같은 서점 말단 직원에게도 '성격이 나쁘다'고 알려질 정도였다.

TV 같은 미디어에서는 호쾌하면서도 포용력 있는 할아버지 같은 모습으로 비춰지는데, 편집자를 대할 때는 전혀 달라서 꼬장꼬장하고 으스대며 제 고집을 마음껏 부린다고 한다.

"……왜 하필 우리 도서관에요?"

자기도 모르게 아직 출근 이틀째인 직장을 '우리'라고 불렀다. 말해놓고 속으로 조금 부끄러웠는데, 미나미는 알아차리지 못한 것 같았다.

"모르겠어. 우리가 출근하기 전부터 와있었던 것 같아. 기타자토 씨랑 사사이 씨가 응대해서 응접실로 안내했어. 그런 다음에 사사이 씨가 어딘가에 전화를 걸었고. 아무튼 나는 차를 가져다주고 올게. 부탁받았거든."

"저는 옷 갈아입고 올게요!"

"부탁할게. 접수처 좀 도와줄래?"

"아, 그런데 응접실은 어디예요?"

"2층에 카페 옆이야. 카페가 연 시간이면 기노시타 씨한테 커피를 부탁할 수 있는데……."

"아하, 거기군요."

2층으로 올라가는 미나미를 배웅하고, 오토하는 '장서 정리실'로 서둘러 갔다. 어제, 마사코와 아코에게 장서를 정리하는 동안에는 그곳 사물함을 쓰라는 말을 들었다.

진짜 큰일이다, 진짜 큰일. 자기도 모르게 작은 목소리로 중얼거렸다. 책장을 열고 들어가자, 안에는 마사코와 아코, 사사이, 구로이와가 서서 대화 중이었다.

"갑자기 그런 소리를 해도……."

마사코의 목소리가 들렸다. 고개를 갸우뚱하고 있다.

"아직 상자도 정리 안 했어. 작고하고 몇 주 지났을 뿐이니까. 우리한테 도착한 것도 빠른 편이야."

"그나저나 그 사람은 대체 왜?"

입구를 등지고 선 아코가 말했는데, 사사이가 작게 고개를 흔들었다. 오토하가 거기 있다고 알리려는 몸짓 같았다. 아코가 돌아보았다.

"아, 오토하 씨. 좋은 기분이야."

"죄송합니다, 말씀 중에."

네 사람이 범상치 않은 분위기를 풍겨서 오토하는 몸이 굳었다.

"괜찮아."

마사코가 분위기를 새로이 바꾸려는 것처럼 말했다.

"저는 짐을 두고…… 앞치마를 입고 바로…… 접수처에 앉으라고 들어서요."

네 사람이 이쪽을 빤히 응시하니까 조금 횡설수설했다.

"괜찮지 않아. 사사이 씨? 오토하 씨도 알아두는 게 좋지. 이제 오토하 씨도 우리 일원이고 장서 정리와 관련 있는 일이니까."

"그렇군요. 옷을 갈아입으면서 들어주세요."

"네."

오토하는 방 한쪽 사물함에 짐과 코트를 두고, 앞치마를 꺼냈다.

"사실은 지금 말이야, 도서관 앞에 서있는 차, 다무라 준이치로 선생님의 차야."

"미나미 씨한테 조금은 들었어요."

오토하가 손을 뒤로 해 앞치마 끈을 묶으며 고개를 끄덕였다. 묶느라 애를 먹자, 아코가 자연스럽게 오토하 뒤로 와서 끈을 묶어주었다. 아코는 다 묶고 나서 오토하의 등을 다정하게 툭툭 쳤다. 마치 괜찮다고 해주는 것처럼.

"다무라 선생님이 아무 연락도 없이 쳐들어와서…… 책을 보여달라는 거야."

"책……요?"

여기는 일단 도서관이다. 책을 보여달라고 하는 건 당연한 소리긴 한데…….

"그게 어떤 책이냐면. 시라카와 다다스케 선생님의 책을 보여달래."

"……시라카와 다다스케가 누구죠?"

"그러네. 오토하 씨 정도 나이라면 모를 수도 있겠어."

이곳은 정말 과거를 사는 도서관이다 싶었다. 어제부터 "오토하 씨 나이라면 모르겠네."라는 소리를 몇 번이나 들었다.

문득 빨리 나이를 먹고 싶었다. 나이를 먹어서, 경험을 쌓아서 모두의 틈에 끼고 싶었다.

부모님에게 "서둘러 결단을 내리지 않으면 금방 나이를 먹어서 제대로 된 직장을 못 구한다."라는 소리를 질리도록 들었기 때문인지, 오토하는 나이를 의식하고 있었다.

취직뿐 아니라 20대 중반에 들어서면서 '이제 슬슬 30대가 되겠네.'라는 초조함이 없진 않았다.

그런데 잠깐이라도 나이를 먹고 싶다고 생각하다니.

"다무라 선생님과 시라카와 선생님 모두 간토문학상 수상자야. 그것도 동시 수상자."

"아하, 간토."

간토 문학상은 중견 출판사에서 주최하는 문학 신인상이다.

"그런데 간토는 순문학상 아닌가요?"

"맞습니다. 당시에는 다무라 선생님도 순문학 작가였어요."

사사이가 끼어들었다.

"그건 처음 알았어요."

"시라카와 선생님의 수상작은 그대로 아쿠타가와상 후보가 되었습니다. 아쉽게도 수상은 놓쳤지만 평가가 좋았고, 그 뒤로도 순조롭게 경력을 쌓았지요."

"그랬군요."

"다무라 선생님은 힘든 시기를 제법 오래 겪으셨죠. 아무리 글을 써도 등단했던 잡지에 실리지도 않고, 수도 없이 허탕을 쳐서 괴로워했다고 들었어요."

아코가 어깨를 살짝 움츠리고 "그래서 그렇게 성격이 비뚤어진 걸까?" 하고 속삭였다. 마사코가 검지를 입술 앞에 대고 "쉿!" 하고 막았다.

"아닙니다, 이야기를 들어보면 그때는 다무라 선생님도 성격이 좋고 성실했다고 합니다. 열심히 노력했다고 해요."

사사이가 말했다.

"그러다가 한 편집자가 설득해서 엔터테인먼트 소설을 썼더니 꽃이 피었죠. 처음 쓴 엔터테인먼트 소설이 갑자기 유명한 서평가 눈에 들어 절찬을 받으며 그럭저럭 히트했어요. 그

후로는 아시는 대로입니다. 게다가 성격이 비뚤어진 것도 그 때부터라고…….'

"사사이 씨까지."

마사코가 미간을 찌푸렸다.

"역시 사람은 고생만 하다가 갑자기 좋은 대접을 받으면 이상해지나 봐."

"그럴지도."

"유명한 이야기도 있죠. 다무라 선생님은 등산이 취미여서 편집자들을 끌고 산에 가서 제일 먼저 올라간 녀석에게 다음 원고를 주겠다며 앞다투어 경쟁시켰는데, 그때 한 편집자가 넘어져서 크게 다쳤다던가 아닌가, 선생님 모자가 바람에 날아갔는데 그걸 주워 온 녀석에게 다음 원고를 주겠다는 소리를 해서 편집자가 바위에서 굴러떨어지는 바람에 다리가 부러졌다던가……. 진위는 모르나 그런 소문이 끊이지 않는 사람입니다."

"아무튼 소문은 소문이야. 지금은 우리가 어떻게 할지부터 생각하자고."

마사코가 딱 잘라 말했다.

"시라카와 선생님의 책을 보고 싶다는 이유가 뭘까요? 그

두 사람이 친했나요?"

오토하가 조심스럽게 물었다.

"……실은 그게 또 문제가 많아."

아코가 미간을 모으며 말했다.

"다무라 선생님이 엔터테인먼트 소설로 성공했을 무렵, 시라카와 선생님이 신문에 에세이를 썼어. 그게 내용이 엄청났지. '그대 죽는 일 부디 없기를.'이라는 제목으로……. 뭐, 요사노 아키코*를 패러디한 거지만."

"되게 엄청나네요."

"내 라이벌이 형편없는 작품을 양산한다, 실망이다, 나는 언젠가 그를 이기고 싶었는데, 이래서야 앞으로 그를 이기지 못한다, 그는 죽은 것이나 마찬가지다……. 그러니 최소한 이 이상은 죽지 말아달라는 내용이었어."

"그래서 그대 죽는 일 부디 없기를, 이군요."

"그때부터 두 사람은 견원지간이라고 일컬어졌대. 사실 접점도 거의 없었을 테니까 개랑 원숭이 사이도 안 됐겠지만.

• 일본의 시인. '너 죽는 일 부디 없기를'이라는 반전의 의미를 담은 시가 유명하다.

사는 세계도 달라졌고. 다무라 선생님은 인기 작가, 시라카와 선생님은…… 안타깝지만 결국 아쿠타가와상을 받진 못했고, 문예지에 작품을 열심히 발표했지만 최근 10년간 책도 나오지 않았어. 별로 팔리지 않으니까. 평가는 좋은데…….”

“나는 좋아해. 정밀하고 자긍심 있고 참신하고, 언제나 경이가 가득해. 사람에게는, 인생에는 이런 진실이 아직 숨어있다고 매번 감탄한다니까. 시라카와 선생님의 글이 실린 문예지는 반드시 사서 읽었어.”

마사코가 말했다. 그때 문이 열리고 미나미가 들어왔다.

“사사이 씨든 누구든 와주세요. 선생님이 언제까지 기다리게 할 거냐고 화를 내서 저한테는 버거워요.”

“아, 죄송합니다. 제가 가지요.”

미나미와 사사이가 밖으로 나갔다. 구로이와도 쫓아갔다. 다무라가 난동을 부리면 그가 나설 차례겠지.

“……그럼 저는 접수처에서 미나미 씨를 도울게요.”

“응, 잘 부탁해, 오토하 씨.”

“그런데 시라카와 선생님의 책은 지금 어디 있어요?”

마사코가 고개를 저었다.

“아직 이 방에도 오지 않았어. 창고에 그냥 넣어뒀거든. 양이 방대해. 다른 작가의 책도 있으니까 아마 정리할 때까지 아무리 빨라도 몇 달은 걸릴 거야."

"그렇군요. 그럼 저는 다녀오겠습니다."

오토하는 접수처로 가려고 방에서 나왔다.

접수처에서는 쟁반을 옆구리에 낀 미나미와 지금 막 출근한 도카이가 마주 보고 속닥속닥 대화하는 중이었다. 틀림없이 다무라에 관한 내용일 것이다.

미나미가 오토하를 알아차리고 고개를 한 번 끄덕였다.

"괜찮아요?"

"응, 내가 차를 가지고 갔을 때, 언제까지 기다리게 할 거냐고 말하는데 말투가 진짜, 묘하게 무섭더라고. 목소리를 깔아서."

오토하는 다무라가 협객물이나 형사물을 잘 쓰던 작가였음을 떠올렸다.

도카이가 고개를 저었다.

"내가 다무라 선생님한테 그런 말을 들었으면 덜덜 떨었을 거야."

"여기 오셨을 때는 어떤 느낌이었어요?"

"……처음에 마주한 사람은 입구에 있던 기타자와 씨였어. 그 사람은 늘 4시 업무시간보다 30분 일찍 와서 현관을 열거든. 그때 이미 까만 차가 있었대."

"아하."

"그러더니 다무라 선생님이 잔뜩 화가 나서 도대체 뭘 하는 거야, 언제까지 기다리게 할 거야, 라고 했대."

"미리 연락을 했나요?"

"아니. 그래도 도서관이라고 표방하니까 낮에도 열어야 한다는 거야. 뭐, 자기가 알아보지도 않고 멋대로 왔으니까 조금 부끄러웠을지도 모르지."

"아아."

확실히 일리 있다. 기세등등하게 왔는데 정작 문이 닫혀있었으니까.

"억지로 들어오려고 하는 걸 기타자토 씨가 막아서, 현관 앞에서 입씨름을 벌일 때 사사이 씨가 온 거야."

"오오, 기타자토 씨, 여자 혼자서요?"

"그 사람, 가라테 유단자니까."

"그렇군요."

"무슨 일에도 꿈쩍 안 해."

'마마야'의 당근밥

"그게 가라테랑 무슨 상관이 있어요?"

"그 사람, 평소에 말이 잘 없는데 가끔 하는 말이 재미있어. '저는 인간의 급소를 알고 있으니까요.'가 말버릇이야."

"헉!"

"아무튼 그래서 사사이 씨가 어쩔 수 없이 선생님을 응접실로 안내했을 때 우리가 출근했지."

"시라카와 씨의 책은 지금 어디에……?"

그때까지 묵묵히 이야기를 듣던 도카이가 물었다.

"아직 창고에 있대요. 양이 상당할 거래요."

오토하는 조금 전에 듣고 온 설명을 했다.

"아하, 그렇군. 어떻게 하려나."

대화하는 중에 사사이가 2층에서 내려왔다. 표정이 심각했다.

아마 본인도 깨닫지 못했을 텐데 작게 한숨을 쉬었다. 그러다가 세 사람이 자길 보는 것을 알아차리더니 정신 차리고 접수처로 다가왔다.

"어땠어요?"

미나미가 제일 먼저 안달 난 듯이 물었다.

"시라카와 선생님의 책은 아직 정리하지 못했고, 아마 몇 달쯤 걸릴 테니 정리를 마치면 제일 먼저 알리겠다고 말씀드렸는데……. 역시…… 어떻게든 오늘 시라카와 선생님의 책을 보고 싶다며 꿈쩍하지 않네요."

"아아, 싫네요. 제멋대로야."

미나미가 망설이지 않고 투덜거렸다.

"물론 바쁜 분이니 이런 외진 곳까지 쉽게 오지 못하는 건 이해하지만요."

사사이가 그래도 조금은 편을 들었다.

"지금부터 창고에서 꺼내 여기에 가지고 올 때까지 몇 시간은 걸리고, 양도 상당하니까 선생님이 쭉 보시는 데도 시간이 걸릴 거라고 말씀드렸지만……."

"창고가 어디예요?"

오토하의 질문에 사사이는 도카이, 미나미와 얼굴을 마주 보고 작게 한숨을 쉬었다.

"……이게 또 멉니다. 오우메 안쪽에 오래된 집이 있는데 거길 창고 대신으로 써요. 여기에서 차로 한 시간쯤 걸리니 지금부터 가서 책을 차에 싣고 다시 돌아오면……."

"두 시간 반은 걸리겠지요."

"뭐, 다무라 선생님은 시간이 걸려도 괜찮으니까 다녀오라고 하셨어요."

'마마야'의 당근밥

"그렇군요."

"장서 정리 담당은 마사코 씨와 아코 씨지만 두 분이 다녀오시게 할 순 없습니다. 멀기도 하고, 중노동이에요. 이번에는 저와 도카이 씨와 도쿠다 씨…… 그리고……."

사사이의 눈이 오토하에게 멈췄다.

어라? 나? 오토하가 자기 얼굴을 손가락으로 가리켰다.

"네, 히구치 씨도 동행해 주시겠습니까? 히구치 씨, 창고는 처음이죠. 마침 좋은 기회니까요."

"구로이와 씨에게 부탁하는 편이 낫지 않을까요?"

도카이가 딱하다는 듯이 말했다.

"아니요, 구로이와 씨는 만약을 위해 여기 계시게 하려고요. 선생님이 또 억지를 쓰면 귀찮아집니다. 저런 타입은 여성에게는 거만하게 나오니까……."

"아하."

확실히 상대가 여성이면 안 그래도 건방진 클레이머가 더 강하게 나오기도 한다. 오토하도 서점에서 자주 봤다.

"지금도 응접실 앞에 서계십니다."

"알겠어요. 저, 갈게요. 창고에 가보고 싶어요."

오토하가 말했다.

"오늘은 쌀쌀하고, 창고는 여기보다 훨씬 추운 곳입니다. 제대로 된 난방기구도 없으니 따뜻하게 하고 갑시다. 필요하다면 기숙사에 가서 입을 옷을 가지고 오세요."

"패딩 코트를 입고 왔으니까 괜찮아요."

"그럼 갈까요? 차 한 대로 나를 수 있을까?"

사사이가 고개를 갸웃거리자, 도카이가 나섰다.

"여기 차, 하이에스 승합차죠. 저는 제 차를 가지고 왔습니다. 평범한 자가용이지만."

"그 정도면 되겠죠. 우리는 입구에 차를 가지고 올 테니 도쿠다 씨를 불러와 주세요."

사사이가 미나미 쪽으로 돌아섰다.

"선생님에게 차를 자주 대접해 주세요. 곧 기노시타 씨도 출근할 테니 그때는 선생님에게 묻고 커피를 내드려도 좋습니다."

"라저roger."

미나미가 장난스럽게 경례했다.

"뭔가 곤란한 일이 생기면 마사코 씨나 아코 씨에게 상담하세요. 제 휴대폰으로 연락하셔도 됩니다."

"아이아이, 서aye aye, sir!"

미나미가 한 번 더 경례했다.

도쿠다와 함께 입구에서 기다리자, 차 두 대가 왔다. 도쿠다가 자연스럽게 도카이의 차 조수석에 타서 오토하는 승합차 조수석에 앉았다.

"라디오라도 켤까요?"

오토하가 코트를 벗어 뒷자리에 놓자, 사사이가 물었다.

"네, 고맙습니다."

사사이와 앞으로 한 시간 정도 드라이브라니. 올 때를 합치면 두 시간은 된다고 생각하자 조금이지만 긴장했다.

"평소 어떤 노래를 들으세요?"

"뭐든 다 들어요."

"그럼 적당히."

사사이가 고른 것은 NHK로, 갑자기 클래식 현악사중주가 들려서 놀랐는데 그는 별로 개의치 않는지 그대로 뒀다.

"……이런 일이 자주 있나요? 작가 선생님이 오는 거요."

잠시 달리다가 오토하가 침묵을 견디지 못해 물었다.

"아니요, 없습니다. 있어도 연 2, 3회 정도겠죠. 게다가 작가 선생님들 대부분, 아마도 평범한 손님처럼 말없이 오셔서 책을 보고 가실 테니 우리가 모를 때도 있겠죠."

"그러겠네요."

"먼저 연락을 주고 오신 적은 몇 번쯤 있습니다. 본인 작품의 자료로 쓰기 위해 오시거나, 작가 지망생이 다른 작가의 장서를 보고 참고하고 싶다고 오시기도 해요. 단순히 팬이어서 오는 분도 계시죠. 그중에는 본인 사후, 책이 어떤 식으로 관리되는지 보고 싶다며 오는 분도 있습니다. 그래도 이런 일은 드물어요."

"그렇겠죠?"

그리고 또 침묵이 이어졌다.

"……저기, 조금 이상한 걸 물어도 될까요?"

오토하가 조심스럽게 물었다.

"뭐든지요. 제가 대답할 수 있는 거라면."

"이 도서관…… 운영을 어떤 식으로 하죠? 아, 그게, 저는 괜찮은데 부모님이 사립 도서관을 어떻게 운영하는지, 그런 식으로 경영해서 어떻게 꾸릴 수 있는지를 좀 신경 쓰여서요."

"아하."

사사이가 고개를 끄덕였다.

"이상하긴 하죠. 부모님이 걱정하시는 것도 당연합니다."

"아니요, 저는 정말로 신경 안 써요. 만에 하나 무슨 일이 있더라도 고향에 돌아가 다른 회사에 취직할 수 있을 테니까요."

자기 입으로 말해놓고 앗 하고 허둥거렸다.

"그렇다고 적당히 일하겠다거나, 적당한 마음으로 여기까지 온 건 아니라요……. 어제 하루 일했을 뿐이지만 가능하면 쭉 여기에서 일하고 싶다고 진심으로 생각할 정도로 멋진 직장이어서, 그러니까 저도 조금 걱정하는 마음도 있어서……."

말하다가 숨이 찼다.

"알겠습니다. 아니, 물론 알고 있어요."

앞을 보고 있어서 잘 모르겠지만, 사사이는 웃고 있는 것 같았다.

"히구치 씨, 주변을 많이 신경 쓰는 편이군요. 섬세한 분이에요. 여기에서는 좀 더 힘을 빼고 하고 싶은 말을 편하게 해도 됩니다."

"섬세한…… 고, 고맙습니다."

그런 말을 직장에서 들은 적은 없었다.

"뭐, 저는 좀 둔감한 면이 있고 마사코 씨나 아코 씨는 둔감하진 않아도 나이가 있으시니까요. 뭐든지 의연한 면이 있죠. 너무 신경 쓰지 않고 일하시면 좋겠습니다."

"사사이 씨가 둔감하세요? 저는 전혀 그런 줄 몰랐어요." 무심코 웃고 말았다.

"물론 저는 어제 막 왔으니까 모르는 것도 아주 많겠지만요."

"친척에게 너는 정말 둔감하다는 소리를 들은 적 있어요."

"우아아!"

"뭐, 그건 됐고요. 아무튼 너무 신경 쓰지 마세요. 앞으로 오래 같이 있을 테니 직장에서는 편하게 지냅시다."

"정말 고맙습니다."

자기도 모르게 조수석에서 꾸벅 고개를 숙였다.

"그래서 하던 이야기입니다만……."

"아, 네."

"제가 들은 이야기에 따르면, 도서관 건물 자체는 예전에…… 말하자면 거품경제 시대에 부동산으로 돈을 번 부자가 취미로 세운 도서관이라고 합니다. 거품경제가 붕괴하면서 도산하여 경매에 내놨는데, 건물을 잘 활용하지 못해서 몇 번이나 주인이 바뀌어 폐허처럼 되었다고 해요. 그렇게 방치된 것을 지금의 오너가 저렴하게 사서 수리했다고 들었습니다. 뒤쪽 연립주택도 마찬가지고요. 또 처음에는 작가의 장서를 어찌어찌 인수해서 오너 혼자 정리했는데, 몇 년 전에 가이토 료이치가……."

　사사이는 작품이 영어로 번역되어 외국에서도 인기가 있고, 노벨문학상 후보에 오르면서 더욱더 인기를 누린 작가의 이름을 거론했다. 그는 5년쯤 전에 작고했다.

　"사후, 장서를 우리에게 남겨주어서 그 뒤로 손님이 일정하게 찾아오기 시작했습니다. 가이토 료이치는 외국에서도 유명하고, 영어 원서도 많이 가지고 있었으니 외국에서도 팬이 끊이지 않고 찾아오게 되었죠. 정말 감사한 일입니다. 뭐, 그의 장서를 훔쳐서 옥션에 내놓는 사건 탓에 조금 뉴스가 되기도 했습니다만."

　"그런 일이 있었어요?"

　"그 후로 입구 경비를 강화하고 구로이와 씨를 오시게 했습니다. 그래도 그 사건으로 또 조금은 유명해졌으니 전화위복이죠. 어느 정도 경영이 편해졌습니다. 장서를 기증해 주시는 작가나 가족도 늘었고요. 그중에 재산 일부를 우리 도서관의 존속을 위해 남겨주는 분도 계시고…… 또 나라에서도 문화재 보존을 위해 보조금을 줍니다."

　"그렇군요."

　"하지만 운영자금 대부분은 오너의 개인 자산에서 나온다는 게 꼭 소문만은 아닙니다."

"엇, 정말인가요?"

오너의 주머닛돈이라는 것일까.

"실은……."

"네."

"아까 다무라 선생님, 만약 오늘 중에 시라카와 선생님의 장서를 보여주면 사후 장서를 기부하겠다고 약속했습니다. 또 많은 기부도요."

"그랬어요?"

"뭐, 저도 그냥은 움직이지 않습니다."

사사이가 드물게도 살짝 웃었다.

"선생님 장서에 『일본국어대사전』도 있다고 해요. 세트로 거의 손대지 않은 것이."

"아, 일본에서 가장 크고 비싼 사전이죠. 사사이 씨, 의외로 능력 있으시네요?" 무심코 말이 막 나와서 오토하는 또 자기 입을 틀어막았다.

"죄송해요, 조금 오버했어요."

"압니다. 그래도 칭찬하신 거죠. 그럴 때는 걱정 안 하셔도 됩니다. 나도 기뻐요."

"네, 고맙습니다."

또 한동안 조용한 클래식 음악이 흘렀다.

"히구치 씨, 괜찮다면 잠깐 자도 됩니다. 어제오늘 사이에 피곤하시죠. 이사도 했고."

"아니요, 괜찮아요. 이삿짐 정리를 마치고 의외로 잘 잤거든요."

"그래도 아직 시간이 걸리고, 거기 도착하면 일해야 하니까요."

절대로 자지 않을 생각이었는데, 사사이의 다정한 말투 때문일까. 오토하는 어느새 잠들고 말았다.

✦ ✦ ✦

나는 그다지 성격 좋은 사람도 아니고 야무진 사람도 아니다. 무엇보다 밝은 성격도 아니다.

미나미는 황급하게 나가는 사사이와 오토하, 도카이의 뒷모습을 배웅하며 생각했다.

'아이아이 서!' 같은 소리, 대체 어느 입에서 나오는 거람. 인식하지 못한 사이에 입이 멋대로 움직였다.

나가는 사람들을 '밝게' 배웅했더니 왠지 모르게 너무 지쳤다…….

아아, 하고 한숨을 쉬며 비틀비틀 접수처에 앉았다.

"에노키다 미나미 씨."

뒤에서 누가 불러서 깜짝 놀라 돌아보았다.

마사코와 아코가 서있었다.

"혼자 괜찮겠어?"

"괜찮아요!"

활짝 웃으며 엄지까지 세워 보였다.

"그래? 왠지 기운이 없어 보였거든. 힘들면 말해. 그리고 다무라 선생님 말이지."라고 말하며 마사코가 위를 가리켰다. "저 사람이 무슨 말을 하면 망설이지 말고 우리를 불러."

"정말 혼자 괜찮겠어?"

아코도 걱정스럽게 물었다.

"아…….."

사실은 혼자 두지 말길 바랐다. 누군가 곁에 있어주면 좋겠다. 그 아저씨……, 아니 할아버지……, 다무라 준이치로, 너무 무서웠다. 또 호통이라도 치면 울 것 같다. 그 사람이 무슨 말을 하면 부르라고 해도 그 '말한 순간'에 누군가 곁에 있어주지 않는 이상 나 혼자 대처해야 하잖아⋯⋯. 무서워. 이런 거 혼자서는 못 해. 오늘은 도카이 씨도 창고까지 가버렸고.

"괜찮아요!"

마음과 반대로 또 웃으며 대답했다. 이번에는 두 손의 엄지를 나란하게 세워 '굿!'이라고 표현했다.

"저런 할아버지, 혼자 해치울 수 있어요."

"해치우지 않아도 되니까."

마사코가 무심결인 듯이 웃음을 터뜨렸다.

"아, 그러네요. 아무튼 저는 지지 않을게요."

"⋯⋯져도 괜찮아."

아코가 그렇게 말해서 놀랐다.

"네?"

"그럼 우리는 정리실에 있을게."

미나미의 표정을 알아차리지 못했는지 두 사람이 떠났다.

아코가 말한 '져도 괜찮아.'는 무슨 의미일까. 그런 생각을 하며 접수처 업무를 준비하기 시작했다. 폭풍우가 쳐도 눈이 내려도, 이상한 소설가가 와도, 도서관은 문을 열어야 한다.

컴퓨터를 켜고 책상을 정리했다. 도서관 공식 문의 메일에 들어온 질문에 답변했다. 대부분 도서관 장서나 작가에 관한 질문이다.

> 사이타마현 출신 작가 이시카와 기요타카를 조사하고 있습니다. 그의 장서 중에 의료 관련 전문서가 있을까요? 있다면 어떤 것이 있는지 목록을 작성해서 보내주십시오.

작가와 동향인 향토 연구가라고 한다. 아마도 고등학교 사회 선생님 같은 사람이 퇴직 후에 연구가라고 자칭하는 거겠지.

알 게 뭐야, 짜증 나.

속으로 욕을 퍼부었다.

여긴 공립 도서관도 아니고, 미나미는 자원봉사자도 아니다. 왜 누군지도 모를 자칭 연구자가 메일 한 통 보냈다고 목록까지 작성해서 보내줘야 하는가.

아니, 물론 그런 레퍼런스가 도서관 사서의 중요한 업무 중 하나인 것은 알지만, 여기에서 그것까지 해줄 필요가 있을까.

> 그중에 흥미 있는 것이 있다면 직접 찾아가서 조사할 의향도 있습니다만…….

'마마야'의 당근밥

하? 좋은 자료가 있다면 행차해 주시겠다고 말하고 싶은 거냐. 아마 이 사람은 틀림없이 교사이거나 학자일 것이다. 시혜적인 태도로 보아 틀림없다.

그렇다고 무시할 수도 없다. 미나미는 이시카와 기요타카 장서 일람을 찾아 메일에 첨부해서 보냈다. 최대한 예의를 차리면서도 건방진 말을 덧붙여서.

우리 도서관에 보여주신 관심에 진심으로 감사합니다. 이시카와 기요타카의 장서에서 의학 관련한 책을 선별하는 작업을 시작했으나, 저는 의학에 문외한이어서 빠트릴 가능성이 있음을 도중에 깨닫고, 일람을 전부 보내 직접 확인할 수 있게 하는 편이 좋겠다고 판단했습니다…….

물론 모든 도서에 색인과 도서 분류 번호가 있으므로 검색 기능을 써서 골라낸 목록을 만들 수는 있다. 그러나 이 사람은 좀 열받는다. 부탁하면 순식간에 답이 돌아온다고 여기는 뻔뻔함이 싫었다.

잔뜩 짜증을 담아 답 메일을 써서 보내면 기분이 나아질 줄 알았는데, '휘웅!' 하는 희미한 소리와 함께 메일이 발송되자,

쓰기 전보다 더 큰 짜증이 덮쳐왔다.

이럴 때, 미나미는 자신이 책이나 책과 관련한 일을 별로 좋아하지 않는다고 생각한다.

어려서는 얌전한 아이였다. 공원이나 운동장이 싫었다. 뭘 하든 서툴고 운동신경이 나빠서, 달리면 넘어지고 공을 던지면 손가락을 삐고, 구름사다리나 정글짐, 철봉에서는 떨어졌다. 다치지 않으려면 집에서 얌전히 책을 읽을 수밖에 없었다. 다행인지 불행인지 부모님도 책을 좋아하는 사람이었다.

"미나미는 책을 좋아하는구나." "미나미는 국어를 잘하는구나." "미나미는 학교 선생님이나 도서관 사서가 되면 좋겠다." 그런 말에 떠밀리는 식으로 어쩌다 보니 대학 영문과에 들어갔고, 도서관 사서와 교원 자격을 땄다. 자격증은 있지만 학교 선생님이 되고 싶지 않았다. 별로 좋아하지 않았던 학교생활로 다시 돌아간다고 생각하면 오싹했다.

도쿄의 중견 대학을 졸업해도 도서관 사서 일자리는 거의 없었다. 결국 미나미는 지방 공립 도서관의 아르바이트에 지원했다. 도서관 아르바이트는 어떤 일이든 하나같이 3개월로 기간을 한정했다. 시내에는 도서관이 지역별로 있었고, 자연히 그곳을 3개월마다 전전하게 되었다. 미나미와 똑같이 그렇게 지내는 사람이 몇 명인가 있었다. 시립 도서관은 대부분 그런 식으로 운영되었는데, 아무도 그 제도를 시정하려고 하지 않았다.

면접할 때부터 도서관 사서가 아니라 아르바이트로 채용할 텐데 괜찮겠냐는 질문을 받았다. 즉, 전문직이 아니라 누구나 할 수 있는 일을 할 사람으로 고용한다는 것이다. 다른 곳은 아예 모집을 하지 않으니 싫고 좋고가 없었다.

사실 미나미도 전문적인 일을 나서서 요구할 생각은 없었다. 최저 시급은 받을 수 있었지만 고액 연봉은 줄 수 없다고 했다. 한 달에 일하는 일수나 시간이 정해져 있어서 추가 근무를 해야 할 때는 돈도 못 받고 일해야 했다. 연금이나 건강 보험료를 제하면 한 달에 12만 엔 정도가 매달 입금되었다. 본가에서 지내며 엄마가 만들어준 도시락을 싸서 다니니까 그럭저럭 살 수는 있었다. 집에 3만 엔을 생활비로 내고, 좋아하는 물건도 조금은 살 수 있고 저금도 할 수 있다. 부모님도 "딸은 시립 도서관에서 일해요."라고 말할 수 있어서 나쁘지 않았나 보다. 이렇게 지내다가 누군가와 만나 결혼하겠거니 싶었다.

'지방 도서관 사서, 비상근입니다.'라는 프로필 문구를 달고

SNS를 했다. 닉네임은 '사우스'였다. 사실은 간토 근교에 살았지만 무서워서 다른 지방에 사는 것처럼 꾸몄다. 대단한 글이 아니라 가끔 먹은 케이크나 카페 사진을 올리고 소설 감상을 쓰는 정도였는데, 몇 년쯤 지나자 팔로워가 수백 명쯤으로 늘었고, 팔로잉 수도 마찬가지였다. 평균적으로는 조용한 SNS 활동이었다.

어느 날, 아무 생각 없이 자신이 처한 상황을 적었다. 시 규약 때문에 아르바이트는 일률적으로 3개월까지로 정해져 있지만, 실제로는 기간이 끝나면 며칠만 쉬고 다른 도서관으로 옮기며 몇 년이나 일하고 있다는 것, 월급은 실수령 12만 엔으로 전혀 늘어날 기대가 없는 것⋯⋯.

자조적으로 쓴 글인데, 그게 순식간에 퍼졌다. 어떤 남성 인플루언서가 그 글을 인용하여 '대학도 졸업하고 도서관 사서와 교원 자격증을 가진 '지적인 여성'이 이런 처우에 놓였다니, 이것은 일본의 근본적인 구조 문제 아닐까.'라는 트윗을 올려 더욱 퍼져나갔다.

솔직히 그렇게까지 뭔가 항의하고 싶어서 쓴 글도 아니어서 미나미는 매우 당혹스러웠다. 만약 더 널리 퍼졌다가 사회적인 문제가 되면 계정 자체를 삭제하려 했는데, 이틀 정도 지나자 '좋아요'는 몇천 건, '리트윗'이 몇백 번쯤으로 그쳐서 별로 화제가 되진 않았다.

안도했을 때 받은 DM이 '이곳'으로 오라는 권유였다.

근계, 평소 귀하의 SNS 활동을 즐겨 보았습니다. 저는 '세븐 레인보우'라고 하는 사람입니다. 이번에 도서관 일에 관한 사우스 님의 글을 보고 놀랐습니다. 괜찮으시다면 책과 관련한 일을 소개해 드릴 수 있습니다만, 어떻습니까.

미나미가 끌린 것은 도서관 일이라는 내용도, 작가의 장서를 모은 특수성도 아니고 대우였다. 월급도 지금보다 3만 엔이나 많아지고, 무료 기숙사가 있다. 부모님의 "결혼해야지."라는 말이 듣기 싫은 참이었다. 부모님의 잔소리가 성가셨고, 언젠가 결혼하더라도 한 번은 혼자 살아보고 싶었다.

이런 너무도 소극적인 이유로 미나미는 이곳에 왔다.

이곳은 생각보다 훨씬 더 일하기 편했다. 일은 한가롭고 사람들도 다 다정하다.

오토하가 오기 전까지 제일 젊은 직원이 미나미였다. 그래서 직장의 '막내' 같은 태도가 몸에 뱄다. 여기 있는 사람들은 한참 위인 마사코와 아코, 차분한 사사이, 오빠 같은 도카이 (도쿠다는 미나미가 입사할 때는 아직 없었다)였으니 '언제나 밝고 장난기 있는 막내'가 필요할 것 같았다. 아니, 생각하기에 앞서 몸이 먼저 반응했다.

밝고 장난기 있게 지내다가도 이렇게 제멋대로인 이용자의 메일에 답을 쓰다 보면, 자기 본성이 드러날 것 같아서 두렵다.

이 도서관에서 일하는 다른 사람과 자신은 전혀 다르다⋯⋯.

나중에 들어온 도쿠다도, 어제 들어온 오토하도 "책을 좋아해요!" "소설을 특히 좋아해요!"라는 감정을 전혀 감추려 하지 않는다.

미나미는 사실 일할 때 필요한 책만 읽고 그 이상은 책을 더 찾아서 읽거나 공부하지 않는다. 다만 도서관 업무 특성상 필요한 책이 많으니까 독서가처럼 보일 뿐이다.

언젠가 이 가면이 벗겨지지 않을까⋯⋯.

미나미는 늘 두려워했다.

✦ ✦ ✦

"히구치 씨, 슬슬 도착합니다."

'마마야'의 당근밥

사사이의 목소리에 눈을 뜨고, 주변을 살펴보자, 어두컴컴했고 산길에 접어들어 있었다. 무심코 뒤를 보니, 도카이가 운전하는 차가 잘 따라오고 있었다. 그 이외에는 전부 새까맸다.

"죄송해요, 잠들었어요."

"괜찮습니다. 제가 한 말이니까."

"대단한 곳이네요."

"이래 보여도 도쿄도입니다."

숲을 빠져나오자 작은 집락이 나왔고, 사사이는 그중 목조 독채 앞에 차를 댔다. 농가처럼 생긴 이층집으로, 대나무 숲이 주변을 에워쌌다. 마당이 넓은데 일부는 밭 같았다.

"잠깐만 기다리세요."

사사이가 운전석 쪽으로 내려 차 뒤로 돌아가 손전등 두 개를 꺼냈다. 하나는 뒤에 도착한 도카이 쪽에 건네고, 하나는 불을 켜서 조수석을 열고 오토하의 발밑을 비춰주었다.

"고맙습니다."

냉기가 쑥 들어와 반사적으로 목을 움츠렸다. 밤의 도서관 근처도 엄연한 교외이고 추웠는데, 여기는 또 1도쯤 온도가 낮은 것 같았다.

"캄캄하죠. 조심하세요."

손전등 빛에 의지해 넷이 농가 같은 가옥의 문 앞에 서자, 사사이가 열쇠를 꺼내 덜컹덜컹 소리를 내며 미닫이문을 열었다.

여긴 도쿄지만 오토하가 보기에 본가 분위기와 비슷했다. 오토하의 집은 시내에 있어서 맨션인데, 친구 집은 이런 집이 많았다.

"여기가 창고인가요?"

"네. 여기도 오너가 마음에 들어서 산 집 중 하나입니다. 뒤에 광도 있으니까 책을 놓을 수 있겠다고요."

"그렇군요."

"보기에는 평범한 목조이고 낡아서 습기 등등 여러모로 걱정스러울 테지만, 목재로 지은 집이어서 의외로 튼튼합니다. 그래도 오너는 조만간 제대로 된 창고를 사서 그쪽으로 옮길 생각이라고 합니다만."

"아이고, 그건 그렇고 춥네요."

도카이가 말했고, 도쿠다도 고개를 끄덕였다.

"지금 전기를 켜겠습니다."

사사이가 현관 전등 스위치를 켜자, 탁 소리가 나며 주변이 갑자기 밝아졌다. 무의식중에 한숨이 나왔다. 밝아지기만 해도 조금은 따뜻해진 것 같았다.

현관은 흙바닥인데 오토하의 기숙사와 비슷한 넓이였다. 전 주인의 것인지 나무로 만든 매 조각상이 놓여있었다.

사사이가 또 미닫이문을 열자 널찍한 방이 나왔는데, 한가운데가 이로리*로 뚫려있었다.

"오오, 이거 멋진데! 여관으로 써도 되겠어요."

지금까지 말이 없던 도쿠다였다.

"도쿠다 씨도 처음 오세요?"

"아니, 전에 한 번 왔는데, 그때는 별관 쪽 장서를 가지러 왔을 뿐이어서."

"별관도 있나요?"

"응, 이 뒤에 별채가 있어요."

이로리가 있는 방 옆이 부엌이고, 그 안쪽에 객실 같은 일본식 방이 두 칸 연속으로 이어졌는데 거기에 상자가 가득 쌓여있었다.

"시라카와 선생님의 장서는 이겁니다."

"앗, 이건가요?"

---

* 바닥을 네모나게 도려내 한 단 낮춰서 불을 피우는 구조물.

"음, 일단 옮길까요?"

"이대로 할 건가요? 아무리 그래도 너무 춥지 않나요?"

도쿠다가 입을 삐죽이며 말했다.

"그럼 히터만이라도 틀까요. 이 히터는 집을 리모델링하면서 급한 대로 단 것이라 작아서 별로 따뜻하지 않을 겁니다. 어쩌면 우리가 운반하는 동안에는 전혀 따뜻해지지 않을지도 몰라요."

그래도 사사이가 스위치를 찾아 켰다. 우우웅, 이상한 소리를 내며 방 한쪽에 달린 히터가 작동하기 시작했는데, 바람만 나올 뿐이라 오히려 방이 추워진 것 같았다.

"마사코 씨와 아코 씨에게 듣고 왔습니다. 시라카와 선생님의 상자는 총 스물세 개. 전부 상자 위와 옆에 선생님 이름이 적혀있어요."

"이거네요."

오토하가 하나를 발견하고 말했다.

"이쪽은 전부 선생님 건가 봐요."

"상당히 많군."

"작가치고는 지극히 평범한 양입니다."

그때부터 다들 묵묵히 운반했다. 오토하에게는 무리하지

말라며 작은 상자를 줬으나, 그래도 책이 들어간 상자는 몹시 무거웠다.

방은 아무리 기다려도 따뜻해지지 않고, 냉기가 발밑에서 올라오는 것 같아 몸이 얼어붙었다. 마루방 사이를 오갈 때면 맨발로 스케이트를 타는 느낌이었다. 양말을 한 켤레만 신고 온 것을 후회했다.

그래도 방과 차까지 몇 번인가 왕복해서 30분 만에 다 운반했다. 그제야 아주 조금 방이 따뜻해진 기분이었는데, 어쩌면 몸을 움직여서 그럴지도 모른다. 그 정도로 집은 냉골이었다.

돌아가는 길은 올 때 이상으로 말이 없었다. 오토하가 차 운전을 교대하겠다고 말해보았으나, 사사이는 자기가 하겠다며 들어주지 않았다.

"교외지만 일단은 도쿄이고, 어제 막 오신 분께는 혹독합니다. 게다가 저, 운전을 꽤 좋아해서요."

오토하도 고향에서 운전했고 산길도 몇 번이나 달려서 핸들 다루는 데는 자신 있지만, 굳이 더 말하지 않았다.

딱 한 번, 편의점 앞에 차를 세워 교대로 화장실에 갈 겸 쉬고 따뜻한 커피를 마셨다.

"……어디 패밀리레스토랑에서 가볍게 먹고 가면 어때요?"

도카이가 제안했지만 사사이가 고개를 젓고 스마트폰을 꺼냈다.

마사코에게서 몇 번이나 전화가 왔고, 미나미에게서 짧은 메시지가 와있었다.

"아까 마사코 씨에게 다시 전화를 해보니, 다무라 선생님이 이제 한계인가 봅니다."

"그렇군요."

미나미가 보낸 짧은 메시지는 '앞으로 몇 분 정도면 도착하나요?' '커피는 싫다고 하시네요.'였고, 그 이외에 몇 번인가 우는 얼굴 이모티콘을 보냈다.

넷은 얼굴을 마주 보고 자연스럽게 한숨을 쉬었다.

"교통사고를 일으키거나 법을 위반하면 안 되겠지만 최대한 서두르죠."

사사이가 말하자 모두 고개를 끄덕였다.

다시 차에 타자, 조금 전보다도 더한 침묵이 이어졌다. 얼마 지나지 않아 도로 표식에 도서관이 있는 동네 이름이 보여서 안도했다.

"아, 한 가지 말씀드려 두고 싶은데요."

도서관이 보일 즈음 사사이가 말했다.

"뭔데요?"

"그 집…… 오늘 갔던 창고 대신으로 쓰는 집 말입니다만, 사실은 아주 멋진 건물입니다. 오늘 밤은 날씨가 별로여서 그저 괴로운 추억으로 남을지도 모르나, 다음에 날씨 좋은 날 기회가 생기면 가봐도 좋을 겁니다."

"그런가요……? 알겠습니다."

지금은 전혀 그럴 마음이 없다고, 오토하는 속으로 중얼거렸다.

도서관 입구에는 짐차를 준비한 세 사람, 마사코와 아코, 미나미가 기다리고 있었다.

"고생했어. 이제나저제나 기다렸어요."

마사코가 말했다.

"정말이지 그 사람, 응접실에 있으면 될 것을 도서관을 돌아다니며 '저 녀석은 시시한 책이나 읽고.'라느니 '인기도 없는 주제에 시건방지게 어려운 책이나 읽었네.'라고 욕하고, 카페에서는 기노시타 씨 메뉴에 트집을 잡아서 싸움이 날 뻔했어요……."

미나미가 지긋지긋하다는 표정으로 말했다.

"죄송합니다, 고생하셨죠. 저도 선생님 제안을 거절할 걸 그랬다고 몇 번이나 생각했습니다."

"뭐, 구로이와 씨가 선생님 뒤에 바짝 달라붙었으니까요. 덕분에 조금은 낫긴 했어요."

"정말 미안합니다."

사사이가 고개를 푹 숙였다.

"사사이 씨 잘못이 아니지. 자, 옮길까?"

아코만은 쾌활했다.

우선 남자들이 차에서 책을 내려 짐차에 실었다.

모두 "히구치 씨는 쉬어도 돼요."라고 말했지만, 아코의 짐차에 얹은 상자 두 개가 조금 불안정해서 흔들거리는 것을 보고 돕기로 했다.

"제가 밀 테니까 아코 씨는 상자를 잡아주실래요?"

"이 상자, 너무 많이 넣어서 뚱뚱한 탓에 안정감이 없네."

엘리베이터로 2층에 올라가 응접실로 들어가자, 지칠 대로 지친 다무라가 단정하지 못한 자세로 소파에 앉아 있었다.

"드디어 왔군⋯⋯."

고맙다는 말도 없다. 그 말본새에 화가 났지만, 생각해 보면 이 할아버지는 낮부터 여기에서 기다렸으니 지치는 것도 당연하다 싶었다.

모두 묵묵히 짐차에서 상자를 내리고, 하나씩 테이프를 벗겨 상자를 열었다.

"아아, 아아, 그, 뭐냐, 가위…… 아니, 칼 같은 거…….'

몇 겹으로 붙인 테이프에 애먹는 아코를 보고 다무라가 안달을 내며 외쳤다.

"커터 말인가요?"

미나미가 표정 없이 대답했다.

"그래, 커터로 휙 해서 열면 되잖나."

"책이 다칠지도 몰라요. 소중한 책이요. 그럴 순 없습니다."

마사코가 단호하게 말했다.

그 말에 아무리 다무라여도 입을 다물 수 밖에 없었다.

그렇게 안달을 냈으면서도 다무라는 상자가 전부 올 때까지 안을 살펴보려 하지 않았다. 상자 옆에 계속 서있었다.

"이걸로 전부입니다만…….'

사사이가 마지막 상자를 열며 말했다.

"그런가. 그럼 모두 나가주게. 나머진 내가 할 테니."

마지막까지 고맙다는 말도 없고 오히려 자기가 봐준다는 식으로 말한다.

어휴, 이제야 끝났네……. 다들 어딘지 모르게 안도한 분위기가 흘렀을 때였다.

　"그럴 수는 없습니다."

　마사코가 딱 잘라 거절했다.

　"시라카와 선생님의 책은 아직 전혀 정리가 되지 않았어요. 몇 권인지도 헤아리지 않았고, 색인이나 명부도 만들지 않았죠. 여기에서 책이 분실되어도 우리가 파악할 수 없습니다."

　"……그러니까 내가 이 책을 훔친다는 소린가?"

　"분실이라고 말씀드렸죠. 예기치 못하게 책이 뒤섞이거나 알아볼 수 없게 되면 곤란합니다."

　"나를 의심하는군? 내가 이런 시시한 놈의 시시한 책을 훔칠 남자라고."

　"남자인지 여자인지는 상관없고, 분실되면 곤란하다고 말씀드렸습니다. 누구 한 명이라도 좋으니 여기 있게 해주세요."

　"내가 네놈들 책을 훔칠지 모르니 지켜보겠다는 소리잖아?"

　다무라가 한마디, 한마디 할 때마다 목소리가 굵어지고 커지고 낮아졌다. 마지막에는 거의 야쿠자 영화 같았다.

　그래도 마사코는 전혀 물러서지 않았다. 덩치 큰 다무라가 비쩍 마른 마사코를 아무리 위압하며 거칠게 목소리를 높여도.

"훔친다는 소리는 한마디도 안 했습니다. 게다가 여기 있는 책들은 우리 책이 아닙니다. 여기 있는 책은 전부 작가라는 부류가 남긴 문화재이며 국민의, 아니 전 인류의 보물입니다. 물론 다무라 선생님, 당신이 책을 남겨주신다면 그 책 역시 그렇고, 마찬가지로 소중히 다룰 겁니다. 우리는 작가라는 존재를 사랑하니까요."

분노로 부풀다 못해 터질 듯했던 다무라의 얼굴이 갑자기 쪼그라들었다.

"……그럼 자네, 자네면 괜찮네."

마사코를 가리켰다.

"하지만 다른 사람은 안 돼."

"알겠습니다."

사사이가 뭔가 말하려고 앞으로 나섰으나 마사코가 고개를 저어 말렸다.

"내가 선생님을 도울 테니 여러분은 나가주세요."

마사코 이외에 모두 졸졸졸…… 응접실 밖으로 나왔다.

"마사코 씨, 대단하세요."

"역시 컴퓨터가 없는 시절부터 도서관 사서를 한 사람은 마음가짐이 다르네."

도카이가 고개를 저으며 말했다.

"그게 관계있나요?"

"있지요. 마사코 씨는 담당 도서관 장서의 제목이나 내용, 위치를 5천 권은 기억해야 했던 시대를 살아왔으니까."

"오오."

접수처로 돌아오자 마침 구로이와가 밖에서 들어왔다.

그가 이쪽으로 다가와 엄지로 밖을 가리키며 "지금 저 차 운전사…… 대작가 선생님의 운전사에게 이야기를 듣고 왔습니다만……."이라고 말했다.

오토하는 구로이와가 상자 운반을 도와주다가 마지막에 사라졌었다는 걸 떠올렸다.

"뭔가 알아냈나요?"

"기노시타 씨에게 부탁해 병에 커피를 담아서 운전사에게 줬습니다. 그 사람, 선생님 전속 운전사는 아니라고 해요. 선생님은 콜택시 회사와 계약해서 필요할 때만 차를 이용하는 듯합니다. 오늘 온 운전사는 선생님에게 자주 지명 받는지 비교적 잘 알고 있는 것 같았어요."

"그런 일을 하시는 분이었군요."

"물론 제대로 된 회사 소속이다 보니 입이 무겁더군요. 커피 정도로는 쉽게 발설하지 않았어요. 선생님은 보통 외출할 때면 출판사의 영업부 직원이나 편집자를 비서처럼 데리고 다닌다고 합니다."

그게 무슨 상관이 있나, 하고 오토하는 생각했다.

"거만하고 사람을 함부로 부리며 가방을 들게 하고, 이래라저래라 시끄러우니까 다들 싫어한다는군요. 게다가 얼마나 자린고비인지, 여차하면 밥값이나 콜택시 값도 출판사에 내게 한다는군요. 콜택시 값은 경비로 처리할 수 있는데도요."

운전사가 쉽게 발설하지 않았다면서 잘도 알아냈다. 오토하는 역시 전직 경찰관이라고 감탄했다.

"그런데 오늘은 편집자가 동행하지 않아서 놀랐다는군요. 어지간히 중요한 업무거나 남에게 알리기 싫은 모양이라고 했어요."

"그렇군요."

다 같이 비슷하게 고개를 끄덕였다.

"어쨌든 시라카와 선생님의 장서가 그렇게 중요하다는 거군요."

사사이가 중얼거렸다.

"도대체 무슨 사정이 있을까요."

오토하는 대답이 돌아올 리 없다고 생각하면서도 무심코 물었다.

"저는 이 이상은 알아낼 수 없습니다."

구로이와가 사사이의 어깨를 툭툭 두드렸다.

"아마도 앞으로는 여러분 일이겠죠."

"네, 그렇죠."

"전 만약을 위해 응접실 밖에 있겠습니다."

"아, 그렇군요. 부탁합니다."

구로이와의 뒷모습을 배웅했다.

"자, 앞으로 몇 시간이 걸릴지 모르지만, 평소 업무로 복귀하죠. 나랑 오토하 씨는 장서 정리, 다른 분은 손님 맞을 준비."

아코의 말에 다들 느릿느릿 고개를 끄덕이고 각자 일터로 돌아갔다.

오토하는 아코와 함께 장서 정리실로 가서 어제 하던 일을 계속했다. 오토하는 장서인을 신중하게 찍고, 아코는 책을 기록했다.

쿵쿵, 오토하가 내는 소리와 아코가 메모하거나 키보드를 두드리는 소리만이 방을 채웠다. 그래도 그런 시간이 참 차분해서 나쁘지 않았다.

문득 고개를 들자, 다무라와 마사코를 방에 두고 나온 지 한 시간쯤 지났다.

"어떻게 하고 있으려나."

오토하가 벽시계를 올려다보는 걸 보고 아코도 말했다.

"마사코 씨, 혼나시진 않을까요?"

"뭐, 그 사람은 조금 혼난다고 기죽지 않으니까."

후후후, 하고 동시에 소리 내 웃었다.

"아코 씨, 마사코 씨랑 알고 지낸 지 오래되셨어요?"

"아니, 여기 와서 알았어."

"어, 정말요? 사이가 좋으셔서 당연히 오랫동안 친분이 있는 줄 알았어요."

"아니야. 그도 그럴 게 마사코 씨는 대형 도서관에서 일했고 나는 반대인걸. 시즈오카역 앞의 작은 서점에서 일했어."

"아하, 그러셨군요?"

"마사코 씨는 일별레야. 말하자면…… 커리어 우먼이라고 하나? 반면에 나는 담배나 신문이나 문방구도 같이 파는 작은 가게였어."

"앗, 하지만 그렇게 다양하게 취급하면 오히려 동네 사람들 동향을 전부 알게 되지 않나요?"

"맞아, 정답이야. 편의점이 없던 시대니까 어느 집 바깥양반이 무슨 담배를 피우는지, 어느 집 아들이 몇 학년이 되는지 알았고, 당연히 책 취향도 알았지."

"서점은 가족과 함께하셨어요?"

"그랬어."

그건 부모님일까? 아니면 남편일까. 오토하는 물어볼 뻔했다가 입을 다물었다. 너무 깊이 파고드는 것 같았다. 그땐 어땠든 지금 아코는 여기 기숙사에 혼자 살고 있으므로 서점에도 아코에게도 어떤 일이 있었을 것이다.

오토하가 작게 숨을 들이쉰 그때, 정리실 입구가 열렸다.

번쩍 고개를 들자, 마사코가 서있었다.

"마사코 씨!"

"괜찮으세요?"

마사코가 살짝 고개를 끄덕이고 손짓했다.

"……다무라 선생님이 다들 응접실에 모여달라시네."

"네?"

"안심해. 감사 인사를 하고 싶다셔."

아코와 얼굴을 마주 보고 "다행이다." 하고 말했다.

"나는 다른 사람들을 불러올 테니까 두 사람은 응접실에 가줘."

아코와 함께 응접실로 들어가자, 이미 도착해 있던 사사이가 다무라와 뜨겁고 격하게 악수하고 있었다.

"고맙네! 자네, 정말 고마워!"

"아니, 무슨 말씀을, 아닙니다."

'핸드셰이크'라는 영어 단어가 가시화된 것처럼 그가 꼭 쥔 손을 격렬하게 위아래로 흔들었다. 마치 정치가의 악수 같네……, 하고 오토하는 생각했다.

"자네들도 정말 고맙네. 면목 없어. 무례하게 군 나를 용서해 주게!"

다무라의 뺨에 눈물 흔적이 있었다.

무례한 건 괜찮은데…… 뭐랄까, 이런 격정적인 건 참아줬으면 좋겠다……. 다무라가 사사이의 손을 꼭 붙잡은 것을 보고 오토하는 자연스럽게 아코 뒤로 물러났다.

"정말 고마워! 감사하네!"

다무라가 이번에는 이쪽을 봤다. 으악, 하고 고개를 움츠렸는데 아코가 단호하게 "고맙습니다. 선생님 마음만으로도 충분해요."라고 말하며 오토하와 다무라 사이에 끼어들었다. 온화한 태도지만 확실한 거절이었다.

"그런가……?"

"사과하실 것 없어요. 저흰 당연한 일을 했을 뿐이니 정말 신경 쓰지 마세요."

그러는 동안 미나미, 도카이, 도쿠다도 들어왔다.

다무라는 직원들 모두에게도 감사 인사를 하고 고개를 깊이 숙였다.

나쁜 사람은 아닌 것 같은데, 좋은 의미에서도 나쁜 의미에서도 너무 격렬했다. 이럴 거였다면 좀 더 일찍 개심했으면 좋았을 텐데…….

"아, 다들 모였군."

다무라가 응접실을 둘러보며 말했다.

"오늘은 여러모로 미안했네. 소동을 부려서 면목 없어. 다만 이것도 문학에 대한 내 애정이라고 생각해 주면 좋겠네. 으음, 사례라고 하긴 그런데, 앞으로도 여길 응원할 테고 여기 사사이 군에게 이미 말했지만……."

다무라가 사사이를 바라보았다.

"내 장서는 당연히 기증할 거고, 매년 약소하지만 기부를 받아주면 좋겠네."

사사이가 옆에서 살짝 고개를 끄덕였다.

"자, 그럼 그렇게 알고 또 뭔가 일이 있으면 편하게 상담해 주게."

"가능하다면 선생님께서 여기 오신 이유를 말씀해 주실 수 있을까요?"

마사코가 차분하지만 단호한 목소리로 말했다.

"아니, 그건…….

"선생님께서 돌아가시면 제가 뭐든 설명해야 합니다. 워낙 소동이었으니까요……. 그러느니 선생님께서 직접 설명하시는 편이 낫지 않을까요?"

"그런가……."

다무라는 잠깐 망설이는 표정을 지었으나 곧 "그것도 그렇군." 하고 생각을 바꾸고 말하기 시작했다.

"아는 사람이 있을지도 모르겠는데, 시라카와는 내 유일한 라이벌이었어. 훌륭한 작품을 쓰는 청년이어서 예전에는 때때로 만나 일이나 소설에 관해 이야기를 나눴지……. 나는 이 친구가 참 부러웠어. 그 재능을 질투했지. 그래도 그런 감정은 아무래도 좋을 만큼 다정하고 좋은 사람이어서 우리는 몇 시간이나 싸구려 술을 마시며 대화를 나눴어. 그런 이야기를 할 수 있는 동업자는 이 친구뿐이었어."

다무라는 그때를 그리워하는 것처럼 미소 지었다.

"하지만 사소한 일로 인연이 끊어졌지. 그 후로 내내 소식을 주고받지 않았어. 어차피 이 녀석은 나를 무시할 거라고 지금 껏 생각했어. 그래도……."

그는 힐끔 마사코와 시선을 교환하더니 작게 고개를 끄덕이고 다시 말했다.

"오늘 여기 온 이유는, 이 친구의 장서가 여기 기증되었단 걸 알아서야. 나는 그만 결착을 내고 싶었어. 평생 이 친구에게 콤플렉스를 품었거든. 사실은 이 친구가 더 대단한 작가가 아닐까, 이 친구가 나를 내내 무시한 건 아닐까, 이렇게 생각하는 걸 그만두려고 했어. 나는 초반에 내 책을 몇 권인가 이 친구에게 선물했어. 사인도 해서. 사이가 틀어진 후로는 전혀 보내지 않았지. 만약 그의 장서 중에 내 책이 한 권도 없다면 이 친구는 속 좁은 인간이라 날 부러워해서 책을 처분했다고 생각하기로 했지."

"그래서요?"

사사이가 물으며 마사코를 봤다. 마사코는 고개를 저었다.

'선생님에게 들어.'라고도, '책이 없었어.'라고도 보였다.

"책은 있었네. 그것도 내 책 전부……. 보낸 책은 물론이고 지금까지 출판한 책, 전부……. 다 제대로 읽어주었어."

선생님이 울기 시작했다. 팔로 얼굴을 가리고 눈물을 벅벅 훔쳤다.

"나란 인간이 얼마나 속이 좁은지…… 슬퍼졌네. 왜 한 번 더 내가 말을 걸지 않았을까……."

응접실에 한동안 다무라가 훌쩍이는 소리가 울려 퍼졌다.

다무라가 시라카와의 책을 다 보고서 자동차를 타고 떠난 시각은 마침 밤 10시 정도였다.

"고생하셨습니다."

자동차가 문을 빠져나가자 사사이가 돌아보고 말했다.

"고생하셨어요."

다른 사람들도 연달아 고개를 숙였다.

"고맙습니다."

"다들 지쳤죠."

"아이고, 힘드네요."

다들 저마다 서로를 위로했다.

"여러분, 야식 먹으러 다녀오세요. 제가 접수처에 있을 테니까."

"아니야, 오늘은 우리가 접수처에 있을게. 창고까지 다녀온 사사이 씨랑 다들 먹고 와요."

마사코가 제안했다.

"아니요, 저는 괜찮습니다. 두 분이야말로 쉬셔야죠."

사사이가 바로 거절했다.

"먹어요, 사사이 씨. 오늘 밤은 모두 식사가 늦어져서 기노시타 씨가 틀림없이 초조해할 거야. 나는 나중에 도시락 먹으면 되니까."

아코가 또 권해서 사사이, 도카이, 도쿠다 그리고 오토하가 밥을 먹기로 했다.

"……사사이 씨가 우리와 같이 식사하는 건 처음 보는 것 같네."

2층으로 올라가며 도카이가 오토하에게 조용히 속삭였다.

"그런가요?"

"아무튼 드문 일이야. 언제나 혼자 행동하는 사람이니까."

"마사코 씨와 아코 씨가 권해서 같이 먹는 걸까요?"

"그것도 있겠지만, 아마 많이 지쳤는지도 모르지."

'마마야'의 당근밥

카페에 도착해 보니 아코의 말대로 기노시타는 잔뜩 화가 나서 기다리고 있었다.

"오늘은 '마마야'의 날인데 다들 빨리 안 오니까 밥이 남아서 이를 어쩌나 싶었어. 갓 지은 밥을 먹이고 싶었는데."

"마마야……?"

질문이었는데 기노시타는 대답하지 않고 곧장 주방으로 들어갔다.

4인용 테이블에 앉아 서로 얼굴을 마주하니까 꼭 술집에 온 것 같았다. 다만, 회식과 달리 다들 입도 벙긋하지 않았다. 맞은편에 앉은 사사이의 안색이 새하얬는데, 오토하 자신도 비슷할지 모르겠다고 생각했다.

"자, 오래 기다리셨습니다."

기노시타가 쟁반을 하나씩 들고 와 모두의 앞에 놓았다. 거기 놓인 것은 수프에 반찬 두 개, 그리고 주황색 밥……?

"이게 뭐죠?"

"당근밥이야! 얼마든지 더 먹어도 돼."

정말 당근 이외에는 다른 재료가 보이지 않을 정도로 당근이 넉넉하게 들어간 밥이었다.

우선 수프를 먹었다. 감자를 굵게 으깬 포타주였다. 화려하진 않아도 은은한 맛이 몸 안으로 퍼졌다. 성대한 한숨이 나왔다. 다무라 앞에서 나온 것과 다르게 따스하고 만족스러운 한숨이었다.

다음으로 당근밥을 먹었다.

"……와, 맛있다."

한 입 먹고 무심결에 말이 나왔다. 당근의 단맛과 간장의 구수한 향. 어쩜 밥이 이렇게 다정하고 맛있을까?

"'마마야'는 무코다 구니코 씨가 여동생에게 운영하길 권한 요릿집이에요."

사사이가 당근밥을 먹으며 말했다.

그는 젓가락으로 한입에 넣을 적은 양을 집어 씹었다. 표정이 아주 조금 달라지는 정도로만 입과 얼굴을 움직였다. 품위 있다기보다는 쩔끔거렸다.

"그렇군요?"

"히구치 씨, 무코다 구니코 씨의 저서는……?"

"에세이만 조금 읽은 정도예요. 저는 희곡이나 시나리오는 읽기 어렵더라고요. 에세이가 참 재미있어서 더 읽어보고 싶었는데 기회가 잘 없어서…….'

"신간을 다루는 서점 직원은 보통 그렇지."

도카이가 원래 그렇다는 듯이 고개를 끄덕였다.

"신간 중에 읽고 싶은 책, 읽어야 하는 책이 자꾸자꾸 나와서요."

오토하는 자기도 모르게 변명처럼 말했다.

"그나저나 이건 언제 먹어도 맛있네."

도쿠다가 가만히 중얼거렸다.

"정말. 당근과 유부만 들어간 것 같지 않게 맛있어요."

"건강에도 좋고."

"지쳤을 때 좋고요."

반찬은 연어조림과 방어서덜조림이다. 둘 다 담백한 맛이어서 밥과 어울렸다.

저마다 말하는데 기노시타가 왔다.

"거참, 너무한 손님이 왔지."

씁쓸하게 웃으며 말했다.

"여기에 와서도 뭐라고 하셨다면서요."

사사이가 불편을 끼쳐 죄송하다고 사과했다.

"그 자식…… 책에 나오는 메뉴를 만드는 카페인데 이건 왜 없냐, 저건 왜 없냐며 트집을 잡았어."

"그랬나요?"

"흥, 그거 아마도 자기 책에 나오는 메뉴가 여기 없으니까 마음에 안 든 거겠지."

"아하."

"이렇게 옛날 책에 옛날 작가만 있으면 어쩌자는 거냐, 아무도 이런 걸 안 읽지 않느냐고 했어."

"정말 무례한 사람이네요."

"뭐, 내 가게…… 커피숍 시절에 온 손님이었다면 쫓아냈겠지만." 기노시타가 가만히 말했다. "그래도 지금은 아니니까 참았지."

"정말로, 정말로 죄송합니다."

사사이가 일어나서 사과했다.

"아니, 괜찮아. 사사이 씨가 사과할 일이 아니지."

그건 그렇고, 라고 기노시타가 말했다.

"오늘은 많이 지쳤지? 문 닫을 시간까지 한 시간하고 조금 더 남았으니…… 맛있는 수제 로컬 맥주가 있는데 괜찮다면 한 잔씩 마시지 않겠나?"

장난치는 아이 같은 표정으로 웃었다.

"네?"

도카이가 놀라며 사사이를 봤다.

"그거 아나? '마마야'의 콘셉트는 여자 혼자서…… 연근조림이나 고기감자조림 같은 안주로 술을 한잔하고, 마무리로 한 입 카레를 먹을 수 있는 가게였다고 해."

"오호."

"뭐, 여자 혼자서 음식점에 들어가거나 술을 마시기 어려웠던 시대였으니까. 그러니 충실하게 재현하려면 술 한 잔이 필요하지."

모두 사사이를 봤다.

"좋습니다." 그가 어쩔 수 없다는 듯이 웃었다. "저는 마시지 않겠지만…… 술을 잘 못 마셔서요. 그래도 오늘은 고생한 날이니 가끔은 이래도 괜찮겠죠."

"좋았어."

"고맙습니다."

기노시타가 안에서 '비장의 수제 로컬 맥주'를 가지고 왔다. 갈색의 작은 병에 멋진 라벨이 붙었다.

잔도 세 개를 가지고 와 술을 따랐다.

"이 카페, 메뉴판 마지막에 수제 로컬 맥주, 각종, 시가時價, 이렇게 적혀있어서 궁금했어요."

오토하가 말했다.

"그야 밤의 도서관이니까. 카페에 맥주가 없으면 이름값을 못 하지."

"그렇구나."

"이건 동해 쪽 양조장에서 일하는 젊은 여성들이 자기들 손으로 새로운 술을 만들어보자고 뜻을 세워 만든 수제 로컬 맥주야. 아직 시작하고 몇 년 안 됐지만 제법 맛있어."

"와, 여자 분이."

"산미가 좀 있는데 당근밥에 잘 어울릴 거야."

맥주는 연한 갈색이고 살짝 보였다. 거품이 그다지 크지 않았다.

"잘 먹겠습니다."

꿀꺽 마시자, 산뜻하면서도 조금 쓰고 시큼한 맛이 입안을 채웠다.

"이게 또 몸을 적시네."

도카이가 감개무량하다며 신음했다.

"정말요! 맛있어요."

"오늘은 지쳤으니까 이 정도는 괜찮지."

기노시타가 고개를 끄덕였다.

"……역시 저도 한잔 마셔볼까요."

'마마야'의 당근밥

사사이가 중얼거렸다.

"응? 사사이 씨는 못 마신다면서?"

"잘 못 마신다고 했죠. 아예 못 마시는 건 아닙니다."

"그렇게 나와야지."

기노시타가 잔과 맥주를 가지러 갔다.

"오늘은 정말 지쳤는데." 제일 먼저 맥주를 다 마신 도카이가 중얼거렸다. "그 선생, 좀 열받긴 했는데."

"네."

"그래도…… 나쁜 사람 같진 않았어."

"그렇죠."

사사이가 고개를 힘주어 끄덕였다.

"그 선생님이 우는 모습을 보고 이 일을 하길 잘했다고 생각했어요."

"음."

"그럴 때를 위해 이 일이 있는 거구나, 오너는 이런 것을 위해 여길 만들었구나, 생각했습니다."

낡은 도서관. 죽은 작가의 장서만 둔 도서관. 틀에서 너무도 벗어났고 신비로운 곳이지만…….

"언제까지 여길 계속할 수 있을지는 모르지만…… 그때까지 열심히 해봅시다."

아직 술을 마시지도 않았는데 사사이의 눈가가 붉었다.

제3화

『빨간 머리 앤』의
빵과 버터와 오이

히구치 오토하가 '밤의 도서관'에 오고 대략 한 달이 지났다.

왠지 모르게 분주하게 보내서 시간이 순식간에 흐른 것 같다. 그래도 일하면서 아코와 마사코와 대화하고, 식당에서 다른 직원들과 어울려 밥을 먹고, 미나미의 기숙사 방에서 영화를 보고⋯⋯ 이렇게 겪은 일 하나하나가 참 크게 느껴져서 자신이 이미 오랫동안 여기 있었던 것 같기도 했다.

미나미의 방에서 아코, 마사코와 함께 스트리밍 서비스로 본 영화는 〈작은 아씨들〉이었다. 다들 『작은 아씨들』을 최소 2권까지는 읽어서 그런지 "이거 원작이랑 다르네!" "이런 대사가 있었나?" 하고 일일이 난리였다.

"그래도 『작은 아씨들』을 영화로 만든 것 중에서 제일 좋았던 것 같아."

마사코는 영화를 보던 내내 잔뜩 트집을 잡았으면서 영화가 끝나자 칭찬했다.

그날은 마사코가 커피를, 아코가 직접 만든 사과 케이크를 가지고 왔다. 미나미는 방을 제공하니까 아무것도 준비하지 않아도 괜찮았다. 오토하도 신경 쓸 것 없다고 다들 말했지만 감자칩을 가지고 가고 싶다고 제안했다. 영화는 감자칩을 먹으며 봐야 한다고 생각했다.

마사코와 아코가 제각각 분담을 척척 정했다. 오토하는 아마도 두 사람이 이런 '여자들의 모임'에 익숙하리라고 짐작했다. 친목을 위한 모임뿐 아니라 자식 친구 엄마들의 모임이나 친척 모임에도. 하여간 모임의 베테랑이다. 그 정도로 위풍당당한 역할 분담이었다.

"제일이라지만, 마사코 씨가 말하는 영화들 중 하나는 그거잖아. 에이미를 엘리자베스 테일러가 연기한 거."

아코가 웃었다.

"그거랑 이거뿐인가?"

"그럴걸. 그래도 2편 부분의 의역은 그것보다 훨씬 잘했네."

"어릴 때 어떤 기분이었는지 생각났어. 처음 『작은 아씨들』을 읽었을 때 기분. 조랑 로리가 결혼하지 않아서 너무 슬펐었지. 그 두 사람이 결혼하길 바랐으니까."

"맞아요!"

이번에는 오토하와 미나미도 입을 모아 외쳤다.

"왜 결혼을 안 할까. 그 두 사람이 정말 잘 어울린다고 생각하는데……. 두 사람의 마음이 도무지 이해가 안 됐고 2권에서 조가 다른 사람을 선택하는 마음도 이해가 안 됐어."

"그렇지. 그래도 이번 영화를 보고 나, 조금은 이해했어."

"응, 이해는 했어……. 그래도 여전히 마음이 좀 아프네. 마음이 다시 어린 시절로 돌아갔어."

그렇게 말하며 마사코가 눈물까지 글썽여서 놀랐다. 언제나 매사에 현실적인 마사코에게서 뜻밖의 일면을 본 기분이었다.

"다음에는 「빨간 머리 앤」 드라마를 보면 어때요?"

잔뜩 수다를 떨고 마지막에 미나미가 제안했다.

"『빨간 머리 앤』을 영화로 만든 건 봤는데 그거랑 달라?"

마사코가 물었다.

"어어……, 영화는 2015년에 만들어졌네요."

미나미가 스마트폰을 보며 말했다.

"아니야, 훨씬 전이야. 그거 정말 좋았는데."

"아, 그거면 혹시 1985년인가……."

"맞아, 맞아. 그 정도 시기였어."

마사코와 아코는 미나미가 내민 스마트폰 화면을 보고 고개를 끄덕였다.

"이거야, 이거. 나 말이지, 극장에서 앤이 나타났을 때…… 역에서 매슈를 기다리는 그 장면을 보기만 해도 가슴이 막 저며서 눈물이 펑펑 났어. 계속 울면서 봤다니까. 내가 상상했던 앤의 세계가 눈앞에 그대로 나타났으니까. 정말 잘 만든 영화였어."

오토하는 문득 도서관에 처음 왔을 때, 망가진 캐리어를 든 것을 보고 사사이가 "빨간 머리 앤?"이라고 물었던 게 생각났다.

그때는 순간 놀라서 제대로 대답하지 못했는데, 마음 깊은 곳에서 '이 사람과는 마음을 터놓을 친구가 될지도 몰라.'라고 생각하며 조금은 안심했다. 그 이후, 이 도서관에는 마음을 터놓을 친구, 즉 같은 책을 읽고 비슷한 청춘 시절을 보낸 사람들이 잔뜩 있다는 것을 금방 알아챘다. 도서관 직원 중에도, 손님 중에도.

"그 영화도 아마 좋겠지만, 새로 만든 드라마도 정말 좋아요. 틀림없이 마음에 드실 거예요. 한번 봐보세요."

그렇다면 다음 달에는 그걸 보자고 하며 모임을 마쳤다.

친구와 만나기도 했다.

소꿉친구인 사토 마나는 도쿄 오테마치에서 근무하는 회사원인데, 일부러 전철과 버스를 갈아타면서까지 찾아와 주었다.

"오, 의외로 좋은 곳에 살고 있네?"

마나는 들어오자마자 방을 둘러보며 말했다.

"좋은 곳이라니……. 대체 어떤 곳에 산다고 생각했길래?"

오토하는 마나에게 따뜻한 커피를 따라주며 물었다. 커피는 마사코가 만들어서 가져다준 것이었다. 어제, 일하다가 "내일 친구가 오는데 제대로 된 식기가 없어요."라고 말했더니 마사코가 "그럼 내가 빌려줄게. 답례는 필요 없어."라며 머그잔과 함께 가지고 왔다.

"이 커피, 맛있다."

마나가 커피를 홀짝이며 칭찬해서 마사코가 준비해 주었다고 설명했다.

"직장, 제대로 된 곳이구나."

"그러니까 어떤 곳에서 일하는 줄 알았는데?"

"그야 오토하네 어머니가 우리 엄마한테 '기숙사에서 생활하는 밤일이라니, 대체 뭘 하는 걸까.'라면서 우셨다고 하니까 당연히……."

"당연히는 뭐가 당연히야."

"어쩔 수 없잖아. 우리 고향에서는 기숙사라고 하면 당연히 파친코를 연상하는걸. 게다가 밤일이라고 하니까."

"도서관에서 일한다고 제대로 말했는데……."

"아마 그거 안 믿으실걸."

어휴, 하고 깊은 한숨이 나왔다.

"걱정하시는 거야, 오토하네 어머니. 안심하게 해드려."

"안심이라니. 어떻게?"

"여기 오시라고 해서 도쿄 구경이라도 시켜드리면?"

"여기에서 도쿄 구경을 어떻게 하니? 이런 산속에서!"

무심코 얼굴을 마주 보고 웃고 말았다.

"뭐, 도쿄 구경은 어려워도 직장 견학을 시켜드리면 되잖아."

"……그러게."

그런 소리를 들었는데도 부모님께 순순히 "놀러 와요."라고 말하기 어렵다.

"효도해야지. 외동딸이잖아?"

"그건 너도 마찬가지잖아?"

마나는 고향에 있는 대학을 졸업하고 도쿄 상사商社에서 일한다. 오토하의 고향에서 보면 엘리트다. 그러니 이렇게 "효도해야지." 같은 고풍스러운 말을 당당하게 할 수 있다.

"다음에는 우리 집에도 와라."

마나는 기숙사가 아니라 제대로 된 맨션을 직접 빌려서 살고 있다.

"참으로 황공해서 도시에는 좀처럼 못 가겠습니다."

농담 섞어 대답했지만, 열등감을 느끼는 건 사실이었다.

"무슨 소리야? 내가 사는 긴시초를 어떻게 생각하는 거야. 와보면 알아. 방 크기도 거의 비슷하고."

대화하다 보니 점점 마음이 풀려서 결국 다음 달에는 마나의 집에 놀러 가기로 약속했다.

다음 날, 장서 정리실에서 마사코와 아코와 함께 일하는데 사사이가 들어왔다.

"죄송합니다. 저기, 이런 것이……."

그는 문고본을 손에 들고 있었다.

"뭐예요?"

마사코와 아코는 책상 앞에 앉아 컴퓨터로 책 데이터를 입력하고 있었다. 오토하는 새로 온 책을 상자에서 꺼내 두 사람 옆에 쌓는 중이었다.

세 사람은 사사이가 든 것을 바라보았다.

"무슨 일이에요?"

"이걸 좀 보세요."

"아."

사사이가 문고본 뒤표지를 펼치자, 세 사람의 입에서 자기도 모르게 똑같은 소리가 나왔다.

거기에는 아무것도 없었다. 새하얬다.

"장서인은?"

마사코가 허둥거리며 물었다.

"그겁니다. 그게 없어요."

"이거 어디에 있었지?"

"지금 막 손님이 가지고 와주셨어요. 1층 어디쯤 있었는데, 여기저기 둘러보다가 어디에서 꺼냈는지 잊어버렸다고 해요. 책장에 꽂으려고 했는데 장서인이 없는 걸 알았다고 합니다."

"그 손님은요?"

"이미 돌아가셨어요. 접수처에서 이야기를 들어보니 '이거 1층에 있었어요. 장서인이 없네.' 하고 가셨다고 합니다. 에노키다 씨도 놀라서 자세한 이야기는 듣지 못했다고 해요."

"어머."

"그래도 1층인 건 확실합니다."

"어떻게 된 거죠? 왜 장서인이 찍히지 않았을까요?"

오토하는 모두의 얼굴을 둘러보며 물었다.

"……전혀 모르겠네. 단순히 깜박했을지도 모르고."

아코가 대답했다.

"그래도 장서는 도장을 찍을 때, 기록할 때, 책장에 꽂을 때, 적어도 세 번은 다른 사람의 시선이 닿습니다." 사사이가 고개를 갸웃거리며 말했다.

"보통 깜박하는 일은 없을 것 같습니다만."

"그래도 사람이 하는 일이니까 모르지."

아코가 자신 없게 말했다.

"1년에 한 번은 도서관 전체의 장서 정리가 있는데도……."

"아직 1년이 지나지 않은 책일지도?"

마사코가 자기 자신을 설득하는 것처럼 말했다.

"비교적 새로 들어온 책이라는 건가요?"

사사이가 마사코에게 물었다.

"그래."

"그리고 이건 별로 생각하고 싶지 않은데, 어쩌면 누가 장서를 훔치고 대신 꽂아두는 것도…….

"가능하네."

마사코가 고개를 끄덕였다.

"여기 있는 책들은 가치를 모르는 사람에게는 그저 낡은 책이지만 팬에게는 유일무이한 것이니까."

"그렇죠."

고개를 끄덕이던 오토하가 "아." 하고 깨달았다.

"그래도 여기 책은 밖으로 가지고 나가지 못하잖아요? 책을 들고 한 걸음이라도 나가면 경보가 울려서……. 출입구에 커다랗게 적혀있었어요."

그러자 사사이와 마사코, 아코가 곤란한 표정으로 얼굴을 마주 보았다.

"……당신, 오토하 씨한테 아직 말 안 했어?"

"아, 네. 그래도 딱히 감춘 건 아니라 깜박 잊었을 뿐입니다."

"무슨 소리예요?"

"……사실 그거 거짓말이야."

"설마요."

"여기 책은 장서인을 찍기만 하고 그대로 꽂아두잖아? 요즘 도서관처럼 자기 테이프를 삽입해서 래미네이트 가공을 하지도 않고."

"그러고 보니 그렇죠."

"괜한 공정이 들어가면 책의 풍정이 사라지고 작가가 소유했던 그 순간의 정취가 없어져 버린다고 오너가 싫어해서."

"또 일도 늘고 돈도 드니까요."

사사이가 현실적인 말을 했다.

"저도 이상하다고 생각했어요. 그게 없는데 어떻게 관리하나 하고."

"일단은 경보가 울린다는 표지판을 걸고, 입구에서 더 엄중하게 주의하고, 도서관 탐정을 오게 해서 상황을 지켜보자, 그래도 도난이 계속 이어지면 다른 방법을 생각해 보기로 했어."

"그랬군요."

지금까지 시스템을 알려주지 않은 것은 조금 충격이었지만, 어쨌든 이해했다.

"일단은 왜 이게 여기 있는지를 먼저 생각해야겠네요."

"그래도 도난은 과한 생각인지도 몰라. 훔쳤다면 왜 그냥 가

『빨간 머리 앤』의 빵과 버터와 오이

지고 가지 않고 다른 걸 두고 갔는지 모르겠어."

아코가 책을 빤히 보며 말했다.

"게다가 평범한 사람이라면 가지고 나가는 건 안 된다고 생각할 테니, 가지고 나가도 괜찮은 걸 아는 사람일 가능성도……."

그렇게 말하던 아코가 도중에 그만두고 고개를 저었다. 아마 여기에서 일하는 사람을 의심하기는 싫을 것이리라.

"그래도 대체품이 있으면 사라진 걸 알아차리기 어려우니까요."

"하지만 장서를 정리할 때나 확인할 때 알게 될 텐데."

"그런 작업을 하는 걸 아는 사람은 일부입니다. 여기 있는 사람들뿐이요."

"어쨌든 어디에서부터 손을 대야 하나."

"우선은 확인해야지. 같은 책이 몇 권이나 있는가. 또 뭐가 빠졌는가."

오토하가 책 표지를 봤다. 다자이 오사무의 『여학생』이었다.

"이거…… 되게 많이 있을 것 같은데요."

"솔직히 거의 모든 작가가 갖고 있다고 해도 과언이 아니야."

"우선 아ァ로 시작하는 작가부터 하나씩 살펴보도록 하죠. 이 책을 가진 작가는 인트라넷으로 검색할 수 있으니까 하나씩 찾아보면 돼요."

사사이가 오토하를 봤다.

"마사코 씨와 히구치 씨가 해주실 수 있을까요?"

"저 혼자서도 할 수 있어요."

오토하가 말했다.

"네, 그래도 두 분이 확인하면 더 확실하니까요. 만약을 위해서."

"알겠습니다."

"저는 도서관 탐정인 구로이와 씨에게 연락해서 상담해 보겠습니다. 필요하면 오시라고 하겠습니다."

"잘 부탁합니다."

오토하는 마사코와 함께 2층으로 올라갔다.

✦ ✦ ✦

나는 책을 읽지 못한다.

마사코는 오토하 옆에서 다자이 오사무의 『여학생』을 한 권씩 확인하며 생각했다.

오토하가 한 손에 노트북을 들고 『여학생』을 소지한 작가를 찾아 "다음은 아유카와 나쓰오 선생님이요."라고 말해주면, 마사코는 해당 작가의 책장에서 『여학생』을 찾으면 그만이다. 노트북을 계속 들고 일하면 힘들 것이다. 교대하겠다고 몇 번이나 말했으나 오토하는 "괜찮아요!"라며 웃어 보였다. 이럴 때, 오토하는 조금이라도 부담이 더 되는 일을 나서서 해주니까 참 고맙다. 좋은 사람이 와줘서 정말 기쁘다.

그렇게 고마워하는 동안에도 머리 한구석에서는 계속 생각하게 된다.

나는, 책을, 읽지 못한다.

이렇게 일할 때만 그런 것이 아니다.

아침에 일어났을 때, 커피를 내릴 때, 커피를 마실 때, 여기 와서 젊은 사람들과 대화하며 무심코 폭소할 때도.

나는, 책을, 읽지 못한다. 나는, 책을, 읽지 못한다. 이제는, 읽지 못한다. 앞으로 쭉, 읽지 못한다.

단 한시라도 잊을 수 없다.

이제는 책을 읽지 못한다는 것을.

오로지 책에 푹 빠져서 읽고, 주변의 소리도 들리지 않을 정도로 열중해서 다른 세계로 끌려갔다가 끝까지 다 읽었을 때 그 세계에서 휙 쫓겨나는 듯한 그…… 쓸쓸하고도 충실한 한

때를, 나는 두 번 다시는 맛보지 못한다.

글자를 읽지 못하는 것은 아니다. 글자는 읽을 수 있다. 꼼꼼히 읽고 이해할 수도 있다. 그저 예전처럼 열중해서 몸과 마음을 전부 바치는 것처럼 책을 읽지 못한다. 읽어도 첫 몇 페이지 정도다.

며칠에 걸쳐 간신히 한 권을 읽는 것은 가능하다. 그러나 기쁨은 거의 느끼지 못한다. 그저 피로할 뿐이다. 그저 노력하면 책을 읽을 수 있다는 안도감만 얻는다.

예순 살이 되었을 무렵, 읽지 못한다는 사실을 깨달았다. 지금으로부터 대략 10년 전이다.

처음에는 인정하지 못했다. 아니, 깨닫지도 못했다.

오랜 세월 도서관 직원으로 일했다. 도서관에 책이 산더미처럼 많다지만, 그렇다고 제 돈 주고 책을 안 사는 건 아니다. 아니, 오히려 다른 사람보다 많이 샀다. 수중에 두고 싶은 책이 많았고, 새로운 책도 많이 읽었다. 마음에 든 책을 반복해서 읽는 것도 좋아했다.

그런데 문득 정신을 차리자, 집에 읽지 않은 책이 쌓여만 갔다. 서점에 가거나 남에게 이야기를 듣거나 텔레비전에서 봐서 읽고 싶으면 금방 산다. 그러나 몇 페이지만 읽고 대충 던

져두게 되고, 그게 방에 쌓여갔다.

그냥 지쳤으니까, 시간이 없으니까, 바쁘니까, 이렇게 생각했다. 그러나 몇 년이 걸려 간신히 인정했다.

이건 뭔가 이상하다. 뭔가 예전과는 다른 일이 생겼다. 언젠가 한가해지면, 언젠가 넉넉한 시간이 생기면 읽을 수 있는 문제가 아니었다.

나는 책을 읽지 못한다.

마사코는 도쿄의 서민적인 동네에서 태어났다. 아버지는 평범한 월급쟁이, 어머니는 전업주부인 가정이었다. 오빠와 여동생이 있었는데, 오빠는 국립대학교에 들어갔고 마사코와 여동생은 단기대학에 들어갔다. 마사코는 성적이 좋아서 4년제 대학에도 갈 수 있었지만, 당시에는 그게 보통이었다. 단기대학에 보내준 것만으로도 감사했다. 도서관 사서 자격을 따고 시험을 치러 취직했다. 마사코가 일한 곳은 도쿄도의 공립도서관이었다. 도에서 정식으로 채용한 직원이자 도서관 사서였지만 '임시직'이라는 이미지여서, 마사코를 포함한 주변 사람들은 늦어도 서른이 되기 전에는 결혼해서 퇴사한다는 마음가짐으로 일했다.

아버지는 고지식하고 집에서도 거만하게 굴었는데, 최근

문제가 되는 폭력적이거나 폭언을 퍼붓는 부친은 아니었다. 아버지의 저녁 메뉴에는 술안주가 될 품목, 이를테면 회나 고기가 많거나 아버지에게는 아무도 말대꾸하지 못하는 정도였다. 말수가 적고 자식들에 대한 마음을 표현하기 어려워하는 사람이지만, 쉬는 날에는 유원지나 번화가, 온천에 데려가 주었다. 시대적으로 따지면 그럭저럭 자식을 아낀 아버지라고 볼 수도 있다.

그런데 그 아버지가, 마사코가 취직할 무렵을 전후로 갑자기 바람을 피웠다. 상대는 술집에서 만난 사람으로, 아버지가 그 여자의 집에 들어가 돌아오지 않아서 발각되었다. 그 사실 자체에도 놀랐는데, 그 일로 예순이 다 된 부모님이 이혼한 게 더욱더 충격이었다. 아버지가 바람을 피워도 어머니는 참을 거라고 멋대로 짐작했었다. 그런데 대략 1년 만에 이혼했다. 아버지가 이혼하고 싶다고 주장하기도 했고, 어머니도 이유는 모르나 강하게 거부하지 않았나 보다. 추측형으로 말하는 이유는, 그런 대화까지도 둘 사이에서만 오가고 자식들은 나중에 "이혼할 거다."라는 말만 들었기 때문이다.

당시 오빠는 관공서에 취직한 후 결혼해서 부부가 함께 지방에서 근무했다. 자연히 마사코와 여동생이 어머니와 살게

『빨간 머리 앤』의 빵과 버터와 오이

되었고, 오빠는 그 후로도 지방을 전전했다. 오빠 부부에게는 자식도 있었으므로 결국 어머니가 일흔 살에 세상을 떠날 때까지 마사코는 쭉 어머니와 함께 살았다.

마사코는 어머니를 모시면서 여동생을 단기대학에 보내고 결혼시켰다. 그러다가 정신을 차리고 보니 자신의 혼기는 놓친 후였다. 오빠에게 조금은 금전적인 지원을 받았으나 그 이상은 기대할 수 없었다. 무엇보다 어머니가 그러기 싫어했다. 어머니는 이혼을 수치로 여겨 오빠나 며느리, 사돈댁에 열등감이 있었다. 이혼의 원인이 당신에게 있었던 것도 아니었는데, 어머니는 이혼 자체를 수치스러워했다. 이혼을 금방 받아들인 것도, 남편이 한눈을 판 데에는 자신에게도 책임이 있다고 여겨서 부끄러워했던 것일지도 모른다. 그런 어머니의 마음을 어느 정도 이해했기에 마사코도 오빠에게 도와달라고 말을 꺼내기 어려웠다.

어머니가 돌아가신 뒤, 여자와 헤어진 아버지까지도 결국 마사코가 돌봤다. 너무 불합리하다고 생각했지만, 그런 일을 할 사람은 자기밖에 없다고 체념했다. 그나마 일을 놓지 않아도 된 것만은 다행이었다고 지금은 생각한다.

죽기 전, 아버지가 "그때 네 엄마가 좀 더 반대해 줬다면……."

이라고 불쑥 말했다. 아마 이혼 이야기겠거니 했지만 못 들은 척했다. 내심 염치도 없는 소리를 한다고 기막혀했었다.

마사코가 일한 곳은 도쿄에서 중심적인 역할을 담당한 도 서관이었다. 취직했을 당시에는 아직 컴퓨터가 도입되지 않 아 종이 카드로 책을 정리하고 분류했다.

마사코가 배치되어 인생 대부분을 보냈고, 마지막에 주임 으로 일했던 곳은 '상담계'로, 이른바 레퍼런스 서비스 담당이 었다.

제일 많을 때는 스무 명의 직원이 배속되어 아침부터 밤까 지 이용자의 질문에 대답하는 것이 맡은 일이었다. 창구와 전 화가 당시의 주요 수단이었다.

질문 내용은 다양했는데, 수화기에 대고 다짜고짜 시 한 구 절을 읊고는 "이거 작가가 누구요?"라고 묻거나 "에도 시대 유 곽의 피임 사정을 알 수 있는 책이 있을까요?"라거나, "1924년 5월 10일은 무슨 요일이고 날씨는 어땠죠?"라거나, "작년 『경 제 백서』가 거기 있나요?" 같은 것을 물었다.

그렇다. 말하자면 현대의 구글로, 지금이라면 간단히 "검색 하세요."라고 대꾸할 질문이 도서관에 대량으로 쏟아졌다. 많 을 때는 창구에 100건, 전화 200건으로, 하루를 마칠 때면 머릿속이 저릿저릿할 정도로 지쳤다.

1980년대 중반부터는 컴퓨터 시스템이 드문드문 보급되어 디지털로 정보를 처리하기 시작했는데, 마사코가 한창 일할 무렵은 그 과도기여서 도서 카드와 컴퓨터 양쪽을 다루며 정보의 바다에서 헤엄쳤다.

처음 취업했을 때, 선배에게 "한 사람당 5천 권은 기억할 수 있어. 우리 도서관 사람이라면 만 권은 기억해야 해."라는 말을 들었다. 이용자가 "이런 내용의 책이 어디 있죠?"라고 물으면 곧바로 "저쪽에 있습니다."라고 대답할 수 있어야 한다는 것이었다.

필사적으로 일했고, 필사적으로 외웠고, 필사적으로 책을 읽었다.

이제야 느긋하게 책을 읽을 수 있다, 차분하게 나 자신만을 위해 읽을 수 있다고 생각했을 때, 마사코는 독서를 잃었다.

얼마 전, 소설가 다무라 준이치로가 와서 시라카와 다다스케의 책을 보여달라고 주장했을 때, 시라카와의 소설을 읽었다고 한 말은 거짓이 아니다. 시라카와는 다작하는 작가가 아니어서 1년에 한 번쯤, 문예지에 백 장 정도 되는 소설을 발표했을 뿐이라서 잡지에 실리면 느긋하게 시간을 들여 읽었다.

그래도 예전처럼 마음이 약동하는 듯한 기쁨은 없었다.

인간 실격……, 독서 인간 실격이다. 『여학생』 옆에 꽂힌 책을 보고 문득 생각했다.

"마사코 씨, 어때요? 있나요?"

오토하가 말을 걸어서 마사코는 정신을 차렸다.

"아유카와 선생님의 『여학생』은 있네."

마사코는 『여학생』 뒤표지 안쪽 장서인을 확인하며 말했다.

"다행이에요. 다음으로 갈까요? 저기, 제가 좀 생각했는데요." 오토하가 조심조심 말했다. "이거요, 정말 『여학생』만 조사해도 괜찮을까요?"

"응? 무슨 소리야?"

"그러니까 만약에 누가 『여학생』을 훔치고 대신에 이걸 두고 갔다면 어떤 의미에서 간단한데 아니, 간단하다고 하면 좀 그렇지만요. 다른 책을 훔치고 비슷한 두께에 비슷하게 생긴 같은 작가의 책이라면 모를 거라고 여겨서 『여학생』을 두고 갔다면, 다자이 오사무의 문고본을 전부 조사해야 해요."

"……그렇군."

"또 더 무서운 건, 다자이도 아니라는 가능성이에요. 여기 있는 무언가를 훔쳐 가고 대신 두고 갔거나……."

"그래도 단순히 우리가 깜박하고 안 찍었을 수도 있고, 단순히 장난일지도 몰라."

"그렇죠. 아니면 나쁜 의도는 전혀 없이 실수했을 수도 있겠어요."

"그렇지."

"우연히 이 책을 읽으려고 집에서 가방에 넣어 가지고 왔는데, 다른 책을 여기에서 보다가 바꿔서 가지고 갔다……거나."

"그거 나도 생각했어. 훔치려면 그냥 들고 가거나 어떤 방법을 써서든 여기에서 가지고 가면 그만이니까."

도서관에서 나갈 때는 가방 안을 검사한다. 그러나 가방을 열고 구로이와 기타자토가 간단하게 안을 볼 뿐이니까 제대로 훔치겠다고 마음먹고 속옷 안에 숨긴다면 절대 훔치지 못한다는 보장은 없다.

다만 유명 작가의 방…… 몇 년 전에 기증받은 가이토 료이치 같은 작가의 방에서는 책을 엄중히 보관하니까 거기에는 가방이나 코트를 가지고 갈 수 없다. 미술관과 마찬가지로 반드시 도서관 직원 누군가가 한 명은 앉아있다. 거기에서 훔치기는 조금 어렵다.

"그래도 나는 여기보다는 유명 작가의 방 쪽이 수상한 것 같아. 여기라면 대신할 책을 한 권 넣지 않아도 알아차리지 못할 가능성도 있으니까 이렇게까지 복잡한 일을 할 필요가 없어."

"그렇죠."

"그래도 한 번은 잘 조사해야지."

"어느 수준까지요?"

"……일단 지금은 『여학생』이야."

오토하는 얌전히 고개를 끄덕이고 다시 하던 작업을 시작했다.

그러고 보니 도쿄의 도서관에서 일하던 그 무렵이던가. 현대 인간이 일주일간 접하는 정보량은 영국 빅토리아 시대의 인간이 일평생 얻는 정보와 거의 같다는 이야기를 들었던 것이. 이런 종류의 이야기는 매번 잘 바뀐다. 하루 정보량이 에도 시대의 1년과 같다느니, 혹은 헤이안 시대의 일평생과 같다느니…….

그게 사실이라면 훌륭한 소설을 쓰는 데 정보량은 그다지 필요하지 않다고 할 수 있다. 아니, 무라사키 시키부의 정보량이 지금보다 적다고 생각하는 건 현대인의 오만함이다. 아마도 그들은 중국 문학을 풍부하게 접했을 테고, 궁궐 안에서

『빨간 머리 앤』의 빵과 버터와 오이

그 사람이 어땠다거나 이 사람이 전에 읊은 시가 어땠다며 소문을 나눴을 테니까.

정보량에 관해서 가르쳐준 사람이 누구였더라? 아아, 그래, 그 사람이다. 한때 거의 매주 왔었다.

처음에는 전화였다. 전쟁 전의 가계 조사에 관한 책을 질문했다. 시종일관 안달복달하는 태도였고, 마사코가 "국회도서관에는 문의하셨나요?"라고 물었더니 "당연히 조사했지. 없었으니까 묻는 겁니다."라는 말이 돌아왔다. 솔직히 마사코도 울컥 화가 났지만 그래도 침착한 말투로 우리 도서관이 소장한 자료에 관해 설명하자, 상대방도 점점 진정했고 마지막에는 "고마워요."라고 말했다.

다음 날, 그가 직접 접수처로 와서 이름을 대고 마사코를 찾더니 고맙다고 인사했다. 질문했던 자료는 그의 담당 교수가 찾아오라고 명령한 것이어서 초조했던 탓에 무심코 그런 식으로 굴었다고 사과했다. 젊은 사회학 연구자였다. 그 뒤로 창구에 몇 번인가 와서 그때마다 대응했다. 마사코가 바쁠 때는 다가오지 않고, 마사코의 손이 비면 기쁜 듯이 다가왔다. 그는 소매가 해지긴 했어도 늘 다리미로 빳빳하게 다린 파란 셔츠를 입었다. 청결해 보이는 사람이었다.

딱 한 번 "커피라도 드시겠습니까?"라는 말을 들었다. 아니, "감사의 의미로 커피를 대접하겠습니다."였던가. 잠깐 생각하다가 "아니요, 괜찮아요. 일이 있으니까요."라고 대답했다. 그때 이후로 그는 오지 않았다.

지금도 종종 생각난다. 그때 커피를 마시러 갔다면 자신의 인생이 달라졌을까.

그 커피 남자가 책장에서 함께 책을 찾을 때, 사람의 정보량에 대해 알려주었다. "이런 이야기가 있는데요……."라면서. "당신이 하루에 접하는 정보량은 대체 헤이안 시대 사람의 몇 인분일까요?" 같은 소리를 들었던가.

커피를 거절한 뒤로 그는 발길을 뚝 끊었다. 1년이 지나 그가 오랜만에 왔을 때는 기뻤다. 그리고…….

"조교수가 되었습니다. 당신 덕분이에요."라는 말을 들었다. 기쁘고 가슴이 벅차서 "정말 축하해요."라고 대답할 수밖에 없었다.

그때 "괜찮으시면 축하의 의미로 커피라도 같이 어떠세요?"라고 말했다면.

몇 번이나 그런 생각을 했다. 그로부터 몇 년이 지나도록 수없이, 수없이.

『빨간 머리 앤』의 빵과 버터와 오이

그것이 마사코 인생에 있었던 두 번의 후회다. 두 번의 커피. 마시지 않았던 커피. 그걸 계기로 커피가 좋아졌는지도 모른다.

도서관 퇴직을 앞둔 때였다. '2채널'이라는 인터넷 커뮤니티에서 도서관 관련 게시판에 무심코 글을 썼다. 그 게시판에는 도서관 직원들만 모여있어서 비교적 평온했다. 심야라 사람들도 많이 빠져나간 듯했다.

책을 읽지 못하게 된 것, 자신 같은 사람이 도서관 일을 해도 괜찮을지 고민이라는 것, 그리고 앞으로의 인생이 불안하다는 것……. 그러자 신기한 답변이 달렸다.

근계, 당신의 글을 즐겨 보았습니다. 저는 '세븐 레인보우'라고 하는 자입니다. 이번에 당신이 책에 관해 올린 일련의 글을 읽고 감명 받았습니다. 당신 같은 분이 도와주십사하는 일이 있습니다. 괜찮으시다면 연락을 주실 수 있을까요.

그곳에 적힌 메일 주소는 일회용이었고 '새벽이 지나면 삭제합니다.'라고 적혀있었다.

그때, 무슨 일에나 신중했던 자신이 왜 그런 수상쩍은 댓글이 시키는 대로 답을 보내고, 나아가 스카이프로 면접을 보고, 심지어는 얼굴도 모르는 그(남자인지 여자인지 모른다)가 권하는 '일'을 하게 되었는가……. 그저 놀라울 따름이다.

그래도 지금 자신은 여기에 있다.

"……마사코 씨, 없는 책은 없는 것 같네요."

오토하가 중얼거려서 또 퍼뜩 정신이 들었다.

없는 책은 없다……. 꼭 신비로운 역설처럼 들렸다.

✦ ✦ ✦

"그럼 역시 유명 작가 쪽에 가봐야겠네."

책장 앞에 쪼그리고 앉았던 마사코가 말했다.

"거긴 경비가 엄중하니까 훔쳐 가기는 쉽지 않을 것 같아요. 손님이 1층이었다고도 했고요."

"응, 나도 그렇게 생각하는데 일단은 조사해 봐야지."

유명 작가의 방……. 그곳은 이 도서관이 생기고 가이토 료이치의 책이 처음 들어왔을 때 만들어졌다고 한다.

그때까지 히라가나의 아이우에오 순으로 작가를 배치했던 것을 1층 한쪽에 개인실을 만들어 '가이토 료이치의 장서'만

『빨간 머리 앤』의 빵과 버터와 오이

따로 두었다. 그 후로 인기 있는 작가의 책장이 조금씩 늘어서 그 장서들을 2층의 넓은 방으로 옮겼고, 입구에 반드시 누군가 앉아있게 했다.

"궁금한 게 있는데요, 유명 작가의 방과 일반 서가의 차이는 뭐죠? 무슨 기준으로 나누나요?"

"뭐, 기본적으로 상을 받았느냐 받지 못했느냐 정도일 것 같은데, 다음으로 인기와 실적이지. 거의 사사이 씨가 정해. 아마 사사이 씨는 오너와 상의하지 않을까. 그래도 그걸로 딱히 곤란했던 적은 없고, 손님한테서도 불만이 들어온 적 없으니까 지금 시점에서는 그 판단이 맞는 거 아닐까."

마사코가 오너라는 단어를 아무렇지 않게 꺼내서 오토하는 그 틈을 타 물었다.

"그래도 사사이 씨는 오너와 만난 적 없다던데요."

"만난 적은 없을 수도 있지만 전화나 메일로 말하지 않을까?"

"아아, 그러네요."

조금 조심스럽게 물었다.

"······마사코 씨는 만난 적 있으세요? 오너요."

"없어."

마사코의 대답이 조금 빠른 것 같았다. 이 대화가 미스터리 소설 속 한 장면이라면 거짓말일 가능성이 높지만…… 마사코라면 과연 어떨까.

"마사코 씨도 만난 적 없으세요?"

"입사했을 때 메일이 와서 스카이프로 대화했을 뿐이야."

"저랑 같네요. 저는 줌Zoom이었지만요. 마사코 씨, 스카이프 쓰실 줄 아세요?"

"물론이지. 나는 전에 있던 도서관에서 일할 때 인터넷을 사용했어. 평범한 사람보다 컴퓨터를 비교적 빨리 접한 편이야."

"대단하다."

"후후후. 젊은 사람은 노인이 컴퓨터를 못 쓴다고 생각한다니까."

"죄송합니다!"

계단을 오르다가 고개를 숙였다.

"농담이야, 농담."

2층으로 올라가 식당과 응접실과는 반대쪽 방에 들어갔다.

유명 작가의 방 입구에 도쿠다가 앉아있었다.

"아, 마사코 씨, 히구치 씨."

"다자이의 책을 조사하러 왔는데……."

"들었어요. 그래서 저도 일단 조사해 봤습니다만……."

『빨간 머리 앤』의 빵과 버터와 오이

도쿠다가 방을 쭉 둘러보았다.

"일단 지금은 없어진 다자이 책은 없습니다."

"그래……. 우리도 한 번 더 확인해도 될까?"

도쿠다가 순간 불만스러운 표정을 지은 것 같았다. 입술에 힘을 주고 뭔가 말하려고 했다. 그래도 상대가 마사코였으니까 뭐라고 하진 않았다.

"이런 건 여러 번 확인하는 게 확실하니까. 도쿠다 씨를 신용하지 않는 게 아니야. 미안해."

마사코가 생글생글 웃으며 도쿠다에게 사과했다.

"물론 알고 있습니다."

"그럼 조사할게."

오토하와 마사코는 다자이 책을 가진 작가를 순서대로 조사했는데, 모든 책이 다 있었다.

"정말 없네."

"그렇죠?"

도쿠다가 의기양양하게 말했다.

손님이 없어서 도쿠다는 계속 두 사람의 뒤를 쫓아왔다. 솔직히 그에게서 상당한 '압박'을 느꼈고 조금 성가시다는 생각이 들었다.

"역시 도쿠다 씨야."

그래도 마사코가 돌아보고 바로 칭찬하자, 도쿠다도 의표를 찔렸는지 무심결에 싱글거렸다.

마사코 씨는 대단하다. 조금 까다로운 도쿠다 씨를 다루는 방법도 잘 안다. 오토하는 감탄했다.

"그럼 어떻게 할까."

유명 작가의 방에서 나온 뒤, 마사코가 중얼거렸다.

"일단 없어진 『여학생』은 없었다고 사사이 씨한테 보고해 둘게."

"네."

결국 사사이와 마사코가 의논한 끝에 그 『여학생』은 분실물로 한동안 접수처 뒤 선반의 '분실물 상자'에 넣어두기로 했다.

『여학생』 수색을 마치고 오토하는 식당에 갔다.

"오늘 야식은 뭐예요?"

오토하는 자리에 앉으며 물었다. 오늘은 다른 사람과 시간이 안 맞아서 카운터 자리에 혼자 앉았다.

"오늘은 『빨간 머리 앤』의 밤이야."

"와, 좋네요. 그런데 『빨간 머리 앤』에 음식 이야기가 있었나.

『빨간 머리 앤』의 빵과 버터와 오이

생각보다 없는 것 같네요?"

오토하는 고개를 갸웃거렸다.

"앤이 바닐라 향신료로 착각하고 진통제를 넣은 건 젤리를 넣은 레이어 케이크고, 다이애나가 학교에 가지고 간 건 나무딸기 파이였죠? 디저트라면 잔뜩 있는데요."

기노시타는 바로 주방 안으로 들어가더니 평평한 접시를 가지고 나왔다. 그리고 그 하얀 접시를 오토하 앞에 놨다.

"샌드위치!"

접시 위에는 언뜻 지극히 평범해 보이는 샌드위치가 있었다. 빵 귀퉁이를 전부 잘라서 꽤 고급스럽다.

"그러니까 말이야.「빨간 머리 앤」시리즈에 나오는 음식도 만들어달라는 바람에 나는『초록지붕집의 앤』과『에이번리의 앤』과『레드먼드의 앤』까지 읽어야 했어. 게다가 오너가『빨간 머리 앤』의 요리를 다루는 책을 잔뜩 보냈지."

"오오."

"『빨간 머리 앤의 요리 노트』,『빨간 머리 앤의 쿠킹 북』,『'빨간 머리 앤'의 생활 사전』,『빨간 머리 앤의 세계로』⋯⋯. 원작 이외에 예닐곱 권은 읽었을 거야."

"으아아."

"힘들었어. 그런데 그럴싸한 요리가 없었던 게 맞아. 꼬치구이나 염장한 돼지고기를 채소와 함께 끓인 요리나 시금치샐러드나…… 죄다 단순한 요리였지. 원작에는 만드는 법도 거의 안 나오고."

"그래서 어떻게 하셨어요?"

"『에이번리의 앤』에 이상한 이야기가 나왔어. 혹시 아나? 앤의 집에 유명한 작가가 방문하기로 해서 다들 음식을 만들어 가지고 왔는데 결국 나타나지 않아서……."

"있었죠! 장만한 음식은 엉망이 되고 남에게 빌린 접시는 깨트리고요."

"그래, 그래. 그래서 같은 접시를 가진 사람의 집에 가서 양도해 달라고 하려 했는데 그 사람은 외출해서……."

"더 일이 커지죠."

"맞아. 그래도 집주인이 돌아와서 차를 우려주고 '빵과 버터와 오이밖에 없지만.'이라면서……. 앤과 다이애나는 배가 고프기도 했겠지만 그 빵과 버터와 오이를 굉장히 맛있게 먹었다지. 실제로 정말 맛있을 것 같았단 말이야. 나는 『빨간 머리 앤』을 자세히는 모르고 소설 자체도 잘 모르지만, 그 장면이 그 소설에서 유일하다고 해도 좋을 만큼 솔직하게 맛을 표

『빨간 머리 앤』의 빵과 버터와 오이

현한 장면…… 특히 식사의 기쁨을 표현한 장면이 아닌가 싶었지."

"그렇군요. 확실히 그런 것 같아요."

"고민을 많이 했어. 그 오이, 어쩌면 피클일지도 모른다고 생각했어. 그런데 어떤 번역본을 읽어도 빵과 버터와 오이라고만 되어있더군. 생오이를 아작아작 먹은 것 같진 않은데……. 그래서 나 나름대로 생각한 게 이거야. 버터오이샌드위치. 이것만 있으면 아무래도 아쉬우니 로스트 치킨을 넣은 샌드위치도 만들었지. 아마 앤과 다이애나도 먹었을 테니까. 자, 들어."

"고맙습니다. 잘 먹겠습니다."

부드럽고 하얀 빵에 초록빛 음식이 들어있다. 한 입 먹자, 오이 맛과 버터 맛이 확연하게 입으로 뛰어들었는데, 단순하면서도 맛이 깊었다.

"기노시타 씨, 이거 진짜 맛있어요. 정말 빵이랑 버터랑 오이로만 만들었나 싶을 정도로요."

"고마워. 오이는 얇게 썰어서 소금으로 주무르기만 해서 넣었어."

다음으로 로스트치킨샌드위치를 먹었다.

"이것도 맛있다. 치킨이 촉촉해요."

"치킨은 닭가슴살을 간단하게 소금과 후추로 굽고, 프렌치 드레싱으로 가볍게 버무려서 넣었어."

"전부 소박한 맛이네요. 그래도 소박하면서 깊은 맛이 나요."

"아마 그 시대는 그런 걸 먹었을 것 같아. 또 검소한 목사의 아내였던 몽고메리니까 아마 요즘 소설가처럼 음식의 맛을 장황하게 서술하는 건 선호하지 않았을 수도 있지."

"그렇네요."

샌드위치 접시 위에 놓인 작은 접시에는 그린피스가 담겼다. 먹어보니 그린피스를 부드럽게 데친 것으로, 버터 향이 났다.

"그건 그린피스버터소테. 마무리로 설탕을 한 숟갈 넣었어. 모건 부인을 '초록 지붕 집'에 불렀을 때, 앤이 설탕을 너무 많이 넣어서 망친 거 기억해?"

"기노시타 씨, 열심히 읽으셨네요. 저보다 훨씬 자세히 읽으셨어요."

"뭐, 음식이 나오는 부분만이야. 메뉴를 만들어야 하니까 집중해서 읽었지."

식사 후 기노시타는 평소처럼 식후 커피를 만들어주었는데, 이번에도 작은 접시에 뭔가 담겨서 나왔다. 갈색에 조금 커다란 주사위 모양이었다.

"기노시타 씨, 이건요……?"

"초콜릿캐러멜."

"네? 이게요? 앤의 초콜릿캐러멜이요? 앤이 줄곧 먹고 싶어 했던?"

"그래."

"와, 어렸을 때 대체 어떤 맛일지 계속 궁금했어요. 모리나가 초코볼 캐러멜 맛을 먹었을 때는 이게 초콜릿캐러멜인가 했는데, 일본 거랑은 다를 테니까요."

오토하는 초콜릿 색깔의 네모난 것을 집어서 먹었다.

그것은 입에 들어가자 흐물흐물 무너졌고, 끈적끈적한 캐러멜과 초콜릿 풍미가 끝 맛으로 남았다. 얼마 전에 유행했던 생캐러멜 초콜릿 맛과 비슷한데, 우유 냄새가 참 좋았다.

"맛있어!"

오토하는 반사적으로 기노시타를 봤다.

"기노시타 씨, 이거 팔아요! 여기에서! '빨간 머리 앤의 초콜릿캐러멜'이라는 이름으로! 아니, 인터넷으로 팔아도 좋겠어요. 틀림없이 팔릴 거예요!"

"싫어. 그거 얼마나 손이 가는지 알기나 하나? 오늘 나는 평소보다 한 시간 전에 와서 계속 냄비를 저었거든."

기노시타가 손목을 빙글빙글 돌리며 말했다.

"엇. 그렇게 손이 많이 가나요?"

"그래. 정말 힘들었어."

"그래도 가끔은 만들어주세요."

"그렇게 마음에 들어?"

"네."

그러자 기노시타가 세 개를 더 접시에 담아 내주었다.

"고, 고맙습니다. 이거 두 개 남겨서 마사코 씨랑 아코 씨한 테 드려도 될까요? 두 분도 틀림없이 기뻐하실 거예요."

그러자 기노시타가 두 개를 더 추가해 주었다.

장서 정리실로 돌아와 마사코와 아코에게 초콜릿캐러멜을 두 개씩 줬다. 기노시타의 이야기도 곁들이면서.

"달고 맛있다."

"정말."

두 사람 다 기뻐하며 먹었고, 아코는 일부러 따뜻한 녹차를 한 잔 더 우렸다.

"사실 나도 만든 적 있어. 초콜릿캐러멜. 두 번."

『빨간 머리 앤』의 빵과 버터와 오이

아코가 말했다.

"응? 그랬어?"

"처음에 만든 건 한참 전이야. 어쩌면 기노시타 씨의 이거랑 같은 레시피였으려나. 나도 『빨간 머리 앤의 요리 노트』라는 책을 보며 만들었으니까. 아마 출간된 지 40년 이상 된 책일걸."

"그렇게 예전 책이야?"

"제일 먼저 태피*를 만들어. 이게 고생이었어. 재료도 전부 다 갖춰야 하고……. 연유, 버터, 설탕, 물엿 등등."

"기노시타 씨도 힘들었다고 하셨어요."

"양을 재서 냄비로 끓이는데, 한 시간쯤 바짝 졸여. 갈색이될 때까지. 『빨간 머리 앤』에서도 앤과 다이애나가 만들다가태웠다는 서술이 있잖아? 그거야."

"네."

"부엌이 온통 연유랑 물엿으로 끈적끈적해졌어. 그래도 완성하니까 말도 안 되게 맛있었어. 그 태피에 녹인 초콜릿을부으면 초콜릿캐러멜이야."

---

* taffy, 설탕을 녹여 만든 무른 사탕.

"그렇게 만드는군요."

"두 번째로 만든 건 여기 오기 얼마 전이야. 생캐러멜이 잠깐 유행했잖아? 기억해?"

"아, 그랬죠. 홋카이도 목장에서 만든 거."

"응. 그때 문득 생각났어. 생캐러멜이 그 태피가 아닌가 하고. 그래서 또 집에서 만들어봤어. 같은 책을 보고 같은 레시피로……."

"힘드셨겠어요."

"그게 그렇지도 않더라. 예전에는 물엿이나 연유처럼 점성 강한 걸 일일이 저울로 재서 냄비에 넣어야 했는데, 지금은 좋은 디지털 저울이 있잖아? 그거 위에 냄비를 직접 놓고 재료를 척척 넣기만 하면 정확하게 잴 수 있어. 냄비도 테플론으로 가공한 좋은 거였고. 놀랐어. 부엌도 별로 지저분해지지 않고 금방 만들었어."

"그래도 기노시타 씨는 힘들었다고 하셨는데요."

"그야 당연히 젓는 건 힘든데, 예전과 비교하면 그 정도는 아니라는 의미지."

"그렇군요."

"그래도…… 왠지 예전과 달랐어."

『빨간 머리 앤』의 빵과 버터와 오이

"달라요?"

"……예전에 그렇게 맛있었으니까 잔뜩 기대하고 정성껏 만들었거든. 트레이에 담고 충분히 식힌 다음, 달군 식칼로 하나씩 잘라서 마침내 완성한 걸 입에 넣었더니……."

"넣었더니?"

"……별로 맛있지 않았어."

"엇?"

"그럭저럭 맛있는데 예전처럼 맛있지 않았어. 그때처럼 하늘을 날 것 같은 맛이 아니었어. 다들 난리가 나서 서로 빼앗아 먹으려고 할 정도로 맛있었는데."

마지막은 나직한 목소리로 말해서 거의 혼잣말에 가까웠다.

"……그건 그거 아니야? 시대가 달라져서." 마사코가 말했다.

"지금은 맛있는 게 많으니까."

그런 걸까. 오토하는 고개를 갸우뚱했다.

아코는 지금 훨씬 더 중요한 것을 말하려고 한 것 같은데.

오토하는 뭐라고 말하려 했지만 마사코와 눈이 마주쳤고, 그녀가 고개를 살짝 저었다. 그래서 입을 다물었다.

"응. 아마 그렇겠지."

아코가 미소를 지었다.

"있지, 다음에 만들어줘. 초콜릿캐러멜. 태피도 좋고. 미나미 씨 방에서「빨간 머리 앤」드라마를 볼 때……. 아, 물론 만들 마음이 생기고 아코 씨가 힘들지 않다면."

그러게, 하고 아코가 작게 웃었다.

오토하는 왠지 모르게 아코가 만드는 캐러멜을 영영 먹지 못할 것 같았다.

주인을 알 수 없는 『여학생』은 여전히 분실물 상자에 있다. 다들 손님이 없을 때면 별생각 없이 그 책을 읽었다.

"이 책, 좋다."

특히 미나미가 마음에 들어하며 자주 읽었다.

"아마 고등학생 때 한 번 읽었을 텐데 그때는 딱히 아무 생각도 안 들었고, 다 까먹었어."

"그랬나요?"

"응. 그때는 이해를 못 해서 쓸쓸한 여자 이야기만 잔뜩이라서 싫다고 생각했던 것 같은데, 지금 읽으니까 감동적이야."

진짜 그렇다며 고개를 끄덕였다.

"이런 심정, 나도 이해돼. 예전에는 좀 부끄러웠어. 이걸 읽으면 내 부끄러운 면이 드러나는 것 같았어. 그런데 지금은 이상하게 감동적이네."

"미나미 씨, 다자이 작품 중에 뭘 좋아했어요?"

"『옛날이야기』이려나."

"아하, 알겠어요. 미나미 씨, 밝은 캐릭터니까."

"아니거든!"

부정하는 미나미의 목소리가 강렬해서 오토하는 깜짝 놀랐다.

"아, 저기, 죄송해요."

"미안 미안, 그런 소리를 들은 적 없어서 놀랐어."

미나미가 바로 사과했지만, 오토하는 한동안 위화감을 느꼈다.

'밤의 도서관'에 신기한 의뢰가 들어온 것은 그로부터 몇 주쯤 지났을 때였다.

상의하고 싶은 일이 생겨서 내일 회의를 열고자 합니다. 4시까지 1층 회의실로 와주세요.

사사이의 메일이 도서관 직원 전원에게 도착했다.

오토하가 4시에 회의실에 들어가자, 동그랗게 놓인 회의용 책상과 의자에 사사이, 도카이가 있었다. 입구 근처인 끝자리에 짐을 놓는데 도쿠다, 마사코, 아코, 미나미가 이어서 들어왔다. 자리가 따로 정해지진 않았는데 나이와 들어온 순서에 따라 안에서부터 대충 앉았다.

1층 회의실은 간소하게 의자와 책상이 놓였을 뿐이었다. 때때로 손님이 많을 때는 응접실로 쓰기도 한다. 지금은 시라카와 다다스케의 책이 상자에 담긴 채 방 한쪽에 놓여있다. 그때 이후로 대략 두 달이 지났는데, 창고에 돌려놓을 기회가 없어서 그대로 두었다.

"이런 일은 잘 없습니다만, 오늘은 여러분의 의견을 듣고 싶습니다."

모두가 앉기를 기다려 사사이가 말했다.

"회의라지만 솔직하게 의견을 들려주시면 됩니다."

"뭐죠? 사사이 씨가 그렇게 말씀하시면 오히려 긴장되는데요."

도카이가 웃으며 말했고, 다들 동조하듯이 고개를 끄덕였다.

"그건 죄송합니다."

사과하면서도 사사이의 표정은 별로 달라지지 않았다.

『빨간 머리 앤』의 빵과 버터와 오이

"그래도 정말, 어려워하지 마시고 다들 의견을 들려주시면 좋겠습니다. 저 혼자서는 판단하기 어려운 일이어서."

늘 차분하게 일을 처리하는 사사이가 판단하기 어려운 일이 뭘까? 오토하는 점점 더 불안해졌다.

"그래서 무슨 일입니까?"

도쿠다가 조금 초조하게 물었다.

"사실관계부터 말씀드리겠습니다. 실은 우리 도서관에 다카시로 미즈키 선생님의 생전 장서를 기증하고 싶다는 제안이 왔습니다."

"네?"

"그 다카시로 미즈키?"

"진짜로? 다카시로 미즈키?"

다들 저마다 소리를 냈다. 그래도 반응이 격한 쪽은 따지자면 젊은 도서관 직원이고, 마사코와 아코는 '아, 그래?' 하는 차분한 태도였다.

오토하도 뭔가 말하고 싶었다. 그러나 목소리가 목에 막힌 것처럼 잘 나오지 않았다.

"그거 엄청난 일이 되겠군요. 가이토 료이치 이래 거물이라고 해도 과언이 아니잖아요." 도카이는 흥분한 말투였다.

"저도 순수하게 그 사람의 장서를 보고 싶으니까요."

"어머나, 가이토 이래라니 너무 호들갑이야. 다카시로 선생님은 아직 젊었고 노벨문학상 후보자와 동급이라기엔⋯⋯."

"아니요, 인기 면에서는 그 이상일지도 몰라요. 젊은 사람들이 열광적으로 읽었으니까. 인기뿐 아니라 실력도 있어요. 아쿠타가와상과 나오키상 양쪽의 후보에 올랐고, 또 외국에서 상도 받았잖아요. 저는 장래 다카시로 선생님이야말로 일본의 노벨상 수상 작가가 될 거라고 생각했으니까⋯⋯. 작풍도 SF나 미스터리, 호러부터 순문학까지 뭐든 잘 썼어요."

"맞아."

모두 흥분하는 동안에도 오토하는 말이 나오지 않았다. 그러다가 눈물이 차올랐고, 곧 뺨을 타고 흘러내렸다. 그제야 간신히 목소리가 나왔다.

"잠깐만 기다려 주세요."

그 목소리를 듣고서야 다들 오토하를 봤다. 그리고 울고 있는 것을 알아채고 모두 깜짝 놀랐다.

"울고 있네. 오토하 씨? 왜 그래?"

아코가 물었다.

"혹시 그 정도로 좋아했어? 다카시로 미즈키⋯⋯."

『빨간 머리 앤』의 빵과 버터와 오이

오토하는 아직 목소리가 제대로 나오지 않아 손을 휙휙 흔들었다.

"……아니에요. 그게 아니라 저는 그저…….." 흐르는 눈물을 손가락으로 닦았다.

"그러니까 다카시로 미즈키 선생님이 죽었다는 건가요?"

"몰랐어? 석 달쯤 전인가 뉴스에 나왔는데."

미나미가 말하며 옆에서 손수건을 건넸다. 오토하는 순순히 그걸 받아 눈에 댔다.

"알고 있어요. 그건 당연히 알아요. 하지만 저는 믿을 수 없어서요. 아니, 사실이라고 믿기 싫어서…….."

오토하는 코를 요란하게 훌쩍였다. 그러자 이번에는 반대쪽에 앉은 아코가 티슈를 건넸다. 사람들 앞인데도 신경 쓰지 않고 코를 풀었다.

"그건 분명 그 사람의…… 우리는 다카퐁이라고 불렀으니까 다카퐁이라고 해도 될까요. 다카퐁식 농담이라고 생각했어요. 어쩌면 다음 작품을 위한 환생? 뭔가 깊은 이유가 있다고 생각했어요."

"작품을 위해 본인 사망설을 흘렸다고? 아무리 다카시로 미즈키 선생님이라도 그러진 않을 텐데? 대형 신문사에서도 부고를 냈어."

마사코가 지당한 의견을 말했다.

다카시로 미즈키는 복면 작가였다.

나이도 성별도 비공개, 사진은 한 장도 없고 당연히 사람 앞에 나서지 않는다. 시상식에도 파티에도 가지 않는다. 소설 이외에 에세이나 인터뷰, SNS 활동 등은 일절 없다. 한 출판사에서만 책을 내고 담당 편집자도 늘 같은 사람이라고 들었다.

작풍으로 볼 때 아마도 30대 남성이라는 의견이 주류인데, 여성 시선으로 보이는 작품도 제법 있고, 저명한 중년 여성 작가가 "다카시로 미즈키는 여성일 거예요. 그렇지 않으면 쓰지 못하는 부분이 몇 군데 있어요."라고 적극적으로 주장해 뉴스가 되기도 했다.

"하지만 다카퐁의 장례식에 갔다거나, 그런 사람과 직접 만났다는 사람도 없고, 사인도 밝혀지지 않았고, 담당 편집자의 이름도 아무도 몰라요. 평범한 사람이라면 몰라도 저는 서점 직원이었어요. 그런데 소문이 하나도 들리지 않는다니 이상하잖아요."

다들 조금 기막힌 표정으로 보고 있다는 것을 알았다. 오토하는 감정을 어느 정도 억제해야 한다고 생각했지만 말이 자꾸자꾸 솟구쳐서 멈추지 못했다.

"다카퐁은 복면 작가이고 자기 정보를 일절 흘리지 않았는데, 팬한테는 다정한 사람이었어요. 작품을 읽으면 알 수 있어요. 이런 식으로 떠날 사람은 아니라고 생각해요……."

간신히 끝까지 말했다.

"정말 죽었다니…… 아직 믿지 못하겠어요."

"왠지 죄송합니다."

사사이가 살짝 고개를 숙였다.

"아니에요. 저야말로 흥분해서……."

"히구치 씨가 그 정도로 팬인 줄은 몰랐네."

도카이가 조금 쓴웃음을 지으면서도 다정하게 말했다.

"그렇게까지 팬은 아니에요. 그저 다카퐁이 데뷔한 날에는 애독자끼리 기념 파티를 하는 정도인걸요!"

"……알겠습니다."

사사이가 엄숙하게 말했는데, 그 말투에 다른 사람들도 엉겁결에 웃었다. 오토하도 울다가 웃었다.

"오토하 씨 덕분에 나도 다카시로 미즈키가 얼마나 인기인지 알겠어."

마사코가 말했다.

"정말 대단한 작가였구나."

"그러게, 우리가 그걸 미처 몰랐네."

아코도 고개를 끄덕였다.

"……그래서 상담하고 싶은 것은 바로 그것입니다. 다카시로 미즈키의 장서가 오는 것은 당연히 감사할 일이지만, 작고하고 겨우 몇 개월 만에 공개해도 될까요."

"현실적으로 받아서 정리하고…… 이러니저러니 해도 작고하고 최소한 반년은 걸릴 것 같아. 지금 일이 밀리기도 했고."

마사코가 말했다.

"네, 그야 그렇죠. 다만 그래도 너무 이르지 않을까요. 음, 지금 히구치 씨의 반응을 보면 아시겠지만, 이분은 대단한 인기 작가였어요. 게다가 많은 수수께끼를 남기고 떠났죠. 공개하면 여기에 사람들이 많이 찾아와 주실 테죠……. 그러나 반대로 큰 소동이 벌어질지도 모릅니다. 당연히 도난도 있을 수 있고요."

"그렇군요. 그런 점을 걱정하는군요."

도카이가 고개를 끄덕였다.

"그건 어느 정도 막을 수 있을걸요. 방을 준비해서 출입을 엄격하게 확인하고, 입실할 때는 소지품을 일절 가지고 들어

『빨간 머리 앤』의 빵과 버터와 오이

가지 못하게 한다거나. 물론 누군가가 계속 감시하고요."

"네, 도난은 어느 정도 막을 수 있습니다. 하지만 그보다 더 고민인 것은, 정말로 장서를 공개해도 되는가 하는 문제입니다. 장서란 궁극적인 개인정보니까요."

"아."

오토하가 무심코 반응했다.

"많은 걸 알게 된다?"

"네. 성별이나 나이같이 본래 다카시로 선생님이 공개하지 않았던 정보가 흘러 나갈 가능성이 있습니다. 또 당연한 소리지만 어떤 책을 좋아했는지도요. 지금까지 비밀의 장막에 감춰져 있던 것이……."

"하지만 유족이 공개해도 된다고 한 거죠? 아니면 다카시로 선생님의 유지인가요?"

도카이가 물었다.

"연락이 닿은 유족은 여동생입니다. 사실은 그것도 좀 미묘해서……."

"미묘해요?"

사사이치고는 드문 말을 쓴다고 오토하는 생각했다. 말 그대로 '미묘' 같은 모호한 단어를 쓰다니.

"제가 연락을 받았는데, 전화 통화한 바로는 굉장히 흥분한 상태여서……. 하여간 책을 처분하고 싶다, 눈에 거슬리니까, 라고 했습니다."

"눈에 거슬린다!"

오토하는 사사이의 말을 반복했을 뿐이지만, 언외에 '눈에 거슬리다니 실례잖아. 다카퐁의 여동생이라도 용서 못 해.'라는 함의가 담겼고, 모두에게도 전해진 것 같았다.

"아니……, 사실 처음에는 다카시로 선생과 일했던 출판사에서 연락이 왔습니다. 다카시로 선생님이 갑자기 세상을 떠났고 유족이 집에 있는 물건을 처분하려고 한다고, 이대로는 당장 오늘내일 중에 업자를 불러 전부 팔아치울 것 같다고, 그 사람도 어떻게 하면 좋을지 당장 판단하진 못하겠는데, 다카시로 선생님 정도 되는 작가의 장서가 흩어지는 것은 너무 아까우니까, 일단 우리가 인수해 줄 수 없겠느냐고요."

"그런 거였군요."

"출판사 분도 조금 혼란스러운 것 같았어요. 장서가 흩어지는 건 싫지만 책을 둘 장소도 없고, 지금까지 그런 사례도 없었으니까 어쩌면 좋을지 모르겠다고요."

오토하는 다카시로 미즈키와 일한 출판사가 비교적 소규모였고, 그래서 계속 같은 편집자가 붙으면서 완벽하게 비밀을 지킬 수 있었다는 것을 떠올렸다.

"그래서 제가 여동생과 대화를 나눴습니다. 뭐, 이런 일은 드문 패턴이지만, 다카시로 선생님의 자택으로 가지러 와주면 좋겠다고 하시더군요. 우리가 책을 상자에 담아 가지고 간다면 줘도 된다고요. 그리고……."

사사이가 조금 머뭇거리며 말을 덧붙였다.

"……이렇게 말하면 그렇지만…… 뭐라고 하면 좋을까요. 그 여동생이…… 조금 독특한 분이어서……."

사사이가 통화 한 번만 해본 상대를 이렇게까지 말하다니 엄청난 사람인 모양이라고 오토하는 생각했다.

"정말로 하겠다고 마음먹으면 며칠 안에 처분할 것 같았습니다."

"그래서 사사이 씨는 뭘 망설이는 겁니까?"

그때까지 말이 없던 도쿠다가 물었다.

"망설인다기보단 여러분의 의견을 듣고 싶어서요. 우리에게도 너무 큰 영향이 미칠지 모릅니다. 실제로 어디에서 들었는지 몇 군데 매스컴에서 '공개하면 바로 취재하게 해달라.'라는 연락이 왔습니다. 그중에는 공개 전에 보여달라는 프리랜서 작가도 있었고요. 다들 장서를 보고 선생님의 성별이나 나이, 취미를 알 수 있겠다고 흥미를 느끼나 봅니다."

"그 여동생한테 직접 물어보면 될 텐데. 취재가 들어가지 않았나요?"

도쿠다가 고개를 갸우뚱하며 물었다.

"출판사에서 막는 것 같습니다."

사사이가 조금 곤란한 미소를 지었다.

"여동생에게 다카시로 미즈키는 수수께끼인 편이 낫다, 그래야 앞으로도 책이 팔린다고 설득해서 매스컴과 접촉하지 않게 하는 모양입니다. 일단 그걸로 납득은 했다고 해요. 하지만 집이나 자산은 처분하고 싶다는데 그건 막을 수가 없어요. 물건을 처분하고 집을 팔고 싶다나 봅니다."

"그거 좀 위험하겠는데요."

도카이가 웃었다.

"헌책방에서 일하다 보면 장서를 처분하는 현장에도 종종 가니까, 대충 알겠어요."

"아, 도카이 씨는 헌책방을 했었죠."

마사코가 알아차리고 말했다.

"네. 제법 있습니다. 유족이 가치를 모르고 전부 적당하게 팔아버리는 일이요. 책뿐 아니라 수집품은 전부 그래요."

도카이가 사사이를 바라보았다.

"석 달이라고 했으니 보통은 이제 막 사십구재가 끝나서 묘지를 어떻게 할지, 유산을 어떻게 할지 말이 나오는 상황일 겁니다. 예를 들어 고인에게 빚이 있을 때 상속 포기할 수 있는 시기가 그때쯤이고, 유산이나 유품에 관해서는 이제부터 생각할 때입니다."

"네."

"다카시로 선생님의 상속인은 따로 없나요? 여동생 이외에."

"그렇다고 들었습니다."

"일단 그런 것을 제대로 조사하지 않으면 나중에 귀찮아질 가능성도 있겠어요. 다른 유족이 나타나서 책을 돌려달라는 소리를 하면 큰일입니다. 이미 장서인을 찍은 다음이기라도 하면 복잡해져요."

"아, 선생님이 떠났으니까 장서인 디자인도 그 여동생과 논의해야겠네요."

아코가 장서 정리 담당다운 것에 생각이 미쳤다.

"뭐지…… 엄청나게 귀찮아졌어요!"

미나미가 두 손으로 관자놀이 주변을 누르면서 가볍게 머리를 움켜쥐었다.

"그래도 인수해야죠! 그것만큼은 반드시 하는 게 좋겠어요!"

오토하가 참지 못하고 외쳤다. 무슨 일이 있어도 그것만은 사수하고 싶었다. 선생님의 작고는 충격이지만 그게 사실이라면, 이 도서관에서 그 일을 맡는 것이 제일 낫다고 생각했다.

"도서관에 와서 아직 두 달밖에 안 지났지만, 여기는 장서를 다루는 노하우가 있고, 무엇보다 다들 작가와 책을 사랑하니까요! 저는 팬으로서도 여러분이 다뤄주시면 좋겠어요. 여러분은 신뢰할 수 있으니까요!"

마사코와 아코를 비롯해 오토하 이외에 거기 있는 전원이 서로 마주 보고 웃었다. 다소 굳었던 분위기가 부드럽게 풀린 듯했다.

"이거야 원, 칭찬 고마워."

마사코가 말했다.

"음, 물론 나도 그걸 반대하진 않아. 귀찮아지긴 해도 다카시로 선생님의 책은 우리의 가치가 될 거야."

미나미도 앞서 보여준 행동처럼 반대하지 않는 말투였다.

"그런데 오너는 뭐라고 했지?"

마사코가 물었다. 이번에는 모두에게 무겁진 않아도 분명한 긴장감이 흘렀다.

"오너는 기본적으로 찬성이지만, 여러모로 수고스럽긴 할 테니 여러분의 의견도 듣고 싶다고 했습니다. 그래서 이렇게 모인 것입니다. 끝나면 여러분의 의견을 제가 보고하겠습니다."

사사이가 자세를 바로 하고 모두를 쭉 둘러본 뒤 말했다.

"그렇다면 여러분, 일단 책을 인수하는 쪽에 찬성하시는 것으로 보고해도 괜찮을까요?"

모두 고개를 끄덕였다. 끄덕이는 방식은 다양해서, 크게 끄덕이는 오토하 같은 사람도 있고, 도쿠다처럼 까딱이는 수준이어서 기분이 안 좋아 보이기까지 하는 끄덕임도 있었다.

"전에 시로카와 선생님 같은 문제가 생길지도 모르고, 우리가 댁으로 직접 가서 인수하는 것은 드문 경험입니다. 또 아직 장서 양도 잘 모르니 뭐라고 말하기 어렵군요……. 여동생은 하여간 '많다'고 하셨습니다."

"그렇게 말해도 모르지. 책을 읽는 사람의 '많다'와 읽지 않는 사람의 '많다'는 전혀 다르니까."

아코의 말에 이번에는 모두 고개를 크게 끄덕였다.

"공개를 어떻게 할지, 언제, 어떤 형태로 할지는 다음에 또 의논하죠. 아마 출판사 쪽과도 상담하게 될 테고요."

"책은 언제 가지러 가고?"

"최대한 빨리 가는 게 좋겠습니다. 느낌으로 보아 자칫하면 갑자기 마음이 바뀔지도 모르니까요. 가능하면 오늘이나 늦어도 내일, 내일모레 중에. 나중에 여동생과 통화하겠지만, 오늘은 이미 저녁이니 아마 내일 낮이 될 것 같습니다."

사사이는 도카이를 봤다.

"모쪼록 도카이 씨가 같이 가주시면 좋겠습니다. 이런 일에 제일 익숙하신 분은 도카이 씨이니까요."

도카이는 "물론 괜찮습니다."라고 대답했다.

"저도 같이 가고 싶어요!"

오토하가 이때다 하고 외쳤다. 다카퐁의 죽음이 사실이라면 슬프다. 하지만 그게 사실이라면, 지금 가지 않는다면 틀림없이 후회할 것이다.

"그런가요……."

사사이가 말을 흐렸다.

"가능하면 남성분이 좋겠다고 생각했습니다. 힘쓰는 일이니까요. 책이 얼마나 있는지 모르고."

거짓말이라고 판단했다. 이전에 시라카와의 책을 가지러

『빨간 머리 앤』의 빵과 버터와 오이

갔을 때, 사사이는 오토하에게 가자고 했다.

도카이가 차분하게 말했다.

"……괴로운 일입니다. 유품이란 일반적으로 생각하는 이상으로 생전 주인이 깃들어 있어요. 팬…… 그것도 오열할 정도로 팬이라면 자제심을 잃을 가능성도 있고요. 이번에는 유족이 어떤 태도로 나올지 모르고, 너무 자극하고 싶지 않군요."

"안 해요! 절대로 자제심을 잃지 않을게요. 게다가 여자가 한 명 있는 편이 좋지 않을까요? 지금 다카퐁의 집이 어떤 상태인지 모르지만, 여동생 혼자라면 남자들만 서슴없이 들어갔다가 혹시 겁을 먹을지도 모르잖아요! 또 여성이 아니면 들어가지 못하는 곳이 있을지도요."

오토하는 필사적으로 설득했다.

"과연. 일리 있습니다."

사사이가 고개를 끄덕였다.

"그렇다면 절대로 울지 않겠다고 약속해 주세요. 울면 바로 집에서 나가서, 문밖에서 차까지 상자 옮기는 일을 해주셔야 합니다."

"알겠습니다."

"또 도쿠다 씨도 같이 가주실 수 있을까요? 남성이 짐을 많이 옮길 수 있으니까요."

사사이가 도쿠다를 봤다.

"……좋습니다."

도쿠다는 무표정으로 고개를 끄덕였다.

"그리고 가능하면 도서관 탐정인 구로이와 씨도 같이 가주십사 부탁하려 합니다. 그분은 법률적인 것도 잘 아시니까. 뭔가 일이 있을 때를 대비해 차에서 대기해 주시도록요."

"날씨가 좋으면 한 대는 소형 트럭으로 할까요? 책의 양을 모르니까요. 헌책방 시절 친구에게 빌릴 수 있을지 물어보겠습니다."

"부탁합니다."

회의를 마치고, 사사이가 다카시로 미즈키의 여동생에게 연락해 내일 낮에 장서를 가지러 가기로 약속 잡았다.

점심때를 지나 도서관 앞으로 가자, 어제 결정된 멤버인 사사이, 도카이, 도쿠다, 구로이와가 기다리고 있었다. 또 전에 사용했던 하이에스 승합차와 낡은 소형 트럭도 있었다.

"그럼 출발하죠."

사사이가 말하자, 도카이가 오토하를 봤다.

"히구치 씨, 오늘은 경트럭에 타지 않을래요? 경트럭에 타는 거, 생각보다 재미있거든. 또 선생님 댁에 도착하기 전에 해두고 싶은 말이 있어서."

"알겠습니다."

하고 싶은 말? 의아해하며 오토하는 도카이 옆에 탔다.

"오늘은 잘 부탁합니다."

"네, 저야말로!"

어젯밤에는 오토하에게 조금 엄했던 도카이였지만, 오늘은 전혀 다르게 차분했고 분위기도 가벼웠다.

"저기, 하고 싶은 말씀이 뭐예요?"

차가 달리기 시작하고 국도에 들어간 시점에서 오토하가 물었다.

"아, 어제는 미안했어요. 조금 심한 말을 해서."

도카이가 이쪽을 보고 싱긋 웃었다.

"괜찮아요. 저도 흐트러진 모습을 보여서 부끄럽네요."

"아니, 어쩔 수 없지. 그 정도로 팬인 작가였으면······."

"물론 죽었다고 인식하고 있고, 소식을 처음 접했을 때 충분히 슬퍼했으니까 괜찮아요. 그저 어제는 갑자기 이름이 나온 탓에······. 불의의 습격 같은 거였어요."

"그렇지."

"사인도 전혀 발표되지 않았잖아요. 생각보다 마음 정리가 덜 되었었나 봐요."

"아하."

두 사람 사이에 아주 잠깐 침묵이 흘렀다. 젊은 사람의 급사…… 그것도 작가라면 아무래도 추측하게 된다. 스스로 죽음을 선택하지 않았을까.

"아니, 음, 내가 말하고 싶었던 건, 지금부터 그 집에 가서 지켜야 할 주의점이야."

도카이가 경쾌한 말투로 이야기의 방향을 바꿨다.

"아, 고맙습니다."

"물론 다른 사람에게도 아까 말했는데, 히구치 씨에게는 특히 말해두고 싶었어."

"팬이니까요?"

"음, 그것도 있고. 여동생이라는 사람, 아마 히구치 씨와 비슷한 나이일 가능성이 있잖아. 그 나이대 여자들은 서로 좀 의식하지 않아?"

"아, 확실히 그런 게 있죠."

"정말 모르거든. 그쪽이 어떻게 나올지. 비슷한 세대니까 편

『빨간 머리 앤』의 빵과 버터와 오이

하게 대화를 나누면 좋겠지만 반대가 될 수도 있고."

"네. 저는 어떻게 하면 좋을까요?"

"어쨌든 침착하게. 그쪽이 어떤 태도를 보이더라도 담담하게 일해줘."

"알겠습니다."

"그리고 이건 남의 집에 일하러 갈 때의 주의점인데, 시선을 신경 써야 해."

"시선······이요?"

"그래, 시선. 방을 이리저리 둘러보거나 빤히 살피지 않도록."

"그런 거 안 해요!"

무심코 웃음이 나왔다.

"히구치 씨를 그런 사람이라고 생각하진 않는데, 의외로 사람들은 사소한 시선도 민감하게 알아차리거든. 여동생은 아마도 같이 산 것 같진 않지만, 방이 지금 어떤 상태인지 모르니까. 몇 번이나 말해서 미안한데, 히구치 씨는 비슷한 나이의 여성이니까 특히 주의해. 어떤 일이 있어도 방을 여기저기 둘러보지 말 것. 익숙해지기 전까지는 눈을 내리깔고 행동해 줘."

"눈을 내리깔고요."

"그래."

오토하는 한숨이 절로 나왔다.

"미안. 긴장하게 할 생각은 없었는데."

"네."

"……그나저나 지금부터 갈 집은 어떤 곳이려나. 주소로 보니까 가나가와현의 가와사키시……."

소형 트럭에는 내비게이션이 없었다. 도카이는 앞에 사사이가 운전하는 차를 쫓아가며 메모한 주소를 봤다.

"무사시코스기 근처일까요. 타워맨션?"

"주소로 보면 그럴 가능성도 있겠어. 그래도 이쪽은 역에서 멀어지면 오래된 집이나 맨션도 아직 있어."

"다카퐁은 타워맨션에 살든 오래된 집에 살든 둘 다 평범하게 가능할 것 같아요."

"그런가. 나는 데뷔작 정도만 읽었거든."

그런 대화를 나누는 사이, 사사이의 차를 따라 오토하와 도카이는 무사시코스기 타워맨션 무리로 접근했다.

"보아하니 역시 타워맨션이군."

사사이의 차가 한 동짜리 타워맨션 지하 주차장으로 빨려 들어가는 것을 보며 도카이가 말했다. 맨션이지만 1층에 카페나 레스토랑 같은 점포가 있어서 일반인도 쓰는 주차장이 있는 것 같다.

구로이와는 일단 차에서 대기하기로 했다.

"다카시로 선생님, 벌이가 아주 좋았군."

맨션 건물 입구에서 관리인의 안내를 받아 엘리베이터를 타자, 도카이가 웃으며 농담했다. 집은 맨션 최상층이었다.

"이런 곳은 위층일수록 비싼 게 진짜일까요?"

도쿠다가 신경질적으로 눈을 깜박이며 말했다. 그도 조금은 긴장했나 보다.

엘리베이터에서 내리자, 바로 앞이 다카시로 미즈키의 집이었다. 이 엘리베이터는 같은 층의 두 집만 사용하는 구조였다.

"그럼 갈까요."

사사이가 말하며 초인종을 눌렀다. 곧 "네." 하는 여성의 목소리가 들렸다. 이 사람이 그 여동생일까.

무거운 문이 열리고, 젊은 여성이 고개를 내밀었다. 추리닝을 입었고, 화장하지 않았으며 멍한 표정이었다.

"어제 연락드린 사사이입니다."

1층에서 연락이 갔을 텐데 사사이가 한 번 더 인사했다.

"아, 들어와요."

그녀는 그 말만 하고 안으로 들어갔다. 사사이가 닫히려는 문을 급하게 붙잡았다. 인사가 무뚝뚝한 건 그녀가 붙임성도 없고 무례하기 때문일까, 아니면 이런 식으로 사람과 만나는 것에 익숙하지 않아서일까, 오토하는 생각했다.

안으로 들어가자마자 도카이가 여러모로 주의점을 알려줘서 다행이라고 생각했다. 그녀가 멍해 보이는 이유도 알았다.

그녀는 누가 봐도 알코올인 캔을 한 손에 들고 있었다.

제4화

다나베 세이코의
정어리찜과 비지찜

복면 작가 다카시로 미즈키의 집 구조는 긴 복도가 먼저 있고, 거길 지나면 넓은 거실이 나온다. 방 한쪽 벽이 유리여서 밝은 햇빛이 쨍쨍 들어왔다.

 다카시로의 여동생은 커다란 알코올음료 캔을 한 손에 들고 눈을 끔벅이며 이쪽을 바라보았다. 오토하는 아마도 자신들이 오기 직전까지 그녀가 어디 다른 어두컴컴한 방에서 술을 마셨겠다고 짐작했다.

 더구나 최상층인데…… 보물을 썩힌다는 말이 이렇게나 잘 어울릴 수가 없다.

"그럼 방에 있는 책을 상자에 담아도 괜찮을까요?"

사사이가 묻자, 그녀는 말없이 고개를 끄덕였다.

책장이 어디 있는지 물을 것도 없다. 거실 한쪽 면이 천장까지 책으로 빽빽하게 뒤덮여 있었다. 이런 멋진 공간에서 살수 있다니 정말 부럽다. 햇볕 쨍쨍 내리쬐는 곳에서 하는 독서도, 심야에 야경을 보며 하는 독서도 좋을 것 같다.

"다른 곳에도 책장이 있나요?"

"있어. 작업실에도 침실에도…… 화장실에도 책이 있어."

사사이가 놀란 표정을 짓자, 그녀가 조금 웃었다.

"그러니까 많다고 했잖아."

"알겠습니다. 상자를 최대한 가지고 왔으니 괜찮겠지만, 시간을 좀 주십시오."

"마음대로 해."

그녀는 거실 소파에 앉았다. 소파는 야트막하면서 컸고, 낮은 테이블을 에워싸듯이 놓여있었다. 정말 지내기 좋은 곳이었다. 그런데 그녀는 앉자마자 벌러덩 누웠다.

"끝나면 말해줘."

시선에 주의할 것, 방을 둘러보지 말 것, 도카이가 가르쳐준 것들은 처음에는 도움 되었으나 이쯤 되면 별로 의미 없겠다고 오토하는 생각했다. 다카시로의 여동생은 눈을 감고 있었다.

"……저는 화장실에 있는 책을 담을게요."

동료들에게 조용히 말하자, 그들은 고개를 끄덕였다.

일단 작은 상자를 들고 화장실을 찾았다. 아마 현관에서 들어오면 바로 있는 문이리라 짐작했는데 역시 그랬다.

오토하가 화장실에 지원한 것은 거기 놓아둔 책을 다룰 수 있는 사람은 팬인 자신뿐이라고 생각했기 때문이다. 그리고 또 하나…….

"와."

목소리를 억눌렀지만 새어 나오고 말았다.

이 집의 화장실은 대략 한 평 반 정도 되는 넓이였다. 게다가 여기에도 천장까지 얇은 책장이 설치되어 책들이 빽빽하게 꽂혀있었다. 주로 만화와 문고본이었다.

그럭저럭 넓어서 의외로 불결하다는 생각은 들지 않았다. 이 책은 화장실에서 읽을 용도로 둔 걸까, 아니면 방이 책에 침식되는 바람에 어쩔 수 없이 여기에도 책장을 둔 걸까. 뭐, 아마 양쪽 다겠지.

화장실 위쪽에는 평범한 가정집 화장실처럼 문 달린 선반도 있었다. 휴지 따위를 넣어두는 곳이다.

오토하는 궁금했지만 거기에는 손을 대지 않았다.

만화책은 대부분 유명한 작품으로,『ONE PIECE』,『죠죠의 기묘한 모험』,『귀멸의 칼날』,『유리 가면』,『마루코는 아홉 살』 등이 전권 다 있었다. 만화책 구성으로는 성별이나 나이를 판단할 수 없었다.

가지고 온 작은 상자가 금방 꽉 차서 더 가지러 갔다.

거실에서는 사사이와 도카이가 책장에서 책을 꺼내고 있었다.

"……저기, 그 책은 어떻게 해?"

여동생이 소파에 누운 채 두 사람에게 물었다.

"도서관에 가지고 가서 정리하고 공개합니다."

"그건 알고 있어. 가지고 가서 제일 먼저 뭘 해?"

"먼저 장서인을 찍고, 어떤 책이 있는지 기록합니다."

"흐응."

어떤 의도가 있어서 물어본 것은 아닌 듯했다.

오토하는 화장실로 돌아가 다시 책을 담았다.

조금만 더 하면 끝날 무렵, 오토하는 도저히 참지 못하고 상부 선반을 열고 말았다.

거기에는 예비용 화장실 휴지나 티슈 상자가 몇 개쯤 있을 뿐이었다.

문득 어깨에서 힘이 빠졌다. 다카시로 미즈키는 역시 남자일지도 모르겠다고 생각했다.

다시 상자에 책을 넣기 시작했는데, 화장실 문이 열렸다.

"으악!"

놀라서 보자, 다카시로의 여동생이 서 있었다.

"……너무 놀라는 거 아니야?"

"죄송합니다! 쓰시려고요?"

"아니. 어쩌고 있나 보러 왔을 뿐이야. 저쪽을 보는 게 지겨워져서."

"그럼 계속해도 될까요?"

"해."

오토하가 책을 상자에 담는 동안, 여동생은 뒤쪽 벽에 기대어 서 있었다.

"……여자니까?"

"네?"

갑자기 말을 걸어서 또 놀랐다.

"여자니까 화장실 일에 지원했어?"

"아니요, 그런 건 아닌데요."

"화장실을 청소하는 건 여자라는, 말하자면 강박관념? 무의식적으로 그런 게 있었던 거 아니야?"

"아니요……."

여길 담당한 것은 팬이니까, 또 그 이상으로 호기심이 있었으니까……. 하지만 이렇게 대답할 수는 없었다. 게다가 상대가 물어보면 물어볼수록 오토하도 자신의 마음을 알 수 없었다. 어쩌면 그런 마음도 있었을지도…….

"그러고 보니 어느 나라에선가 무차별 테러 범인을 잡았을 때, 그들한테 화장실 청소를 시켰는데 그걸 두고 몇몇 사람들이 너무 굴욕적인 학대 행위라고 난리를 쳤대."

"네?"

"몰라?"

"몰랐어요."

"그쪽 나라는 남자한테 화장실 청소 따위는 시키지 않는대. 종교적인 이유로. 그건 노예나 여자의 일이래. 그러니까 테러를 저지른 범인이라도 그걸 포로한테 시키는 건 학대래."

"그렇군요."

"너무한 소리지. 우리한테 테러범 이하의 일을 시킨다는 거니까."

그녀가 내뱉듯이 말하더니 그대로 휙 나가버렸다.

묘하게 가슴이 술렁였다.

뭔가 중요한 것을 잊은 듯한…… 기분이 들었다.

화장실 안의 책을 전부 정리하고 거실로 돌아왔다. 여전히 사사이와 도카이가 벽면의 책을 상자에 담고 있었다.

"도울까요?"

부지런히 일하는 두 사람에게 말을 걸었다.

"아니요, 다른 방의 포장을 부탁해도 될까요? 도쿠다 씨가 작업실에서 책을 담고 있는데 아마 거기만 있지 않을 테니……."

사사이가 대답하면서 오토하의 뒤쪽을 바라보았다. 그걸 알아차리고 돌아보자, 여동생이 있었다.

"다른 방에도 있어."

그녀가 떨떠름하게 고개를 끄덕이며 말했다.

"오토하 씨는 다른 방들을 하나하나 확인하면서 책을 담아줄래요? 죄송합니다, 괜찮을까요? 저기…… 다카시로 씨."

다카시로가 필명인 건 알지만 달리 부를 방법이 없다.

그러면 그렇지, 여동생이 한쪽 눈썹을 쓱 치켜들었다.

"나는 다카시로가 아니야."

"죄송합니다, 어떻게 부르면 될지 몰라서."

"……모네라고 하면 돼."

오토하의 마음속에 자연스레 '다카시로 모네'가 새겨졌다.

"모네 씨군요. 한자는요?"

"그거 지금 필요해? 어차피 본명이 아니고."

"실례했습니다."

"그럼 방을 둘러봐도 괜찮죠? 들어가면 안 되는 곳이 있을까요?"

연신 사과하는 사사이가 보기 딱해서 무심코 끼어들었다.

"괜찮아. 변소까지 봤잖아. 이제 어디든 얼마든지."

오토하는 작은 상자를 접어 한 손에 들고 방을 돌아보기로 했다.

우선 화장실, 모네의 말을 빌리면 '변소' 바로 옆문을 열었다. 안이 불투명 유리인 욕실로, 바로 앞이 세면대, 그 너머에 대형 세탁기와 건조기와 선반이 있었다.

아무리 그래도 이런 곳에는 책이 없을 테니 문을 닫으려고 했는데, 모네의 목소리가 들렸다.

"여기야."

그녀가 세면대 아래 선반을 열자, 예비 칫솔과 치약, 샴푸 비축분 옆에 책이 빽빽하게 쌓여있었다. 잘 보니 스가 아쓰코 전집이었다. 문고본이 아니라 상자에 담긴 단행본이다. 총 아홉 권이 가로세로로 꽉 차있다.

"과연, 스가 아쓰코네."

무심코 말이 나왔다.

"알고 있어?"

"스가 아쓰코요?"

그녀가 고개를 끄덕였다.

"네. 아주 좋아해요."

"흐음."

별로 흥미 없다는 듯이 또 끄덕였다.

"이거 정말 가지고 가도 괜찮나요?"

"왜?"

"아니……, 좋은 책이어서요."

"무슨 소리야? 가지고 가라고 오게 한 건데."

"그러네요."

거기에 손을 대려는데 그녀가 또 말했다.

"그리고 여기."

그곳은 세탁기 위 선반으로, 문이 달려있었다. 그녀가 열자, 세수수건과 목욕수건이 두 장씩 놓여있었고 그 옆에 또 책이 있었다.

이쪽은 다나베 세이코 전집이었다. 열 권 정도가 가로세로로 꽉 차있었다.

"이거 말고 더 있을까요?"

"왜?"

"다나베 세이코 전집이 이것만 있을 리 없어서요."

"글쎄, 다른 방에 있지 않을까?"

"그런가요?"

전집을 담자, 작은 상자가 금세 거의 차서 꽤 무거워졌다.

아이고, 이거 제법 큰일이 되겠는데.

오토하는 새삼스레 생각했다. 담는 것이 다가 아니다. 이걸 아래로 옮기는 것도…… 도대체 시간이 얼마나 걸릴까.

앞일은 웬만하면 생각하지 않기로 하고, 욕조와 복도를 사이에 둔 건너편 방문을 열었다. 그곳이 작업실로, 도쿠다가 악전고투하는 곳이었다.

"도쿠다 씨, 괜찮으세요?"

"응."

그는 책장을 보느라 이쪽을 보려고도 하지 않았다.

"무슨 일 있으면 말해주세요."

"아."

그제야 이쪽을 봤다.

"혹시 거실에 갈 일이 있으면 상자를 몇 개쯤 가져다줘."

"알겠습니다."

작업실 옆은 네 평 정도 크기의 침실과 붙박이 옷장이 있었다. 더블 침대에는 하얀 시트와 진갈색 이불이 덮여있었다. 그것이 방 대부분을 차지했고, 다른 물건은 거의 없다.

더블 침대가 있는 것 이외에는 별다른 특징 없는 방이다. 아로마 캔들도 없고, 꽃 그림도 없다. 아마 불을 끄고 두툼한 커튼을 치고 문을 닫으면 새까매지겠지. 그만큼 푹 쉴 수 있겠다. 다카시로는 집필 사이사이 여기에서 쉬었을까.

더블 침대라…… 뭐, 더블이 잠자기에 더 편하고 혼자여도 이걸 고르는 사람도 있으니까.

"옷장 안에도 책이 있어."

또 뒤에서 여동생 모네가 말을 걸어 움찔했다.

그럼, 하고 손을 대려는데, "잠깐 기다려."라는 모네의 말이 들렸다.

그녀는 오토하 앞을 막아서더니 손목을 써서 손을 흔들었다. 저리 가라는 것처럼. 오토하는 1미터 정도 물러났다.

"이쪽은 봐도 돼. 당신이 해."

바로 앞 옷장을 활짝 열었다. 옷장용 봉만 달린 간소한 구조였다. 다만 옷은 절반쯤만 걸려있고, 대부분 하얀 셔츠와 까만 바지다. 나머지 절반에는, 봉 아래까지 오는 높이로 옷장과 깊이가 같은 책장이 꽉 차있었다. 잰 것처럼 옷장에 맞으니까 어쩌면 주문 제작일지도 모른다.

"대단하네요. 이런 곳까지."

무심코 중얼거렸다.

"뭐가?"

"물건을 철저하게 줄이고 그 대신 책을 넣었어요."

"그런가. 원래 가진 게 적은 사람이었으니까. 책 이외에는. 별로 무리해서 애쓴 건 아닐 거야."

그녀의 입에서 처음으로 나온 다카시로 미즈키의 모습이었다. 무심코 돌아보았다. 그녀도 같은 것을 깨달았는지 시선을 피했다.

오토하는 더는 뭐라고 하지 않고 상자에 책을 담았다. 다카시로에 관해 묻고 싶었지만, 이 이상 괜한 소리를 했다가 그녀의 기분이 바뀔까 봐 두려웠다.

옷장 속 책장은 안이 깊어서 사진집이나 화집 등이 많았다. 사진집은 다양한 사람의 모습이나 풍경이 찍힌 것이고, 화집도 비슷한 것이 많았다. 이른바 여성 사진집은 두 권뿐이다. 배우 야쿠시마루 히로코와 하라다 도모요로, 둘 다 10대 시절이었다. 다카시로라는 사람을 점점 더 모르겠다.

오토하가 책을 담는 동안, 모네는 옆 옷장을 열었다. 힐끔 봤는데, 키 높이까지 서랍이 달렸고, 그 위가 선반인 옷장이었다. 선반에는 물론 책이 들어있었는데, 서랍 쪽에도 책이 없는지 하나씩 확인해 주었다.

고맙다고 말하려다가 입을 다물었다.

서랍에는 아마도 속옷이 들었다. 그걸 보면 다카시로의 무언가가 밝혀질 테니까 모네가 직접 조사하는 것이리라.

여러모로 까다로운 사람이지만 그녀 나름대로 신경 써준 건지도 모른다.

✦ ✦ ✦

이렇게 남의 집에서 책을 정리하다 보면 옛날 일이 생각난다.

나는 벌써 10년 넘게 헌책방 일을 했고, 지금도 여전히 헌책방 인간이라고 생각한다. 솔직히 스스로 도서관 직원이라고 여긴 적은 한 번도 없다.

지금까지 만난 동업자나 이 도서관의 누구에게도 밝히지 않았으나, 처음으로 일한 곳은 프랜차이즈 헌책방…… 이른바 신고서점*이라고 불리는 가게였다.

고등학생 때, 고향 도로변에 있는 대형 서점에서 아르바이트를 했다. 책뿐만 아니라 CD나 DVD, 게임팩도 파는 가게였다. 어느 동네에나 있을 것이다.

이런 곳에서 책을 매입하는 지식이나 기술은 필요 없다. 그저 책은 새것인지, 깨끗한지, 인기가 있는지로 판단한다. 너무 잘 팔려서 이미 입고된 권수가 많은 책은 안 되지만, 오래된 책은 지저분한 윗부분…… 업계에서 '머리'라고 부르는 부분을 깎아내 깨끗하게 해서 팔았다. 희귀본이나 전문서에 관한 지식은 전혀 없었다. (신초문고나 이와나미문고의 '머리'를 깎았다니, 지금 생각하면 오싹하다) 간다 헌책방 거리에서 희귀본으로

---

* 新古書店, 비교적 최근 출판된 책을 판매도 하는 중고 서점.

비싸게 거래될 책도 단순한 '낡아빠진 책'으로 취급해 매입을 거부하거나, 때로는 폐기했다. 어렴풋이 '이거 가치가 있지 않나?' 하고 의심되는 것이라도.

"뭐, 노이즈지."

당시 30대 중반이었던 점장이 말했다.

내가 "이런 건 비싸게 팔리지 않나요?"라며, 지금 인기 있는 소설가의 데뷔작 초판본에 사인이 있는 책을 보여줬을 때였다.

"아니, 됐어. 버려도 돼."

"괜찮나요?"

점장이 버리라고 한 이유는 책 커버가 없기 때문이었다. 또 이렇게 말했다. 뭐, 노이즈지, 라고.

"네?"

"그런 책 말이야. 낡았지만 가치 있어 보이는 거. 노이즈가 아니라 버그라고 해야 하나."

"버그요?"

낡은 책이 컴퓨터 프로그램을 망가뜨리는 버그와 같다니 어떤 의미일까.

"이런 게 있으면 박자가 어긋나. 판단할 때 망설여지거든. 책은 단순히 낡았는지, 상태는 어떤지로 판단하면 돼. 그걸 방해하는 건…….”

점장이 고개를 저었다. 뭔가 좋은 말이 생각나지 않는 모양
이었다.

사실은 ‘좋아하지 않아.’나 ‘용납할 수 없어.’라고 말하고
싶었을지도 모른다. 너무 힘이 들어가는 말이어서 하지 않았
겠지.

점장은 결혼하고 아이가 둘 있었다. 결혼하면서 역세권은
아니지만 도로변에 가까운, 이 근방에서는 일등지로 꼽히는
곳에 방 세 개짜리 신축 주택을 샀고, 새로 뽑은 미니 밴을 탔
다. 전부 다 대출로 마련한 것이다. 때때로 가게에 아이를 데
리고 놀러 오는 젊고 예쁜 아내는 명품 가방을 들고 있었는
데, 그것도 대출로 샀을 것이다. 내 고향 사람들은 결혼하면
동시에 집을 세웠다. 토지는 도쿄와 비교하면 공짜나 마찬가
지여도, 넓은 집을 지으려면 2천만이나 3천만 엔쯤은 든다.
하지만 그렇게 하지 않으면 어른으로 봐주지 않는다. 한편으
론 이혼해서 중고로 나온 집도 많다. 그런 집은 저렴한데, 다
들 거들떠보지도 않고 신축을 세운다. 몇 년 전, 풍습이나 지
방색이 특이하다면서 전국에 방송되는 예능 방송에 소개되기
까지 했을 정도다. 고향 사람들은 자신들이 뭐가 그렇게 특이

한지 이해를 못 하는 듯했다.

　도시의 교양 있는 문화인들은 희귀한 책을 쓰레기통에 버리는 점장을 보면 야만인이라고 비웃을지도 모른다. 하지만 그건 아니다. 그 사람은 자신이 책을 대하는 기분을 표현할 말이나 의식을 분명히 갖추고 있었고, 고교생이었던 내게 설명해 주었다. 고향에는, 아니, 도쿄에도 자신의 말을 갖지 못한 사람이 잔뜩 있으니까.

　게다가 '버그'나 '노이즈'가 본인의 박자를 어긋나게 한다는 건, 점장의 내면 어딘가에 가치가 있을 법한 책을 버린다는 데 대한 죄책감이 분명히 있었기 때문이리라.

　"마음에 안 들어, 이런 거."

　점장이 또 중얼중얼 말했다.

　"책은 왜 이렇게 복잡할까. 난 모르겠어. 오래되어서 가치 있는 냉장고가 있어? 아니, 있어도 괜찮겠지. 다만 우리 가게는 그런 건 안 하니까."

　"알겠습니다."

　"작가 사인 같은 건 낙서나 마찬가지야."

　그래도 나는 점장이 싫지 않았다. 시간에 맞춰 와서 인사만 잘하면, 머리 모양이나 복장을 두고 트집잡지 않았고, 하자 있는 책이면 뭐든 점장 확인 없이 가지고 가도 된다고 했다.

내가 그 서점을 고른 이유가 바로 그거였다. 매입할 수 없다고 거절한 책을 "이쪽에서 처분할까요?"라고 물으면, 손님은 거의 100퍼센트 확률로 두고 간다. 표지나 속이 지저분하거나 커버가 없는 책이나 만화책, 너무 인기가 좋아서 재고가 넘치는 책 등은 자유롭게 가져가도 되는 곳이라고 고등학교 선배가 알려줬다.

나는 책이나 만화책을 좋아했다. 다만 책을 잔뜩 살 정도로 유복하지 않았고, 학교 도서관에 가는 것도 귀찮았다.

폐기 처분한 책은 상자나 종이가방에 넘칠 정도로 담겨 가게 뒤쪽 구석에 쌓여있었다. 나는 일하면서 그중에 괜찮은 것이 있는지 확인하거나, 퇴근할 때 꼼꼼히 골라서 가지고 왔다. 나는 젊었고, 책 상태는 아무래도 좋았다. 그저 읽을 수만 있으면 그만이었다.

또 점장이 노이즈라고 부른 책…… 작가의 사인본이나 초판본, 오래된 문고본도 몰래 가지고 왔다. 별다른 이유는 없었다. 아이가 예쁜 돌이나 나무 열매를 모으는 것과 비슷한 기분이었다. 어쩌면 가치가 있을지도 모르는 것을 버릴 수 없었다.

고등학교 2학년 여름, 친구 몇 명과 3박 4일로 도쿄에 놀러 가게 되었다. 호쿠리쿠 신칸센으로 두 시간 반쯤 걸리는 여행이었다. 옷을 좋아하는 친구가 하라주쿠에 가고 싶다고 했고, 약간 오타쿠 취미가 있는 친구는 아키하바라에 가고 싶다고 했다. 시부야는 다들 관심이 있어서 가보기로 했다. 마지막 날 오전만 자유행동을 하자고도 정했다.

그 마지막 날 문득 내가 모은 책을 도쿄 헌책방에 팔면 어떨지 생각했다. 다른 친구들은 뭔가 취미가 있어서 각자 가고 싶은 곳이 있다고 했다. 하지만 솔직히 나는 혼자 꼭 가보고 싶은 곳이 없었다. 그렇다면 간다神田에 가봐야지.

나흘간 내내 들고 다녔던 무거운 책 열 권을 안고 나는 진보초역에 내렸다. 어느 가게에 들어가면 좋을지 몰라 일단 큰 길에서 눈에 들어온 제일 큰 가게에 들어갔다. 입구 쪽에 각종 전집과 전문서가 쌓인 가게였다. 나는 젊고 세상 무서운 줄 몰랐다. 지금이었다면 절대로 들어가지 않았을 것이다.

가게 안쪽에 앉은 고령의 주인은 내가 가지고 온 책을 쭉 보더니 "100엔."이라고 말했다.

"엇."

무심코 소리가 나왔다.

"100엔이라면 사지."

"전부요?"

그가 고개를 끄덕였다.

"어쩔래. 두고 갈래, 가지고 갈래?"

"아. 두고 가겠습니다."

푼돈이든 뭐든 더는 책을 들고 도쿄를 걷고 싶지 않았다. 가치가 없다는 말을 듣고 가게에 책을 두고 가는 손님의 기분을 처음으로 이해했다.

아아, 역시 값이 안 나가는구나. 점장의 말이 옳았다.

가게 주인이 뒤를 돌더니, 자기 등 쪽에 있던 서랍에서 돈을 꺼내 내 손바닥에 100엔 동전을 툭 놓았다.

"고맙습니다."

실망해서 고개를 숙인 채로 그냥 가게를 나가려다가 불현듯 생각했다. 이 가게에서 비싸게 팔리는 책을 살펴보기로 했다. 이런 가게에서는 어떤 책을 파는지를…….

"거기 학생, 학생."

책을 보는데, 지금 막 100엔을 준 주인이 나를 불렀다.

"왜 그러세요?"

"학생, 잠깐만."

"네."

다시 계산대로 다가갔다.

"뭐야, 학생. 혹시 이런 일을 하고 싶어?"

"이런 일이요?"

"이렇게 책을 파는 거."

"아니요, 그런 건 아닌데요."

나는 묻지도 않았는데 이 책의 출처와 고향의 서점 이야기를 했다.

"흐음, 뭐, 그런 건 줄 알았어."

"아아, 죄송합니다."

"학생이 가지고 온 책 말이야."

주인은 내가 가지고 온 책 중 문고본 한 권을 가리켰다. 아직 계산대 옆에 있었는데, 그가 가리킨 것은 커버 없는 책이었다.

"이게 100엔이고 나머지는 0엔."

"그런가요?"

"이 작가의 사인은 말이야."라며 그가 인기 작가의 사인이 있는 데뷔작을 가리켰다. 나는 가장 비싸게 팔릴 줄 알았던 책이다.

"너무 많으니까 안 돼. 책 자체도 많이 팔린 책이니까. 그래도 이 문고는 절판본이고, 호사가 사이에서 인기 있는 작가야. 커버가 있었다면 더 값이 나갔지. 그래도 커버 없이 '100엔은 나쁘지 않아."

"그렇군요?"

"학생, 자질이 나쁘진 않군."

"정말요?"

"지방 신고서점의 쓰레기통에서 주워 온 책이 비록 영락한 꼴이라지만 간다 잇쿄도—興堂에서 한 권 팔린 거야. 요행수라도 제법이지."

"고맙습니다."

나도 모르게 예의 바르게 인사했다.

"게다가 요즘 젊은 사람치고는 바르게 말하는 법도 알고 있고."

주인이 다시 뒤를 보더니 서랍에서 천 엔짜리 지폐를 두 장 꺼내 내 손바닥 위에 척 놓았다.

"이걸 주지."

"네?"

"이건 너에게 주는 미래의 심부름 삯. 또 뭔가 괜찮은 책이 있으면 가지고 와. 좋은 거라면 살 테니까."

"아니, 안 돼요. 이걸 받을 순 없습니다."

허둥거리며 내밀었지만 주인은 받지 않고 히죽 웃었다.

"괜찮다니까. 또 도쿄에 오면 우리 가게에 제일 먼저 팔러 와라. 그것만 해주면 돼. 이걸로 맛있는 거라도 사먹고 가거라. 여기 모퉁이에 카레 가게가 유명하니까."

"……알겠습니다. 고맙습니다."

나는 한 번 더 가게를 둘러보고 나왔다. 어떤 책이 놓여있는지, 어떤 책이 비싸게 팔리는지, 대충 보기만 해서는 알 수 없었다. 주인은 내 모습을 싱글싱글 웃으며 지켜보았다.

그때부터 나는 긴 휴일…… 겨울방학이나 봄방학, 여름방학 때마다 도쿄에 책을 팔러 갔다. 대부분 가게에서 폐기 처분된 책이었다. 처음에는 거의 팔리지 않았다. 때로는 한 권도 사주지 않기도 했다. 잇쿄도 이외의 가게도 돌아보았다. 조금씩 팔리는 책이 늘었고, 폐기 처분된 책뿐 아니라 가게에 진열된 책 중에도 간다에서 비싸게 팔릴 것 같으면 사기 시작했다. 이런 일이 내 능력을 더욱 키워줬다. 공짜로 얻은 물건과 직접 돈을 낸 물건을 파는 것은 전혀 다르다. 내 돈을 '이 책은 비싸게 팔릴 거야.'라는 내 지식에 거는 것이다. 이렇게 하기 시작하자 중고 서적에 관한 흥미가 더욱 높아졌다. 잇쿄도 주인이 이걸 '세도리'*라고 알려주었다. 나는 이 '도박'에 푹 빠졌다. 그래서 도쿄에 있는 대학에 진학하기로 했다. 중고 서적을 더 공부하고 싶었다. 부모님에게는 고향에서 고등학교 선생님이 되고 싶으니까 국문과에 들어가겠다고 둘러댔다. 사실 좀 더 상위권 학교에 입학할 수 있었는데 간다에 있는 대학을 선택했다. 그만큼 중고 서적에 푹 빠졌고 세도리에 푹 빠졌다. 게다가 도쿄나 간다에서는 어중이떠중이가 자유를 누릴 수 있고 고향과는 전혀 다른 가치관이 있다는 점이 나를 열광하게 했다.

"도카이, 너는 이대로 세도리 일을 할 거냐?"

대학생이 되어 처음으로 잇쿄도에 갔을 때, 주인이 물었다.

"글쎄요, 모르겠어요. 이제는 고향 헌책방에 사러 갈 수도 없고요."

그래도 도쿄 교외의 서점을 둘러볼 생각은 있었다. 인터넷 매매도 성행하기 시작한 시기여서 방법은 얼마든지 있었다.

"잇쿄 씨는 어떻게 생각하세요?"

자주 방문하면서 서로 이름으로 부르는 사이가 되었다. 잇

---

* 기존 제품을 저렴하게 사서 비싸게 파는 일.

쿄는 이 동네에서 그를 부르는 별명으로, 가게 이름에서 따온 것이다.

"세도리도 좋지만 한 번은 제대로 된 헌책방에서 일하면서 공부하는 게 좋을 거다."

"그럴까요?"

"여기에서 일하지 않겠냐? 아르바이트로."

바라마지않았고 사실 아주 조금은 기대하기도 했다.

잇쿄 씨에게는 아들이 있어서 가게는 그가 물려받기로 했으나, 그도 우리 부모님 정도 나이였다. 손주뻘인 나이에 혼자 가게로 책을 팔러 온 나를 귀엽게 여기는 건 알고 있었다.

너는 아들놈한테 없는 근성이 있어, 라고 중얼거리는 걸 들은 적도 있다.

그렇게 나는 헌책방 일을 하게 되었다. 4년간 아르바이트를 하고, 졸업한 후에는 잇쿄 씨가 소개해 준 다른 가게에서 사원으로 일했고, 20대 중반에 내 가게를 차렸다. 간다에 자리하고 있지만 아키하바라와 가까운 아주 작은 가게였다. 주로 만화와 라이트노벨을 중심으로 초판본을 취급했다. 점포에는 책을 적게 두고 주로 인터넷에서 판매해 이익을 냈다. 간다에서는 조금 진귀한 상품과 아키하바라에서 온 손님들 덕분에 어떻게든 먹고 살았다. 업계에서는 젊은 나이에 일찍 독립한 편이었다.

이 '밤의 도서관'에 온 이유는 도서관에서 일하는 다른 사람들과 다르다. 나는 내 쪽에서 오너에게 접근했다.

작가의 장서를 인수해서 도서관을 세우려는 기묘한 사람이 있다는 소문은 '밤의 도서관'이 세상에 알려지기 전에 접했다.

헌책방 입장에서는 사활 문제가 될지도 모르는 사태였다. 죽은 작가의 장서란 보물산이다. 작가가 생전에 소장했을 희귀본은 물론이고 사인본이 포함될 가능성도 높다. 게다가 유명 작가가 다른 동료 작가에게 사인본을 받을 경우 '○○ 님께'라는 글이 있으니 이중의 가치가 생긴다.

그러나 내가 꾸리는 작은 가게는 유명 작가나 유족이 장서를 맡겨줄 연줄도 없고, 작가 장서가 흩어지는 것보다는 그런 도서관이 나서주는 게 낫겠다고 생각했다. 간다 부근 헌책방 주인들도 일부를 제외하면 비슷한 의견이었다.

다만 업계에서 유명한 라이트노벨 작가 '토리코롤 미쓰미'가 급서했고, 그 장서가 '밤의 도서관'에 기증되었다는 소식을 듣고는 마음이 술렁거렸다.

토리코롤 미쓰미는 아직 인기가 없을 때부터 내 가게를 찾았던 작가였다. 동인 작가였던 시기에는 '미우미'라는 본명으로 영수증을 달라고 했는데 어느 순간부터 '(주)토리코롤'로 요청하기 시작했다.

몇 년이나 알고 지내며 책 주문 문제로 연락처도 알게 되었을 무렵, 마침내 물어보았다. "혹시 토리코롤 미쓰미 선생님이십니까?" 그녀는 잠깐 고민하다가 살짝 고개를 끄덕였다. 괜한 걸 물었다고 후회했다. 다음에 그녀가 와줬을 때는 얼마나 기뻤던지.

그렇게 섬세하게 관계를 쌓아 올린 끝에 "내가 죽으면 도카이 씨가 책을 처분해 주면 좋겠어요. 다른 사람들은 가치를 모를 테니까."라는 말까지 들었다.

그런데 그녀가 허무하게 떠났고, 그 책이 '밤의 도서관'에 들어갔다.

불만은 없다.

그녀의 장서를 내가 맡는다면 1년쯤은 놀고먹을지도 모르지만(이건 비유다. 실제로 책을 분류하고 가격을 매겨 파는 것은 상당히 고생스러워서 놀지 못한다), 장서만으로 소소한 '라이트노벨 역사 도서관'이 생길 법한 수집품이었으니 '밤의 도서관'에 있는 편이 좋다고 생각하려고 했다.

하지만 한편으론 '밤의 도서관'에 있으면 오히려 사람들 눈에 제대로 닿지 못하고 책이 죽어버릴 것 같았다. 비교적 역사가 짧은 라이트노벨은 정말로 원하는 사람, 읽고 싶은 사람의 손에 건너가야 더 행복할 것 같았다.

아무튼 토리코롤 미쓰미가 죽은 후, 나는 '밤의 도서관' 오너를 필사적으로 찾았다. 간다 헌책방 거리의 주인들에게 묻고 물어 간신히 어느 작가의 아내가 남편의 장서를 맡겨서 연락처를 안다는 이야기를 주워들었다.

그래서 연락을 취하고, 오너와 스카이프로 면담할 수 있게 되었다. 나는 연락한 이유를 밝혔다.

"토리코롤 미쓰미 선생님의 장서 정리를 도와드리고 싶습니다……. 만약 필요 없는 책이 있다면 양도받고 싶습니다."

오너의 답변은 '이런 조건을 받아들인다면'이라는 한정적인 것이었다.

'최소한 3년간 우리 도서관에서 일할 것.'

나는 그 조건을 받아들였다. 가게는 당시 아르바이트로 도와주던 사람에게 일시적으로 맡겼다. 하지만 결국 미쓰미의 장서는 단 한 권도 손에 넣지 못했다.

여기 있는 누구에게도 말한 적 없지만, 처음 계약했던 3년

중 이제 반년이 남았다.

앞으로 어떻게 할지 때때로 생각한다.

그래도 여기 오기 전에 생각했던 것보다 일은 쾌적했다.

책을 다루는 직업으로 흔히 서점 직원, 사서, 헌책방 직원, 이렇게 세 가지를 꼽는데, 이해관계가 대립하므로 그다지 연결고리는 없다. 때로는 반목하기도 하고…….그러나 이렇게 함께 일하다 보면 그런 장벽이 점점 사라진다.

우리는 저마다 역할이 다를 뿐이라고 생각한다.

+ + +

다들 완전히 녹초가 되어 귀로에 올랐다.

다카시로의 타워맨션에서 차에 타기 전, 사사이가 도카이, 도쿠다, 오토하에게 "오늘은 그만 쉬셔도 됩니다. 다른 사람들끼리 어떻게든 할 테니까요."라고 말했다.

"그래도 사사이 씨는 출근할 거죠?"

도카이가 싱긋 웃으며 물었다.

"뭐, 저는 오너에게 보고도 해야 하니까요."

"그럼 우리도 쉴 수는 없지."

"나는 좀 쉬겠습니다. 허리가 약간 이상해서요."

도쿠다가 말했다.

"그건 큰일이죠. 허리는 얼른 치료해야 해요."

도카이가 도쿠다에게 말했다.

"저는…… 조금 쉬었다가 상태를 보고 출근할게요. 어쩌면 쉴지도 모르지만, 쉬게 되면 사사이 씨한테 연락하겠습니다."

오토하도 상당한 피로감을 느꼈다.

"그럼 나도 상태를 봐서 잠을 잘 잤다 싶으면 출근할게요."

도카이가 말했다.

"그럼 그렇게 하죠. 차는 도서관 앞에 세워놔 주세요. 짐 운반은 다른 직원들과 해둘 테니까요."

"……아니, 거기 승합차는 몰라도 소형 트럭의 상자만은 내려두는 게 좋을 겁니다. 이 작가분의 책은 주의해서 다루는 게 좋을 것 같아요. 저도 돕지요."

그때까지 가만히 있었던 구로이와가 말했다.

"그렇겠군요."

"구로이와 씨도 다카시로 미즈키를 좋아하세요?"

오토하가 자기도 모르게 물었다.

"아니요. 솔직히 어제 사사이 씨에게서 처음 이름을 들었습니다. 그래도 이후 인터넷에서 찾아보고 이 작가를 둘러싼 팬과 업계 분위기를 대충 알 것 같아서요."

"역시 대단하세요."

"그럼 소형 트럭의 짐은 내려서 도서관 입구까지만 운반하죠. 수고스럽겠지만 잘 부탁합니다."

사사이가 말을 마치자, 모두 올 때처럼 차에 탔다.

"……어땠어? 처음으로 고인의 집에 간 경험은."

도카이가 소형 트럭 조수석에 말없이 앉아있는 오토하에게 물었다.

"……뭐라고 해야 할까요."

한참이나 그다음 말이 나오지 않았다. 시간은 저녁에 접어들어 눈부실 정도의 석양이 차 안에도 드리웠다.

"피곤하지. 좀 자도 돼."

더는 말이 없는 오토하에게 도카이가 꼭 사사이 같은 말을 했다.

"아니에요, 괜찮아요."

"그래?"

"죄송해요. 왠지 생각이 좀 많아서."

"그야 그렇게 팬이었던 작가가 죽었는데 그 집에 갔다면 누구든 그렇겠지."

도카이의 목소리는 꼭 자기 자신에게 들려주는 말 같았다.

"아니요……. 제가 생각한 건……."

오토하가 한숨을 쉬고 말했다.

"반대예요."

"반대?"

"역시 저는 이런 생각이 들어요. 다카시로 미즈키, 죽은 것 같지 않다고."

"집까지 갔는데도 작가가 죽은 실감이 없었다고?"

"뭐, 그것도 있는데요. 그것만은 아니라……."

오토하는 고개를 갸웃거렸다.

"제대로 설명하지 못하겠는데……, 죄송해요."

"아니, 괜찮아. 이제부터 다카시로 미즈키 선생님의 책을 정리해야 하니까 느긋하게 생각하면 돼."

"네에."

"우리 도서관의 좋은 점은 생각할 시간이 많다는 거야."

"생각할 시간……?"

"월급은 박봉이고 대우도 그냥 그렇고, 일도 조금 지루한 면이 있지만 생각할 시간만은 충분해. 그런 것 같지 않아?"

"그런 생각은 처음 해봤어요. 정말 그러네요."

"매출을 요구하지도 않고, 오래된 책은 도망치지 않으니까."

"네."

"천천히 생각해 봐. 또 다른 직종의 사람과 대화할 수 있는 것도 좋지."

"다른 직종?"

"헌책방 주인과 서점 직원과 도서관 직원이 같이 일할 기회는 좀처럼 없잖아."

"하긴 그래요."

"그것도 꽤 괜찮다고 봐."

오토하는 무심코 웃었다. 마음이 조금 편해졌다.

그날은 출근 시간이 아니라 도서관이 문을 여는 시간에 출근했다.

이미 다른 직원들이 다카시로 미즈키의 장서를 회의실 겸 응접실로 옮겨놓았다. 일단 응접실로 가보니, 전부터 있던 시라카와 다다스케와 다카시로 미즈키, 두 사람의 장서로 방의 절반이 꽉 차서 한동안은 쓰지 못할 것 같았다.

"……어마어마한 수량이네. 수고했어."

뒤에서 목소리가 들려 돌아보자 마사코가 서있었다.

"아니에요. 현관에서 여기까지 옮기는 것도 힘드셨죠."

"그렇지. 그래도 집에서 상자에 포장해 가지고 오는 것과는 비교도 안 돼."

둘은 나란히 걸어 장서 정리실로 갔다.

"시라카와 다다스케 선생님의 책도 슬슬 정리해야겠어요."

"그러게. 그냥 창고에 가져가지 말고 이대로 정리하자고 아코와 말했어. 다른 작가들을 앞지르는 거지만."

"그러네요."

"그래서 어땠어? 다카시로 미즈키의 집은?"

다들 걱정하나 보다 싶어서 마사코를 봤는데, 당연히 걱정하는 마음도 있지만 어딘지 재미있다는 듯이 흥미로운 표정으로 이쪽을 보고 있었다.

"도카이 씨한테도 말했는데요……."

"응."

"왠지 신기했어요."

"신기해?"

"네. 다카시로 선생님이 살아있는 것 같았어요. 아니, 살아서 바로 옆에 있는 것 같았어요."

"장서에는 그런 힘이 있지."

마사코가 고개를 끄덕였다.

"아니요, 그런 게 아니라……."

오토하는 말하려다가 그 말을 삼켰다. 아직 그 위화감을 언어로 표현하는 지점까지는 도달하지 못한 것 같고, 그걸 말하면 뭔가가 무너질 것 같았기 때문이다.

평소처럼 장서 정리를 하고 식당에서 밥을 먹었다.

카페 구석에 미나미와 도카이가 있었다. 이 시간에는 늘 있던 도쿠다는 아까 말한 대로 오늘은 쉬나 보다. 둘은 이미 밥을 먹기 시작했다.

카페 안쪽에 있던 주인 기노시타와 눈이 마주쳐서 가볍게 고개를 끄덕였다. '야식이면 돼요.'라는 신호인 셈이다.

"지금 접수처에는 사사이 씨가 있나요?"

두 사람 옆에 앉으며 물었다.

"응." 하고 미나미가 대답했다.

사사이는 그때 이후로 또 여기에서 밥을 먹지 않았다. 먹더라도 아무도 없는 시간에 먹는 것 같았다.

"괜찮아? 피곤하지 않아?"

도카이가 다정하게 물었다.

"생각보다 괜찮아요. 너무 힘들면 쉬려고 했는데 한숨 잤더니 기운이 났어요."

"젊네."

대화를 나누는데, 기노시타가 쟁반에 정식 세트처럼 보이는 음식을 담아 가지고 왔다.

"오늘 밤은 다나베 세이코 나이트였죠?"

"그래."

매주 금요일은 다나베 세이코의 날이었다. 단, 그녀의 날은 다른 작가와 달리 '오코노미야키의 날'이나 '오사카식 오뎅의 날' 등이 있어서 메뉴가 하나는 아니다.

눈앞에 놓인 것은 보기에 평범한 정식이었다. 그런데 갈색이 많아서 수수해 보이는 메뉴다.

"오늘은 찐 정어리가 메인 반찬, 그리고 그 국물로 비지를 끓인 게 보조 반찬. 이 조합은 다나베 세이코의 소설에서 몇 번인가 나와. 아마 좋아했겠지. 그리고 겐친지루*. 이것도 에세이랑 소설에 여러 번 나오지. 밥은 평범한 흰쌀밥, 또 절반

• 무, 당근, 우엉, 버섯, 곤약 등을 볶아 넣은 국물 요리.

은 직접 재배한 차조기를 섞어서 차조기 밥을 했어."

"예전부터 물어보고 싶었는데요, 기노시타 씨는 여기 오기 전부터 다나베 세이코의 팬이에요? 다나베 선생님만 묘하게 메뉴가 다양한데요."

"아니. 솔직히 이 사람도 전혀 몰랐어. 오너가 『다나베 세이코의 맛 삼매경』이라고, 생전에 선생이 낸 요리책을 줘서 거기 나오는 몇 가지만 만들 생각이었거든. 그런데 레시피에 그 요리가 선생의 작품 어디에 실렸는지도 나와 있더라고. 모처럼 이니까 책도 읽었더니 요리 이야기가 많아서 좋아하게 됐지."

"그랬었군요."

"요리를 하나로 줄일 수가 없더라고. 다양하게 내고 있어."

오토하는 겐친지루를 한 모금 마쳤다. 간장 냄새와 뿌리채소의 감칠맛이 입안에 가득 퍼졌다.

"아아, 스며든다."

우엉과 당근도 먹었다.

"맛있어요. 이 카페가 없었다면 제 식생활, 아주 위험했을 거예요."

"그거 다행이네."

기노시타는 칭찬하면 갑자기 퉁명스러워지는 면이 있다.

다나베 세이코의 정어리찜과 비지찜

쑥스러워한달까.

"……저는 여기 오기 전에는 겐친지루를 거의 먹어 본 적이 없어요. 이름은 알았지만."

미나미가 겐친지루를 홀짝이며 말했다.

"겐친지루는 신기하죠. 일본인이라면 이름은 알 텐데 지역에 따라 만드는 곳도 있고 안 만드는 곳도 있고, 비교적 차이가 있어요. 나이 문제도 있을지 모르지만."

도카이가 설명했다.

"겐친지루는 가마쿠라시대에 겐초지라는 절에서 만든 사찰요리가 발상이라고 해요. 처음엔 겐초지루라고 부르다가 바뀌어서 겐친지루가 되었죠. 다만 지금은 이바라키나 도치기 같은 간토 지역 북쪽에서 먹는다고 해요. 재료인 뿌리채소나 곤약이 풍부하게 나니까. 여기에 우동을 넣는 겐친우동도 인기라고 합니다."

"도카이 씨는 하여간 박식하네."

기노시타가 감탄했다.

"아니요, 얼마 전에 텔레비전에서 봤습니다."

"뭐야."

"그래도 다나베 세이코 씨가 만들었다는 걸 보면 간사이 지역에도 제법 알려졌다는 거겠죠."

"다만 다나베 씨의 조리법과 간토 지역 북쪽의 가장 큰 차이점은 곤약 대신 두부를 넣는 거야. 무, 당근, 우엉, 토란을 썰어서 참기름에 볶고, 국물에 넣고 끓이며 간장으로 맛을 내고 으깬 두부를 마지막에 넣지."

"아, 두부구나. 그래서 맛이 푸근하고 좋네요."

"이바라키의 겐친지루는 큰 냄비에 잔뜩 만들어서 며칠쯤 먹은 다음에 우동이나 소바를 넣거나 밥을 넣어서 죽처럼 만들기도 하니까 쉽게 으깨지는 두부는 잘 쓰지 않는 건가."

"그럴 수 있겠어요."

"이런 정식이 제일 좋아요."

오토하가 말했다.

"카레를 만들었을 때도 같은 소리를 했지?"

기노시타가 그렇게 말하며 주방으로 갔다.

정어리는 달고 짭짤해서 하얀 쌀밥에 잘 어울린다. 비린내가 조금 나는 입에 차조기 밥을 넣으면 상큼해져서 또 입맛이 돈다. 흰쌀밥과 차조기 밥, 영원히 번갈아 가며 먹을 수 있겠다. 비지는 정어리의 맛이 듬뿍 스며든 국물을 흡수해 진하고 맛있다. 안에 들어간 당근이나 말린 표고가 좋은 포인트가 되어준다.

"유부가 이렇게 맛있었네요."

"그러니까. 어려서는 잘 안 먹었는데 지금은 맛있어."

도카이가 동의했다.

"우리 집은 겐친지루도 그렇고 유부도 잘 안 먹었어요."

"미나미 씨 집은 따지자면 양식파?"

"뭐, 그렇죠. 스튜나 함박스테이크 같은 반찬이 많았어요. 아버지가 그런 걸 좋아해서."

"젊으시네."

"그래도 벌써 50대인걸요. 어려서부터 그렇게 드셔서 지금까지 좋아하는 게 아닐까요?"

"그러고 보니 다카시로 선생님 집에도 다나베 세이코 전집이 있었어요."

"그랬어?"

"조금 의외였어요. 다나베 선생님은 이미 돌아가셨고, 나이가 비교적 많은 여성이 읽는 소설이라는 느낌이었거든요."

"아니, 그렇다고 할 순 없을지도."

도카이가 고개를 저었다.

"전에 10대인데 아쿠타가와상을 수상한 소설가가 다나베 세이코를 좋아한다고 어디에 쓴 걸 읽은 적이 있어."

"그렇군요. 그럼 나이는 상관없나."

"이렇게 맛있는 음식 이야기도 썼으니까 멋진 작가 선생님 이네."

이런 아무래도 좋을 이야기를 느긋하게 나누며 먹는 식사는 편하고 좋았다. 오토하는 몸과 마음의 피로가 천천히 풀리는 것 같았다.

다카시로 미즈키의 집에 다녀오고 몇 주가 지났으나 장서는 정리하지 못하고 그대로 회의실 겸 응접실에 놓아두었다. 한번은 그 장소…… 도쿄 교외의 민가에 가져다 둘 계획도 세웠으나, 워낙 인기가 있었던 작가이니까 자물쇠만 부수면 누구든 들어갈 수 있는 곳에 놓는 것은 위험하다는 의견도 있어서 결국 그대로 도서관에 두었다. 회의실은 거의 창고가 되고 말았다.

장서들과 관련하여 지금도 드문드문 취재 의뢰와 문의가 있다. 그래도 작고한 직후보다는 적어져서 직원들은 사람의 흥미가 빠르게 바뀌는 허무함을 알았다. 다만 지방 서점에서 다카시로 저서로 이벤트를 열고 싶으니 장서 사진을 찍어달라는 의뢰가 들어왔을 땐 작게 회의를 열었다. 이벤트 배경에 장서를 진열한 서가 사진을 패널로 장식하고 싶다고 했다.

직원들은 다카시로의 장서로 한참 좁아진 회의실 구석에 책상도 없이 의자만 놓고서 의논했다. 결국 지금 당장 상자에서 책을 꺼내는 것은 물리적으로도 어렵고 급한 사안이 아니라는 이유로 거절했다. 오토하처럼 전직 서점 직원이었던 사람들은 가능하면 협력하고 싶다는 쪽이었지만, 종합적으로 고려해도 무리라고 판단했다. 그나저나 다카시로 미즈키의 방대한 장서 옆에서 바짝 붙어 선 것처럼 모여 대화하는 건 왠지 웃겼다.

"……우리, 이 책의 하인이네." 하고 마사코가 말해 모두 헛웃음을 지었다.

"뭐, 책의 하인인 게 우리 도서관 직원의 올바른 자세지만."

마사코의 목소리는 작아서, 마치 자기 자신에게 하는 말 같았다.

그날, 밥을 먹고 1층으로 내려가자, 접수처에서 사사이가 책 한 권을 들고 미나미와 대화하고 있었다.

두 사람 다 미간을 찌푸린 것을 보고 바로 알아차렸다.

"오토하 씨, 또 나왔어."

다가가자 미나미가 예상했던 말을 했다.

"또요?"

사사이는 아무 말 없이 가지고 온 책의 뒤표지를 펼쳤다. 아무것도 찍혀있지 않았다.

"아이고."

장서인이 없는 책은 그 후로 종종 발견됐다. 처음에는 일주일에 한 번 정도, 또 최근에는 며칠에 한 번. 한 권 한 권 확인하면 더 있을지도 모른다.

"어떻게 알았어요?"

"이거 신간이야. 그것도 발매된 지 얼마 안 됐어."

미나미가 말했고, 사사이가 뒤표지를 보여주었다.

"진짜다."

에세이로 유명한 나이 많은 작가가 태극권을 시작해 몸 상태가 극적으로 달라진 체험담이었다. 몇 달 전에 나왔고 지금도 베스트셀러다.

"뒤표지를 보자마자 딱 감이 왔어. 이런 새 책, 그것도 소설이 아닌 책이 여기 있는 건 드물고 기억에도 없었거든."

"그렇네."

어쩌다 보니 셋이 동시에 한숨을 쉬었다.

이렇게 책이 많이 섞이면 범인은 자연스럽게 한정된다. 이곳에 자주 오는 사람은 많지 않다.

우선 도서관 직원. 가능하면 생각하기 싫은 가능성이지만 절대 아니라고 할 순 없다. 또 월간 이용권이나 연간 이용권을 가진 사람……

월간 이용권을 쓰는 사람이 없진 않은데, 장서인 없는 책이 발견되기 시작하고 몇 개월간 새로 산 사람은 없다.

지금 연간 이용권은 대여섯 명 정도가 갖고 있다.

다카기 고노스케의 정부인 니노미야 기미코, 그 외에 대학 교수나 대학원생, 졸업 논문을 쓰는 학생, 요절한 시인 안도 미쓰야스에 관한 논픽션을 쓰는 프리랜서 작가, 이 정도다.

"일곱 번은 찾고 사람을 의심하란 말이 있죠."

사사이가 중얼거렸다.

"뭐예요, 그게?"

미나미가 물었다.

"예를 들어 어떤 물건이 사라졌을 때, 일곱 번은 찾아본 뒤에 도둑이 들었는지 의심하라는 뜻입니다."

"아하."

"그러니 본래는 내부를 찾아봐야만 합니다."

실제로 얼마 전 회의에서 이 문제도 안건으로 나왔다. 사사이가 말하기 어려워하며 "절대 여러분을 의심하는 것은 아닙니다만, 혹시 이 건에 관해 알고 있거나 짚이는 데가 있는 분은 말씀해 주시면 안 될까요? 이 자리에서 어렵다면 개인적으로라도요."라고 말했다 모두 얼굴을 마주 보고 고개를 저었다. 그때 이후로 누가 사사이에게 찾아가진 않은 것 같다.

"······일단 제가 물어볼 생각이긴 합니다."

"누구에게요?"

"연간 이용권을 소유하고 최근 찾아오신 분에게요. 마지막 장서 정리를 넉 달 전에 했으니 그때 이후로 빈번하게 출입하신 분에게."

"어떻게요?"

미나미의 질문은 시원시원하고 활기찼다.

"의심하는 것은 아니라······ 실제로 그 누구도 의심하고 싶진 않으니까요. 이런 일이 있는데 뭔가 아는 바가 없는지 확인하는 느낌으로요."

"그걸 묻는다고 범인을 알 수 있을까요? 게다가 범인이 말할까요? 나라고."

"아니요, 그건 뭐, 아마 그러지 않겠지만······. 그래도 우리가 단단히 마음먹고 잘 살펴보고 있으며 알고 있다는 뉘앙스를 풍기면 그만둘지도 모르죠. 또 전직 경찰관인 구로이와 씨에게도 상담했다고 말하고요."

"그렇군요."

"그래도 그만두지 않는다면, 그다지 하고 싶진 않지만 장서 정리 일정을 당기죠! 그러면 이후에 또 찾았을 때, 그 이후로 찾아온 손님인 것만은 알 수 있습니다."

"으아아."

미나미가 얼굴을 찌푸렸다.

"어쩔 수 없는 일입니다."

"알고 있어요. 하지만 장서 정리는 너무 힘드니까!"

오토하가 무심코 물었다.

"장서 정리가 그렇게 힘든가요?"

"서점에서도 재고 확인을 하잖아. 그거랑 같아."

"그렇겠네요."

"도서관은 더 일이 큽니다. 일주일은 문을 닫아야 해요."

"지금 시라카와 선생님, 다카시로 선생님에다 다른 장서도 늘어서 일이 지체되었는데 새롭게 장서 정리라니."

"그래도 어쩔 수 없습니다."

"그러네요."

"……저는, 저기 그게……."

미나미가 목소리를 낮췄다.

"이런 말은 하면 안 되겠지만 ……씨가 의심스럽다고 줄곧 생각했는데……."

이름이 잘 들리지 않았다.

"네?"

모두가 되묻자, 미나미가 한 번 더 말하려고 숨을 들이마셨다.

"잠깐 안으로 들어가죠."

사사이가 드물게 강경한 어조로 미나미의 팔을 잡고 접수처 안쪽의 직원실로 들어갔다. 오토하도 손님이 주변에 없는 것을 확인하고 접수처 위의 종, 손님이 왔을 때나 이 자리를 떠나야 할 때 울리는 용도인 종을 두 번 '딸랑, 딸랑' 누르고 사사이와 미나미를 쫓아갔다.

"그런 곳에서 손님 이름을 언급하는 건 위험합니다."

"죄송합니다."

"지금은 아무도 없다지만……."

"……왜 지금까지 알아차리지 못했을까."

오토하가 두 사람을 바라보며 말했다.

"뭘 말이죠?"

사사이가 돌아보았다.

"밖에 티켓 판매처요. 기타자토 마이 씨가 들어올 때와 나갈 때, 손님의 소지품을 간단히 검사하잖아요."

"네."

"그러면 책을 가지고 온 사람은 금방 알 수 있어요. 나갈 때는 책이 사라졌으니까."

"그건 이미 조사하지 않았나요? 기타자토 씨가 그런 사람은 없다고 했습니다."

사사이가 대답했다.

"그렇죠. 하지만 지금까지는 문고본이었으니까요. 예를 들어 큼지막한 파우치에 넣었다면, 여성의 파우치는 동성이라도 열어서 보진 않잖아요. 게다가 문고본이라면 옷에도 숨길 수 있으니까 포기했었고……."

"아."

오토하의 말이 끝나기 전에 사사이가 소리를 내며 자기 손의 책을 들어 올렸다.

"단행본, 그것도 신간."

"그거라면 기타자토 씨도 알아차릴지도요."

"확실히."

"바로 물어보죠."

셋이서 티켓 판매처로 갔다. 직원실을 나오자, 접수처에 도카이가 앉아있었다.

"아, 도카이 씨, 수고하십니다."

"무슨 일 있어요?"

직원실에서 세 사람이 줄줄이 나오니까 그가 조금 놀라서 물었다.

"아, 나중에 설명할게요!"

더욱 드물게도 세 사람은 달렸다. 사사이도 이때는 "숙녀는 뛰지 않습니다."라고 말하지 않았다.

오토하는 판매처로 가면서 미나미가 중얼거리는 이름이 들렸다고 생각했다. 그건 거의 매일 오는, 나이 든 여성의 이름이었다.

왜냐하면 오토하도 그 사람을 의심했었으니까.

기타자토는 신간을 보고 사사이의 설명을 들으며 고개를 갸웃거렸다. 평소와 마찬가지로 보슬거리는 머리카락이 움직임에 따라 흘러내렸다.

"……니노미야 기미코 씨의 책이네요."

"틀림없나요?"

"틀림없어요. 그 사람이 이런 책도 읽는다니 의외라고 생각했으니까요. 그런 사람이라도 건강을 신경 쓰는구나 싶어서."

"그랬군요."

사사이가 한숨을 쉬고, '어깨를 축 늘어뜨린다.'라는 표현과 잘 어울리는 모습이 되었다.

"가능하면 그 사람이라고 생각하기 싫었습니다만……."

그 말은 사사이 역시 그녀를 의심했었는지도 모른다.

"그런 사람이라도, 는 어떤 의미인가요?"

오토하가 기타자토에게 물었다.

"그런 사람?"

"니노미야 씨를 그런 사람이라고 해서요."

"아아. 니노미야 씨가 여기 올 때면 종종 대화를 나누거든."

기타자토가 나서서 손님에게 필요 이상으로 말을 거는 모습은 상상하기 어려웠다. 어쩌면 니노미야가 일방적으로 말을 거는 걸지도 모른다.

"빨리 죽고 싶다거나, 덜컥 가버리고 싶다는 게 말버릇이어서요."

"어, 왜 그런 소리를?"

"어디까지 진심인지는 모르죠."

"농담일 수도 있고요."

"그렇죠. 그때 또 하나 신경 쓰인 게 있었어요."

기타자토가 말하면서 사사이에게 책을 받아갔다.

"있었나."

혼잣말하며 책을 팔랑팔랑 넘겼다. 그러자 거기에 책갈피 같은 종이가 있었다.

"매상 전표!"

오토하가 무심코 외쳤다.

"그때 어라, 매상 전표가 왜 그대로 있지, 하고 생각했어요."

"그럼 이건 훔친 책이라는 건가요?"

미나미가 거침없이 말했다.

"아, 지금 대형 서점은 디지털 관리니까 매상 전표가 있다고 해서 전부 훔쳤다고 할 순 없어요."

"인터넷 서점에서 산 책이라면 그대로 있을 테고."

"하지만 이 근처 서점 중에 디지털 관리를 할 정도로 규모 있는 서점은 신주쿠나 이케부쿠로, 하치오지, 도코로자와까지

가야 하거든요."

"미묘하네요."

"아무튼 절도는 부차적인 문제입니다. 우선은 이 책에 관해
물어봐야……."

"죄송합니다." 기타자토가 사과했다.

"제가 전혀 알아차리지 못해서……. 니노미야 씨의 책이 들
어올 때는 있었는데 나갈 때는 없어진 걸 깨닫지 못했어요.
늘 여기 책이 나가는 것만 신경 썼으니까."

"입철포에 출녀* 같은 상황이네요. 들어오는 여자를 깨닫지
못했어요."

위로할 생각인지 미나미가 조금 농담했다.

"그 비유, 약간 다른 것 같은데요."

오토하가 지적해서 둘이 웃었다.

"……이제부터 니노미야 씨에게 물어보러 가야 하나……."

두 사람과는 대조적으로 사사이가 한 번 더 한숨을 쉬었다.

"저도 같이 갈까요?"

• 에도 시대 때, 에도 안으로 무기가 들어오는 것을 막고 에도에 인질로 와있
  는 각 지역 영주의 아내가 밖으로 나가는 것을 엄중하게 단속한 일.

사사이의 모습을 보고 오토하는 무심코 말했다. 사사이가 너무 우울해하고 내키지 않는 것처럼 보여서다. 늘 일을 척척 해내는 사람이지만 이런 일…… 화를 내거나 주의를 주는 것은 거북하게 여기는지도 모른다.

"괜찮습니까?"

"저, 예전 서점에서 몇 번인가 절도범을 잡았고 대화한 적도 있어요. 아, 당시에 다니던 서점은 쇼핑몰 안에 있었으니까 그런 일은 빌딩이 고용한 경비원에게 부탁하면 되는데, 같이 처리한 적이 있으니까 대충은 알거든요."

"아니, 이번에는 절도가 아니잖아."

미나미가 또 장난스러운 말투로 끼어들었다. 이미 문제가 해결되었다고 여기는지 그녀는 조금 즐거워 보였다.

"오히려 책이 늘었고."

"그러고 보니."

"그러니까 더 말하기 어렵습니다. 뭐라고 주의하면 좋을 지……."

"구로이와 씨에게 동석해 달라고 하면요? 그래도 여자가 있는 편이 좋을 것 같지만요."

"네. 게다가 구로이와 씨에게 와달라고 하면 일이 커지니까요. 니노미야 씨도 좀 안 됐고요."

사사이는 또 어휴, 하고 한숨을 쉬었다.

"그러니까 제가 같이 갈게요."

늘 빈틈없는 사사이가 너무 괴로워 보여서 오토하는 하마터면 그의 등을 두드려 줄 뻔했다.

아마 사사이는 사람들의 악의 같은 것에 약할 것이다. 이 경우에 니노미야 씨가 과연 어떤 목적으로 이런 짓을 했는지는 모르겠지만……

니노미야는 순순히 대답했다.

"아아, 나야."

"네?"

너무 순순히 인정해서 사사이가 반문했다.

"그거 나야."

"……니노미야 씨가 두고 가셨다는 건가요?"

"그래."

"……혹시 실수하신 건가요? 깜박하고 두고 가셨다거나."

"아니."

니노미야 기미코는 고개를 저었다.

"내가 직접 놓고 갔어. 장서인이 없는 책."

너무도 확실한 자백이었다.

오늘 밤에도 그녀는 빨간 코트를 입었다.

늘씬한 체형이라 옷이 잘 어울렸다. 하얀 머리카락은 깔끔하게 묶어 올렸고, 목에는 파스텔 칼라의 커다란 비즈로 만든 목걸이를 했다. 비싸 보이지는 않는데, 오히려 그래서 그녀에게 잘 어울렸고 감각적인 사람이라는 인상을 강하게 줬다.

장소는 다카기 고노스케의 책장 앞이었다. 사실은 회의실 겸 응접실을 사용할 생각이었는데, 책장 앞 의자에 앉아 책을 읽는 니노미야를 보고 사사이가 작게 "여기에서 대화하죠."라고 말했다.

오토하도 어차피 다른 손님은 없고, 어쩌면 고인의 책 앞에서 이야기 하는 편이 사실을 솔직히 말할지도 모른다고 생각했다.

"어어……."

사사이의 시선이 흔들렸다. 자백을 받아내려고 들이닥친 본인이 제일 혼란스러워해서 대신 오토하가 물었다.

"지금까지 이런 책이 발견되었어요. 요 몇 개월간……. 그것도 니노미야 씨의 범행인가요?"

그러자 그녀가 잘 정리된 가느다란 눈썹을 번쩍 치켜떴다.

오토하는 이런 눈썹을 어디서 본 적 있다고 생각했다. 아아, 그래, 고전 영화에서 본 스칼렛 오하라의 눈썹이다.

"범행? 뭐, 그러네⋯⋯. 나 말고 이런 일을 할 사람이 없다면."

오토하와 사사이는 자기도 모르게 얼굴을 마주 보았다.

"전에는 다자이의 문고본이었는데요."

"아, 그렇다면 그것 역시 나야."

"그렇군요."

사사이가 엄숙하게 고개를 끄덕였다.

"왜 그런 일을 하셨죠?"

그러자 니노미야는 자기가 들고 있던 책을 무릎 위에 얹었다. 그건 다카기의 장서로, 로버트 브라운 파커의 『초가을Early Autumn』이었다. 니노미야는 눈을 감고 한참 생각한 끝에 말했다.

"달리 둘 곳이 없었거든."

"둘 곳?"

오토하와 사사이가 동시에 말했다.

"우리 집은 좁으니까 책을 둘 곳이 없어."

"아, 그런 뜻인가요."

사사이가 작게 한숨을 쉬었다. 조금 안도한 것 같았다. 그녀의 행동이 범죄나 악의가 아니고 일단은 설명할 수 있으므로……. 자기 집이 좁다고 책을 도서관에 두는 것이 정상적인 행동인지는 알 수 없지만 일단은 이해할 수 있었다. 이쪽을 혼란스럽게 하려고 장서인 없는 책을 두는 악의보다는, 곤란하던 할머니가 책을 두는 행위가 사사이에게는 받아들이기 쉽나 보다.

"그렇다면 미리 말씀해 주시면 좋았을 겁니다. 책을 기증하시겠다고 하면 저희도 대처할 수 있으니까요."

"그럼 다카키 파파*의 책 옆에 놔줄 수 있을까? 내 책을."

"아니, 그건…… 아니요. 죄송하지만 여기 도서관에는 둘 수 없습니다. 그러나 인수처나 처분할 곳을 소개할 수 있으니까요."

"그렇지. 여기가 아닌 다른 곳에 가버리겠지. 그건 싫어."

"그런가요. 하지만……."

"내 책도 계속 여기 있고 싶어."

---

* 자신의 후원자나 애인인 남성을 애교스럽게 부르는 말.

오토하는 내심 이거 참 곤란한 일이라고 생각했다. 여기는 작가의 장서만 둘 수 있다. 나이 든 평범한 여자의 장서를 둘 수는 없다. 이걸 이해시키는 건 쉽지 않을지도 모른다.

사사이가 입을 다물어서 또 오토하가 물었다.

"니노미야 씨 댁에 책이 그렇게 많나요? 독서가시네요."

별로 깊이 생각하지 않고, 화제 중 하나로 물은 것이었다.

"말도 안 돼. 나는 독서가 같은 게 아니야, 다카기 파파와 비교하면. 그냥 책을 조금 읽을 뿐이야. 그래도 서점에서 가지고 온 책이 너무 많이 쌓여서."

가지고 온?

오토하와 사사이는 얼굴을 마주 보았다.

가지고 왔다, 이것이 정확히 어떤 의미일까. 돈을 주고 사서 가지고 왔다는 걸까, 훔쳐서 가지고 왔다는 걸까. 훔쳐서 가지고 왔다면 매상 전표가 왜 들어있는지 설명이 된다.

"그 책은 서점에서 가지고 온 책인가요?"

"그래."

니노미야가 새치름하게 대답했다.

오토하와 사사이가 놀라서 말도 못 하는데, 두 사람의 얼굴을 보고 니노미야가 아하하 소리 높여 웃었다.

"뭘 그렇게 놀라? 책을 훔치는 건 범죄가 아니야. 꽃 도둑은 죄가 아니라고 하잖아? 그거랑 같아. 책은 모두가 돌려 보는 거니까. 우리가 책을 읽고 지식을 쌓아서 그걸 이 사회에 환원하니까 전혀 상관없어."

기가 막혀서 말도 안 나왔다.

그런 식으로 생각하는 사람이 있다고 듣긴 했다. 옛날 사람, 이른바 전쟁 전의 엘리트 중에는 그런 의식을 가진 사람이 있었다는 것을 전에 일하던 서점에서 직원들에게 언뜻 들은 적 있다. 옛날 소설에도 엘리트 학생들이 당당하게 책을 훔치는 모습이 그려졌다고 한다.

시대에 따라 가치관은 달라진다. 그래도 충격이었다. 이렇게 아무렇지 않게 절도를 마치 좋은 일처럼, 자기들 권리라도 되는 양 말하다니.

니노미야가 계속 웃었다.

"어머, 젊은 사람한테는 너무 강렬했나? 하지만 정말이야. 다카기 파파가 그렇게 말했는걸."

"다카기 고노스케가…… 아니, 다카기 고노스케 선생님이 그런 말씀을 하셨어요?"

그가 살아있을 때, 이벤트를 열거나 그의 책을 가게 앞에 진열한 적이 한두 번이 아니었다. 그때 직접 만든 선전판을 찢어서 내다 버리고 싶었다.

"그래. 예전부터 다카기 파파처럼 재능 있는 사람들은 그렇게 말했어."

서점을 뭐라고 생각하는 거야. 그 책 한 권의 매상을 회복하기 위해 이쪽이 몇 권이나 되는 책을 팔아야 하는지 알기나 하나. 숨을 들이쉬고 입을 열려고 했을 때, 사사이가 오토하의 팔을 가볍게 붙잡았다. 올려다보자, 고개를 살짝 좌우로 흔들었다. 지금은 참으라는 신호라고 판단해 마음을 가라앉히고 간신히 숨을 내쉬었다. 그 대신 눈물이 맺혔다.

"……책 중에는, 아니, 이 책 이외에는 중고였죠. 그것도 훔친 책인가요?"

"그래. 전에는 이 근처 헌책방에서 훔쳤어. 예전에 다카기 파파가 살아있을 적에는 같이 간 적도 있는 곳이야. 그런데 요즘은 어느 가게나 날 들여보내 주지 않아서 신간을 취급하는 서점으로 바꿨어."

헌책방이 알아차리고 출입 금지를 했구나……. 오토하는 그때 문득 깨닫고 조심스럽게 물었다.

"……혹시 여기에서도 책을 훔쳤나요?"

책을 훔치는 데 이렇게까지 죄책감이 없다면 여기에서 훔쳐 가도 이상하지 않다. 알아차리지 못했을 뿐 훔쳤을지도 모른다.

"훔칠 리 없잖아."

니노미야가 단호하게 부정했다.

"소중한 다카기 파파의 책인걸? 그걸 훔치면 팬이 곤란하잖아. 팬은 소중하니까."

사사이가 옆에서 어휴, 숨을 내쉬었다. 안심했나 보다.

"그럼 다른 사람의 책은요?"

"……다른 사람? 다른 작가의 장서 말이야? 훔칠 리 없지. 다카기 파파의 책 이외에는 흥미도 없고 가치도 없으니까."

"다행이다."

자연스레 그런 말이 나왔다.

물론 거짓말일지도 모르지만(실제로 헌책방이나 서점에서 다른 사람의 책을 훔쳤으니까) 단호하게 부정하는 태도를 보면 어느 정도 믿어도 괜찮을 것 같았다.

"다른 작가는 쓰레기야. 다른 작가의 도장이 찍힌 책 따위, 아무리 늙었어도 이 니노미야 기미코가 훔칠 리 없잖아. 기분 나빠."

투덜투덜 혼잣말처럼 말했다.

말이 되는 것 같으면서 안 되는 주장이었다.

어쨌든 이 사람을 더는 여기 출입하게 할 순 없다. 다만 그 사실을 어떻게 말하고 어떻게 시행하면 좋을지 모르겠다. 마사코나 아코에게도 상담하고 이 도서관 사람들, 기타자토나 구로이와까지 포함해 모두와 의논하면 괜찮겠지. 할 수 있다.

그렇게 생각하자 조금은 기운이 났다.

"저기, 니노미야 씨는 다카기 선생님의…… 연인이셨죠?"

정부라고 하는 건 아무래도 미안해서 이런 단어를 썼다.

"맞아."

"그래서 우리 도서관에 다니신다고 전에 들었어요. 다른 직원에게……."

"그게 어쨌다고?"

니노미야가 화난 눈썹을 하고, 호전적이라고 해도 좋은 태도로 대꾸했다.

"다카기 선생님의 책 가까이에 있고 싶다고 말씀하셨다 들었어요. 늘 다카기 선생님의 책만 읽으면서 지내시는 거예요? 다른 건요?"

이렇게 물은 것은, 그녀의 마음 진정시키려고 화제를 살짝 바꾸려는 의도와, 여기에서 그녀가 어떻게 지내는지 알아두면 장서인이 없는 책을 찾기 쉬워질지도 모른다고 생각했기 때문이다.

"……그래."

별로 깊은 의미도 없는 질문인데, 니노미야는 순간, 정말 순간적이지만 입을 다물고 눈부신 듯이 눈을 깜박이면서 이쪽을 봤다.

뭐지, 이 위화감……. 뭔지 모르겠는데 그녀를 곤란하게 했다는 감각이었다.

"……아니죠."

사사이가 조용히 말했다.

"엇."

그때 사사이가 끼어든 것에 니노미야보다도 오토하가 놀라서 소리를 냈다.

"아니죠. 단순히 책 가까이에 있고 싶다는 이유만은 아닐 겁니다."

"무슨 말이지?"

"물론 책 가까이에도 있고 싶으셨겠죠. 하지만 그런 순수한 이유만은 아니에요. 저는 줄곧 알고 있었습니다. 하지만 별로 상관없으니까 가만히 있었죠."

"사사이 씨, 무슨 말이에요?"

오토하가 물었다.

"사적인 문제라고 판단해 아무에게도 말하지 않았습니다. 그러나 우리 도서관을 이런 식으로 더럽히는 건 용납할 수 없어요. 장서인이 없는, 그것도 절도품을 여기에 두다니."

사사이가 오토하 쪽을 힐끔 봤다.

"여기 도서관 직원인 히구치 씨만 있으니까 말하겠습니다. 괜찮죠? 당신은 계속 책을 찾고 있었습니다. 다카기 씨의 어떤 책 단 한 권을."

니노미야가 시선을 내리깔았다. 그건 긍정으로도 부정으로도 보였다. 반박하거나 저항하지 않고, 그저 그 몸이 한 단계쯤 쪼그라든 것처럼 보였다.

"저는 알아차렸습니다. 여기 있을 때면 당신은 늘 숨어서 편지를 보며 책을 찾고 있었죠. 오래된 편지였어요. 하지만 누가 이 방에 들어오면 허둥거리며 숨겼죠. 뭔가 소중한 비밀이 적힌 편지라고 예측했습니다. 때때로 당신이 알아차리지 못하게 멀리서 지켜본 적도 있어요. 그런데 편지를 읽는 게 아니라 늘 책과 비교하더군요. 그래서 아마 서적 암호를, 그 열쇠가 되는 책을 찾는 중이겠다고 생각했습니다."

니노미야는 아무 대답이 없었다.

"서적 암호요?"

오토하가 물었다.

"서적이나 문장을 열쇠로 삼는 암호입니다. 그걸 주고받는 사람은 서로 같은 서적, 같은 판본을 보면 되지만, 다른 사람은 방대한 책 중에서 뭐가 열쇠가 되는지 찾아야 하죠. 설령 열쇠인 책을 잃어버려도 책에 따라서는 다시 손에 넣을 수 있어요. 고전적이지만 의외로 편리성이 뛰어나지요."

"와, 몰랐어요."

"편지에는 숫자를 적어서 페이지 수나 행수, 위에서 몇 번째 단어나 문자인지 알 수 있게 해두죠."

"그럼 모르는 사람이 보면 숫자만 적힌 편지네요."

"그렇습니다. 니노미야 씨는 어떤 방법으로든 누군가의…… 뭐, 다카기 씨와 관련 있는 사람의 서적 암호로 적힌 편지를 손에 넣었겠죠? 그걸 풀기 위해 여기에 왔어요. 평범하게 추측해 보면 상대는 다카기 씨의 부인은 아니겠죠. 같이 살았던 부인이라면 암호를 나눌 필요가 없으니."

니노미야는 여전히 아무 말 없이 아래를 물끄러미 내려다보았다.

"편지 상대는 누구죠?"

대답이 없었다.

"뭐, 괜찮습니다. 솔직히 이것 자체는 우리와 관계없으니. 그래도 저는 이렇게 생각합니다. 그 서적 암호는 이미 풀지 않았을까."

계속 반응이 없었던 니노미야가 이때 비로소 고개를 번쩍 들었다.

"왜지?"

"그야 당신이 여기 다닌 지 이미 몇 년이나 지났습니다. 다카기 선생님의 모든 책을 살펴봐야 했어도 이쯤이면 조사가 끝났죠? 당신이 정부로서 다카기 선생님 곁에 있었던 사람이라면 어떤 책을 열쇠로 썼을지 어느 정도 예상했을 테고요. 열쇠는 다카기 선생님이 좋아했거나 자주 읽었거나, 뭔가 추억이 담긴 책으로 할 테니까."

그녀는 한참 말이 없었다가 갑자기 웃음을 터뜨렸다. 사사이와 오토하는 얼굴을 마주 보았다. 이 사람이 마침내 이상해졌을지도 몰라 조금 두려웠다.

"……그런데 그게 아니었어."

깔깔 웃은 뒤, 니노미야가 대답했다.

"그게 아니었다고요?"

"시간이 오래 걸렸어. 제일 마지막에 조사한 책이었으니까."

"마지막이었나요?"

"이 책만은 아닐 거라고 나중으로 미룬 책이었어. 그러니까 쉽게 찾지 못했지."

"그랬군요. 다카기 씨가 좋아하던 책이 아니었나요?"

"아니야, 그 반대. 제일 좋아하고 제일 사랑했던 책이라 생각했던, 내가 선물한 책. 아니, 내가 알려줬다고 해야 할까. 좋은 책이니까 읽어보라고 했던 책. 그게 열쇠였어."

"무슨 책이죠?"

오토하는 심문이 아니라 흥미를 느껴 물었다.

"……무샤노코지 사네아쓰의 『사랑과 죽음』."

"아아."

사사이는 고개를 끄덕였으나 오토하는 읽어보지 않았다.

"그렇게 짧은 책이었나요."

"그래. 사랑한다느니, 너를 위해서라면 죽을 수 있다느니, 그런 수준의 편지였으니까 충분했겠지. 나는 도저히 참을 수 없어서 그 책을 가지고 돌아가서 버렸어. 그 대신에."

"다자이의 책을 둔 건가요."

"그래. 마침 갖고 있었고 비슷한 두께였으니까."

책을 두고 가는 일이 그렇게 시작되었구나.

"역시 여기 책을 훔친 것 아닙니까."

"아니지, 왜냐하면 그 책은 내가 줬으니까 내 책이야."

"무슨 말씀이죠?"

"암호 상대는 그의 새 정부였어. 다카기 파파의 부인이 세상을 떠난 뒤로 나는 파파랑 반쯤 동거하는 거나 마찬가지였는데……."

아무리 그래도 정부에게 받은 책을 다른 정부와 나누는 연애편지의 암호 열쇠로 삼다니, 다카기도 너무한 남자다. 아니, 오히려 그렇기에 사용했을까. 알아차리지 못하게.

"그보다 암호를 푼 뒤에도 왜 여기에 오신 거죠? 이제 올 필요가 없지 않나요?"

오늘 밤의 사사이는 너무도 잔혹했다. 그녀의 말을 완벽할 정도로 가로막았다. 니노미야는 좀 더 말하고 싶은 것처럼 입을 벌리고 있었는데…….

어쩌면 니노미야는 우리가 이야기를 들어주길 바랐는지도 모른다. 불평이나 추억을. 그러나 사사이는 그걸 받아주지 않왔다.

"······달리 갈 곳이 없으니까. 쓸쓸해서. 여기에 오면 책이 있고 젊은 사람이 있으니까."

오토하는 자기도 모르게 니노미야의 시선을 피했다.

그렇구나. 그녀에게는 달리 갈 곳이 없었다. 밤의 긴긴 시간을 보내기 위해 갈 곳이.

오랫동안 아내가 있는 사람의 정부로 살았고 도둑질을 했고 가족도 없다.

그리고 밤을 보내던 그 장소도 아마 오늘 밤 영영 잃고 만다.

최종화

모리 요코의
통조림 요리

니노미야 기미코의 사건 이후로 밤의 도서관은 긴 휴가에 들어갔다.

　사사이의 제안을 바탕으로 직원들끼리 몇 번인가 의논해서 우선 최소한 3주 동안 장서 정리와 확인을 하고, 그 다음 한동안 모두 휴가를 내기로 했다. 다시 도서관 문을 열 때는 사사이를 통해 미리 오너가 연락을 준다. 길어도 한 달 정도일 거라고 사사이가 설명했다. 장기 휴가를 주는 이유는 '장서 정리의 피로를 풀기 위해, 그리고 오너가 직접 도서관을 확인하기 위해'라고 했다. 그동안에도 월급은 제대로 지급하겠다는 것까지 포함해 약속했다.

밤의 도서관은 조용히 세상으로부터 문을 닫았다…….

오토하에게는 그렇게 느껴졌다.

연구자나 작가들에게서 계속 이용할 수 있게 해달라는 요청이 당연히 있었다. 사사이는 월간 이용권 대금의 전액 환급, 필요한 정보가 있으면 메일로 정성껏 응대하겠다는 조건으로 갑작스러운 휴관을 이해해 달라고 부탁했다. 충분히 설명하자 모두 흔쾌히 받아들였다.

장서를 정리하는 동안에도 평소와 마찬가지로 오후 4시부터 심야 1시까지 근무하자고 의논해서 정했다. 손님이 오지 않으니까 오전 9시부터 오후 6시로 해도 좋다는 의견이 있었지만, 일단 야행성에 익숙해진 몸을 한 달 넘게 평범하게 돌리고 다시 야행성으로 돌아가기는 어렵다는 마사코의 의견이 통했다.

도서관 탐정 구로이와나 접수처의 기타자토 마이, 식당을 맡은 기노시타는 출근도 휴가도 자유였다. 구로이와와 기노시타는 한 달간 휴가를 받기로 했다.

"퇴직하고도 이렇게 길게 휴가를 받은 적 없으니 아내와 여행이라도 다녀오겠습니다. 아들이 홋카이도에 사니까 놀러 갈까."

회의에 불려 온 구로이와가 그렇게 말했을 때, 다들 조금 술렁거렸다. 오토하는 내심 '구로이와 씨, 부인이 있었구나. 가족이 있구나.' 하고 생각했는데, 아마 다른 직원이 놀란 것도 정도의 차이만 있을 뿐 비슷했을 것이다.

기노시타는 특별히 이유를 말하지 않았다. 이것 역시 기노시타다웠다.

기타자토는 출근을 선택했다.

"저는 괜찮다면 기본적으로는 여러분과 마찬가지로 출근하겠습니다. 출입구 문단속을 해야 하고, 장서 정리도 도울 수 있다면 도울게요."

오토하는 조금 의외라고 생각했다. 언제나 냉랭해 보였던 기타자토가 도서관 직원들과 같이 일하려고 하다니……

도서관 직원으로서 경력이 긴 마사코가 만장일치로 이번 일의 책임자를 맡았다. 마사코는 미나미를 부책임자로 지명했고, 마사코의 지휘와 지도를 받으며 장서 정리를 시작했다. 지금까지도 해왔던 일이지만 오토하와 도쿠다는 처음 하는 경험이라 자세히 설명을 들었다.

"어느 도서관이든 1년에 한 번쯤은 하는 일이니까."라며 마사코가 장서 정리 첫날 모두의 앞에 서서 말했다.

"특별한 일은 아니에요. 그래도 중요한 일입니다. 손님들의 요구에 맞춰 도서관 책을 신속하고 꼼꼼하고 정확하게 제공하려면 책이 올바른 곳에 놓여있어야 해요. 이번에는 분실되거나 다른 책이 섞였을 가능성도 있어요."

마사코가 모두를 둘러보았다.

"솔직히 분실은 그렇게 어려운 문제가 아닙니다. 소장 데이터와 자료를 맞춰보면 자연스럽게 알 수 있으니까요. 하지만 다른 책이 추가되는 건 일반적인 도서관에서는 거의 없는 일이니 조금은 주의해야 합니다."

"그래서 작가마다 담당을 두 명씩 정해서, 자료 대조를 시행하기로 했습니다. 끝난 뒤에는 다시 작가별로 장서 수를 세고 데이터와 대조합니다."

미나미가 마사코 옆에서 소리 높여 말했다. 긴장했는지 목소리가 뒤집어져서 그녀의 얼굴이 붉어졌다.

"……음, 이 자료 개수의 확인만큼은 담당과는 별개로 직원 여러 명이 함께해 주세요."

미나미가 가볍게 헛기침해 목소리를 가다듬고 말했다.

"잘 부탁드립니다."

설명을 마친 두 사람이 모두에게 고개를 숙였고, 다들 조용히 박수를 보냈다.

시작하고 보니 이 기간은 나쁘지는 않은 시간이었다. 적어도 오토하에게는 그랬다. 오후 4시에 출근해서 2인 1조로 장서를 확인하고 개수를 셌다. 그 조합도 처음에는 마사코와 아코, 미나미와 오토하, 사사이와 도쿠다 그리고 도카이와 기타자토가 페어였는데, 며칠 뒤에는 다른 사람으로 바뀌었다.

"계속 같은 사람과 하면 익숙해져서 실수로 이어지니까." 하고 마사코가 설명했다.

장서인 이외에 청구 기호나 바코드가 없는 책을 정리하는 것이니 마사코와 미나미는 일반적인 도서관보다 곱절의 시간이 들 거라고 예상했다.

"일반적인 도서관도 폐가식 서고의 정리를 포함해서 1년에 한 번 할 때 대략 장서의 3분의 1을 정리합니다. 즉 3년에 모든 장서를 확인하는 정도로 일정을 짜죠. 그걸 이번에는 한 번에 하는 거니까요."

휴일에는 미나미의 방에 모여 「빨간 머리 앤」 드라마를 이어서 봤다. 오토하는 이런 시간이 영원히 이어지면 좋겠다고 생각했다.

모리 요코의 통조림 요리

이 기간에 오토하와 사사이만은 도서관 외부에서 사람을 만났다.

다카시로 미즈키의 여동생과 의논해서 장서인 디자인을 정해야 했다. 맨션은 이사한 뒤 처분할 테니 이사하기 전에 와 줬으면 좋겠다는 여동생의 연락이 왔다. 확실하게 말하진 않았지만 사사이는 그녀가 간토 지역을 떠날지도 모르겠다고 말했다.

여동생이 지정한 날 낮에 사사이와 함께 맨션을 방문했다. 이제 책을 옮길 필요가 없으니 전철을 타고 무사시코스기 타워맨션까지 갔다.

전철에서는 사사이와 꼭 필요할 때만 최소한의 대화를 나눴는데 어색하거나 불편하지 않았다. 니노미야 기미코 사건을 함께 해결한 뒤로 동료라고 하면 당연한데 그 이상의, 가족이나 남매라고 하긴 어려운, 미묘한 연대감이 생긴 것 같다.

다만 오토하 혼자 일방적으로 느낄 뿐일지도 모른다. 이 감정을 사사이에게 확인할 방법이 없다고 생각하니 오토하는 조금 쓸쓸해졌다.

다카시로 미즈키의 집은 한산했고, 모네라 불러달라고 했던 여동생은 추리닝 차림으로 멍하게 있었다. 지난번과 마찬가지로 거실에 갔다.

　장서를 빼낸 책장은 텅텅 비었다. 물건이 없으면 조금은 정리된 것처럼 보일 법한데, 커다란 책장에 책이 한 권도 없는데 방이 지저분하니까 꼭 도둑이 든 광경 같았다.

　사사이가 준비한 장서인 디자인 표를 보여주었다. 특별한 희망이 없다면 풀네임을 넣는 형식으로 몇 가지 양식이 있다. 음양(문자가 하얗게 드러나게 할 것인가, 선으로 드러나게 할 것인가)과 세로쓰기나 가로쓰기, 서체를 어떻게 할지 정도를 고를 수 있다.

　"느낌이 딱 안 오네."

　한 번 보고 그녀가 말했다.

　"이건 제일 단순한 형태입니다. 뭔가 희망하는 도안이나 그림이 있다면 넣을 수 있습니다. 예를 들어 고인이 좋아하는 것을 일러스트로 넣을 수도 있어요."

　사사이가 곧바로 말하자, 그녀가 고개를 갸웃거렸다.

　"별로 없는데……."

　그때까지 가만히 있던 오토하도 무심코 끼어들었다.

　"장서인은 한 번 찍으면 바꾸지 못해요. 후회하지 않게……."

　"후회?"

역시나 모네가 의아하게 이쪽을 바라보았다. 눈썹과 눈썹 사이에 깊게 주름이 패서 그 표정을 보자 마음이 꺾였지만, 용기를 내 설명했다.

"도서관에 오시는 손님은 먼저 책을 들고 다음에 뒤표지를 펼쳐서 장서인을 볼 때가 많아요. 장서인이 생각보다 책이나 작가 이미지를 좌우해요."

무슨 상관이야, 흥미 없어, 라고 반박할 줄 알았는데, 그녀는 의외로 순순히 고개를 끄덕였다.

"그렇군."

"생전 작가를 떠올리게 하는 장서인이면 다들 기뻐해요."

"책을 좋아하긴 했는데……. 그래도 그건 평범하겠다. 작가였으니까."

"책 디자인을 모티브로 해서 이름과 조합할 수도 있습니다."

사사이가 설명했다.

"그래?"

그는 단순한 장서인 옆에 연필로 책 그림을 쓱쓱 그렸다. 표지 부분에 '다카시로 미즈키'라고 적었다.

"그림은 서툴지만 대충 이런 이미지입니다."

모네가 그림을 물끄러미 바라보았다.

"어떻습니까? 달리 좋아하는 꽃이나 과일, 동물이 있으면 그걸 써도 괜찮습니다."

"고양이를 좋아했어. 알레르기가 있어서 키우지 못했지만."

"고양이? 물론 고양이를 넣어 디자인할 수도 있습니다. 그러려면 디자이너에게 확인해야 하므로 일단 돌아가서 디자인한 것을 메일로 보내면 어떨까요?"

"아, 나쓰메 소세키의 책처럼 할 수 있어?"

"『나는 고양이로소이다』의 초판본처럼요?"

"아니, 그 유명한 알몸 고양이 인간 같은 거 말고, 커버 아래에 금박이 있고 주황색으로 그림이 있는 건데⋯⋯."

"아아, 그거 예쁘고 귀엽죠."

사사이와 모네가 대화하는 사이에 오토하는 바로 스마트폰으로 해당하는 『나는 고양이로소이다』 표지를 검색해 사진을 보여주었다.

"아아, 이런 느낌."

모네는 오토하가 내민 스마트폰 그림을 보며 반응했다.

"서체도 이것과 비슷하게 할까요?"

『나는 고양이로소이다』의 둥그스름한 서체를 가리켰다.

"그러네⋯⋯. 괜찮을 것 같아."

"그럼 이 이미지로 디자이너에게 한번 문의해 보겠습니다."

그녀가 기쁜 듯이 고개를 끄덕였다. 지금까지 본 것 중 제일 좋은 얼굴이었다.

그래서 오토하는 무심코 말을 꺼내고 말았다.

"죄송합니다. 조금 여쭤봐도 될까요?"

"뭘 묻고 싶은데?"

모네의 말투는 그렇게 날카롭지 않았다. 오히려 마음이 놓여서 거리낌 없는 말투를 쓰는 것처럼 보였다. 사사이의 걱정스러운 시선이 이쪽을 향했지만 무시하기로 했다.

"전에 여기 왔을 때, 화장실 청소 이야기를 했었죠? 여성이 화장실 청소를 하는 건 당연하지 않다고 말씀하셨어요."

"그랬나?"

"그거 다카시로 미즈키 선생님께 들으셨나요?"

"아니……, 모르겠네."

그녀가 어물거렸다. 오토하는 그녀의 얼굴을 지그시 바라보았다. 어떤 표정도 놓치지 않으려고.

"다카시로 선생님의 생각인가요?"

"그건 왜?"

"아무리 생각해도 다카시로 선생님이 하실 법한 말이어서요."

오토하는 '다카퐁'이라고 말하지 않으려고 주의했다.

"내가 하는 생각이 전부 그 사람에게 영향 받은 건 아니야."

"다카시로 미즈키 선생님의 초기 블로그에 비슷한 말이 있었거든요."

"그럼 우연이겠지."

"그런가요?"

"그 사람과 나는 생판 별개의 인간이니까."

모네가 단호하게 말했다.

사사이와 오토하는 함께 그 집을 나섰다. 맨션 엘리베이터 안에서 오토하가 말했다.

"저분, 모네 씨는 정말로 다카퐁과 사이가 나빴을까요? 전혀 그런 것 같지 않아요. 그런 것 같지 않을 때가 있어서……."

"네?" 사사이가 허를 찔린 듯이 고개를 갸웃거렸다. "그런가요?"

"사이가 아주 좋았거나, 아니면 비슷한 사고방식을 지닌 것 같아서요."

"흐음……?"

"다카퐁은 작품 이외에 에세이나 SNS로 자기 생각을 밝힌

적이 전혀 없어요. 다만 아까 말했듯이 초기에요, 인터넷에 작품을 공개하던 정말 초기 중의 초기, 아주 잠깐 인터넷 소설과 연동해서 블로그를 했었어요. 인터넷 소설 쪽에는 그렇게 해서 사람을 끌어들여 접속 수를 늘리려는 시도가 있거든요. 금방 인기가 생겨서 그만뒀지만요."

"호오."

"정말 딱 몇 주예요. 그래도 그 전부를 캡처한 사람이 있어서 일부가 인터넷에 퍼졌어요."

"오오."

"아까도 말했듯이 거기에 있었던 말을 모네 씨가 했어요. 저 여동생이요."

그건 화장실 청소에 관한 글이었다. '여자니까 화장실 일에 지원했어?' 모네가 물었을 때 했던 말과 같았다. 어느 나라에서는 화장실 청소를 여자와 노예의 일이라고 여긴다는.

다카시로 미즈키는 분개했다. 그런 건 이상하다, 여자가 테러범 이하라니, 라면서.

"그런데 모네 씨는 단호하게 부정했죠. 그게 오히려 수상해요. 그런 말까지는 안 해도 될 텐데."

별개의 인간이라니……, 그런 건 당연히 누구나 다 아는데,

하고 오토하는 중얼거렸다.

"여동생이니까 비슷한 사고방식을 가지거나 그런 대화를 한 적이 있을지도 모르죠. 어쩌면 여동생도 그 글을 읽고 찬성했거나."

사사이는 어딘지 위로하는 것처럼 말했다.

"네. 그래도 소설에 나오는 내용이라면 몰라도, 그런 소소한 부분의 생각까지 닮을까요? 다카시로 미즈키의 물건을 전부 처분해서 돈으로 만들고 싶어할 정도로 다카퐁을 싫어하는 사람이."

"사람은 닮을수록 복잡한 감정을 품는 법입니다."

"……그렇죠. 하지만."

그때 맨션 엘리베이터가 1층에 도착했다.

나란히 밖으로 나와서도 오토하는 포기하지 못했다.

"죄송해요. 그래도 도저히 믿을 수 없어서요. 정말 다카시로 미즈키가 죽었을까요?"

"그렇다고 생각합니다. 제가 죽음을 직접 확인하거나 사망진단서를 본 것은 아니지만, 그렇지 않았다면 대형 신문사가 사망 기사를 쓰거나 출판사가 발표할 수 없으니까요."

"그건 그렇죠……."

모리 요코의 통조림 요리

"또 죽음을 위장할 필요가 있을까요? 소설가를 그만두고 싶다면 일시적으로 쉬거나 은퇴할 수도 있습니다."

"알고 있어요."

오토하는 고개를 푹 숙이고 사사이의 뒤를 쫓아갔다.

"히구치 씨는 솔직히 어떻게 생각하나요? 다카시로 미즈키와 여동생의 관계."

어느 정도 시간이 지나고, 무사시코스기역으로 걸어가는 도중에 사사이가 물었다.

목소리가 다정해서 질문이라기보다 오토하의 심정을 묻고 정리해 주려는 것 같았다.

"혹시 다카시로 미즈키가 그 여동생일지도 모른다고 생각했나요?"

"네."

사사이는 긍정도 부정도 하지 않고 고개를 끄덕였다.

"그래도 사사이 씨 말처럼 아무도 죽지 않았는데 사망 발표는 못 할 것 같아요. 그런 규정은 잘 모르겠지만, 만에 하나 살아있는데 사망 정보를 흘리면 사실을 들켰을 때 본인뿐 아니라 출판사도 비난받을 테죠."

"그렇죠."

"그래도, 예를 들어 두 명의 작가가 하나의 필명으로 썼다면? 어떤 역할 분담이 있었다거나……. 안 그래도 다카시로 미즈키는 다양한 장르의 소설을 쓰는 걸로 유명했으니까요."

"일리 있네요."

"그래서 한쪽이 죽었으니까 사망 기사를 내서 다카시로 미즈키의 작가 생명을 일단 끝냈을지도요."

"……음, 가능성이 없지는 않겠군요. 하지만 다카시로 정도의 이름을 버리는 것은 아까울 것 같습니다. 뭐, 저 같은 평범한 인간과 선생님 같은 천재는 사고방식이 다르겠지만."

"네."

"장서를 전부 처리하는 것도 아까운 일이죠. 그렇게까지 할 필요가 없고요."

"그건 그런데…… 예를 들어, 음, 심기일전 같은?"

"여동생이 저 정도로 뭔가에 분노를 품은 것도 신기합니다."

"그건 연기라던가요."

"그 분노는 진짜일 겁니다. 저도 사랑하는 사람이 갑자기 떠나면 마찬가지로 슬프다기보다 분노할지도 몰라요."

"뭐, 그건 그렇겠지만요."

사사이가 '사랑하는 사람'이라는 단어를 쓴 것도 그렇고, 그에게 분노할 정도로 사랑하는 사람이 있을지도 모른다니 의외였다. 대화를 나누다가 역에 도착했고 사사이가 이건 경비라면서 전철 표를 샀다.

"……그렇게 살아있기를 바란다면."

사사이가 승강장으로 가는 에스컬레이터 중간에 돌아보고 오토하에게 말했다.

"히구치 씨 안에 다카시로 선생님이 살아있는 것으로 하면 어떻습니까?"

"살아있는 것으로 한다고요?"

"그렇게 믿는 것은 자유죠. 죽었다고 발표했지만 사실은 살아있다. 어딘가에 살아서 또 작품을 발표할지도 모른다고요."

오토하는 지금 막 다녀온 타워맨션을 떠올렸다. 나온 지 얼마 되지 않았는데 그 건물 꼭대기가 상상할 수 없이 아득하게 느껴졌다.

"그렇게 생각해도 괜찮을까요?"

"괜찮지요. 원하는 대로 생각하면 돼요. 우리는 자유니까요."

아주 조금 기운이 난 것 같았다.

"고맙습니다."

자연스럽게 고맙다는 말이 나왔다.

"왜 그러시죠?"

사사이가 의아한 표정을 지었다.

"왠지 용기가 났거든요."

"그런가요? 그거 다행입니다."

"사사이 씨의 말씀이 저를 구해줘요. 여기 온 이후로."

"네?" 손잡이를 잡은 사사이가 놀랐다. "그런 말은 처음 들어봅니다."

"네? 정말요? 다들 그렇게 생각할 텐데요."

"그건 감사하군요. 제가 남들에게 도움이 된다고 생각하지 않았으니까요."

"어라, 그게 더 놀라워요. 저는 사사이 씨의 말이 좋거든요."

말하고선 놀랐다. 회사 동료에게 한정적이라지만 '좋다'라고 말해버린 것에 대해서. 자기가 생각해도 큰일이다 싶을 정도로 얼굴이 빨개져서 고개를 숙였다. 뭔가 감지했는지 사사이도 입을 다물었다.

역 몇 개인가를 지나간 뒤에 힐끔 그를 올려다보니 햇살이 닿았기 때문일까, 그도 얼굴이 빨개진 것 같았다.

"또 하나, 물어봐도 될까요?"

"……뭔가요?"

"이번 장기 휴가요, 오너는 대략 어느 정도 기간을 생각하시나요?"

오토하는 계속 신경 쓰였던 것을 물었다.

"여러분에게도 말씀드렸듯이 2주에서 최대 한 달 정도로 생각하면 되겠습니다."

갑자기 말투가 바뀐 것 같아서 오토하는 무심코 사사이를 봤다. 마치 도서관 직원들 모두의 앞에서 말할 때처럼 형식적인 말투였기 때문이다. 조금 전에는 붉어졌던 얼굴이 하얗게 되돌아왔다. 뭔가 숨기는 것처럼 보이기도 했다.

오토하는 다른 뜻이 있어서 물은 것은 절대 아니었는데, 사사이의 반응을 보고 오히려 두려워졌다.

"휴가 기간이 정해져 있지 않다니, 혹시 오너가 이대로 도서관을 그만두는 건 아니겠죠?"

불안한 기분을 떨쳐버리려고 반쯤 장난으로 물었다.

"그건 아닙니다."

사사이가 재깍 대답했는데, 그게 조금 빨랐다. 둘 사이에 은은하게 흐르는 것 같았던 따스한 분위기도 순식간에 사라졌다. 다카시로 미즈키의 여동생이 부정하는 방식과 비슷했다.

"히구치 씨는 오너를 신용하지 못하나요? 그건 아쉽군요."

오토하는 사사이의 태도에 더욱 두려워졌다. 도서관에 처음 왔을 때처럼 데면데면해졌다. 그래서 허둥지둥 설명했다.

"아니요, 오너를 신용하지 못하는 게 아니라…… 2주라면 본가에 다녀올까 싶고, 한 달이라면 과감하게 필리핀 세부에 가서 단기 유학처럼 영어 학교에 가면 어떨지 생각했거든요."

전에 잠깐 생각했던 것을 마치 줄곧 희망했던 것처럼 말하며 얼버무렸다. 예전에 학창 시절 친구가 페이스북에 세부의 영어 학교에 다닌다고 올려서 부러웠던 기억이 있었다.

그래도 이렇게 사사이에게 설명하자, 사실은 훨씬 전부터 가고 싶었던 것 같기도 했다.

"세부라면 저도 가본 적 있어요. 학교도 잠깐 다닌 적 있죠."

"어, 그랬어요?"

그는 몇 군데 학교 이름을 언급하고 각각의 특징과 수준을 놀랄 만큼 상세하게 설명했다.

"정말 잘 알고 계시네요."

"미국 대학에 가기 전, 거기에서 영어를 다시 공부했습니다."

오토하는 휴가 기간을 물었는데 주제에서 한참 비껴갔다고 생각했다.

"그래서 정확한 휴가 기간을 알 수 있으면……."

"아아, 그거라면 휴가 기간은 걱정하지 말고 다녀오면 어떨까요? 도중에 휴가가 끝나더라도 계속 학교에는 다니고요. 오너에게는 제가 설명해 둘 테니까요. 아마 그 기간도 유급 휴가로 인정해 줄 겁니다."

"아, 아아. 고맙습니다."

신기했다.

너무도 고마운 말을 들었는데, 불안감이 점점 커졌다. 이 이상 질문을 던지면 뭔가 훨씬 무서운 일에 휘말릴 것 같았다.

그렇게 도서관까지 거의 대화를 나누지 않고 돌아왔다.

장서 정리를 시작하고 일주일 정도 지난 어느 날, 오토하는 낮에 일어나 텔레비전을 보면서 아침을, 일반적으로 말하면 점심을 먹고 있었다. 어제 녹화해 둔 미스터리와 연애를 뒤섞은 드라마를 봤는데, 여자 주인공이 어렴풋이 호감을 품은 상대방을 범인이라고 의심하는 장면이 지루하게 이어졌다.

"그만 좀 깨달아라. 범인은 그 사람이 아니라 그 사람의 형이야!"

오토하가 텔레비전을 향해 작게 말했을 때, 문을 두드리는 소리가 났다.

같은 기숙사에 사는 사람이나 본가에서 보낸 소포라고 생각해 문구멍을 내다봤는데, 자신과 비슷한 나이의 낯선 여성이 서있었다. 누구인지 의아해서 문을 열지 않고 "누구세요?" 하고 물었다. 뭐라고 말하는 것 같은데 이름까지는 잘 들리지 않았다. 어쩔 수 없이 체인을 걸고 문을 열었다.

어깨에 닿는 정도의 머리카락에 카디건, 롱스커트, 아주 평범한 복장인 여성이었는데 키가 크고 체형이 탄탄했다. 그래서인지 야무지고 남을 잘 돌보는 사람처럼 보였다. 운동 계열 동아리에서 부주장을 맡을 것 같은 사람이었다.

"죄송합니다, 누구시죠?"

한 번 더 묻자 그녀가 말했다.

"이와사키라고 합니다. 전에 여기 살았던 오다 사호의 친구예요. 여기 두고 간 물건이 있다고 해서 대신 가지러 왔습니다."

"아."

이 집에 왔던 날, 옷장 안에 든 상자 하나를 보고 사사이가 전에 살던 사람이 가지러 올 거라고 했던 말이 바로 생각났다.

"친구 말을 들어보니 상자…… 원래 귤이 들었던 상자라고 하던데요."

크기도, 내용도 맞다.

"아, 그거 여기 있는데요, 일단 윗사람에게 확인해도 괜찮을까요?"

"알겠습니다. 저도 일단은 사호의 신분증을 가지고 왔어요."

그녀가 사진 있는 운전면허증을 오토하에게 보여주었다. 얌전해 보이는 여성이었다. 나이는 오토하보다 한 살 위였다.

"그거 뒤집으면 여기 주소가 적혀 있어요. 한 번 주소 변경을 했다가 다시 본가로 돌아갔어요."

그녀의 말대로 면허증 뒤에 똑똑히 주소가 적혀있었다.

이것만으로도 충분히 증명은 되겠지만, 일단 문을 닫고 사사이에게 연락해 사정을 설명했다.

"그렇군요. 오다 씨의 대리인이 맞는 것 같습니다." 오토하의 설명을 듣고 사사이도 이해했다. "건네줘도 될 것 같습니다."

오토하는 옷장에서 상자를 꺼냈다. 지금까지 거기에서 움직인 적이 없었다. 내용물이 거의 들어있지 않은지, 어이없을 정도로 가벼웠다.

"여기요."

이번에는 체인을 풀고 다시 문을 열고서 상자를 건넸다.

"고맙습니다."

이와사키라고 이름을 댄 여성이 인사하고 받았다.

"······계절 옷이 들어있다고 해요."

"그렇군요?"

달리 뭐라고 대답하면 좋을지 몰라 오토하는 고개를 끄덕였다.

"신세를 졌습니다. 고맙습니다."

그녀가 한 번 더 고맙다고 하고 인사했다.

"그럼······."

오토하가 문을 닫으려고 했는데, 이와사키가 "저기요." 하고 말했다.

"네?"

"여기, 이상한 일은 없나요?"

"네?"

이상한 일? 이 기숙사를 말하는 걸까, 도서관을 말하는 걸까. 도서관이라면 뭐 이상한 일투성이라고 할 수 있겠는데······.

"여기요, 이 방이요."

이와사키가 상자를 든 채 턱짓해서 바닥을 가리키며 말했다.

"이상한 일이요? 방 설비나 배치인가요? 아니면 유령 같은 건가요?"

"유령이라고 해야 하나······."

이와사키가 오토하에게 가까이 다가와서 목소리를 낮췄다.

"사호가요, 이 방에 뭐가 있다고, 뭐가 나온다고 하면서 계속 무서워했어요. 자기가 없을 때 누가 방에 있는 것 같고, 누가 방에 들어왔다 나간 것 같은 분위기라고요. 한번은 일하다가 뭘 두고 가서 가지러 왔는데 옆방에서 소리가 났다고 해요."

"호오."

옆방이라면 분명 미나미의 방이다.

"도서관 사람들에게 말하고 알렸는데, 다들 별로 믿어주지 않았고 실제로 뭐가 사라지지도 않아서 사호도 증명할 수 없었어요. 그래서 완전히 겁을 먹고 일을 그만뒀어요."

"그랬군요."

"책을 정말 좋아해서 처음 일을 시작했을 때는 의욕이 넘쳤는데요."

"저는 아무것도 못 느꼈어요. 영감도 없고요."

그런가……, 역시 사호의 착각일까, 하며 이와사키가 고개를 갸웃거렸다.

"그런 탓에 이사할 때 허둥거리느라 이 짐도 깜박하고 나갔는데, 자기는 무서워서 가지러 오지 못하겠다고 해서 제가 온 거예요."

"그랬군요. 고생하셨어요."

그렇구나, 역시 아니었나, 하고 조금 아쉬운 표정을 지으며 이와사키가 돌아갔다. 그녀도 오다 사호의 말을 별로 믿는 것 같지 않았다.

그날 출근한 오토하는 무심결에, 정말로 별다른 의도 없이 생각이 나서 도서관 출입구의 대리석 벽에 묻힌 나방 표본 사진을 스마트폰으로 찍었다. 매일 거길 지나니까 나방에 대한 두려움도 조금은 흐려졌다.

"그거 어떻게 하려고요?"

접수처에 앉은 기타자토가 물었다. 입구에 사람이 있으니까 도서관 문을 열었을 때와 별로 다르지 않았다.

기타자토와는 지금까지 거의 대화한 적이 없었는데, 장서 정리를 시작하고 한 번 팀으로 엮인 적도 있어서 예전보다는 대화를 나누게 되었다. 그녀가 아주 성실하고, 글씨를 예쁘게 쓰고, 귀찮은 일을 나서서 하는 사람인 것도 알았다.

"어떤 곤충인지 조사해 보려고요."

"알 수 있어요?"

"이미지 검색을 해보려고 해요."

"호오."

그녀는 흥미 없다는 듯이 고개를 끄덕였다.

도서관 안으로 들어가며 오토하는 자기가 찍은 사진을 검색했다.

보랏빛 도는 남색에 비슷한 나방 사진이 잔뜩 나와서 순간 멈칫했다. 익숙해졌다지만 나방이 나무줄기에 잔뜩 붙어있는 사진을 보면 역시 오싹했다.

몇 개의 사진 중 비교적 비슷한 것을 발견하면 접속해서 이미지와 관련한 설명을 읽었다. 그러나 자세히 보면 전부 현관의 나방과는 무늬가 조금 달랐고, 설명문에 적힌 크기와도 맞지 않았다.

간단히 찾긴 어렵나……. 거의 포기하며 마지막 사진에 접속했는데 발이 멈췄다.

'KOUKO · KOBAYASHI'

설명문에 '말레이시아 원산. 일본인 여성의 이름이 학명으로 붙은 진귀한 나방. 일설에는 나방의 발견자인 이다 고조 교수와 친했던 여성의 이름이라고 한다.'라고 적혀 있었다.

고바야시…… 이 도서관에서 들어본 적 있는 이름이었다. 이 고바야시, 고바야시 고코 씨는 도서관 관계자일까?

오토하는 멈춰 선 채 위를 올려다보았다. 2층까지 뚫린 공간에는 천장까지 닿은 책장이 있었다. 이 서가를 만든 것도 '고바야시 씨'일까. 하지만 고바야시라는 이름은 흔한 성씨이기도 하다.

"히구치 씨."

뒤에서 소리가 들려 놀라 돌아보자 사사이였다. 뭔가 나쁜 짓을 들킨 것 같아서 급하게 스마트폰을 주머니에 넣었다.

"왜 그러세요?"

놀라기도 했고, 얼마 전 일 때문에 켕기기도 해서 조금 공격적인 목소리가 나왔다.

"아니요, 서있어서 무슨 일인가 하고요."

사사이가 주춤하며 물었다.

"아, 아니요. 죄송합니다."

"괜찮으세요?"

"물론이죠."

억지로 웃어 보였다.

"조금 전엔 번거롭게 죄송합니다. 오다 사호 씨 일이요."

"아, 괜찮아요. 상자를 건넸을 뿐이니까요. 그런데 오다 씨의 대리인이 좀 이상한 말을 했어요."

"이상한 말?"

"오다 씨가 기숙사 방에 뭐가 있다고 했대요. 다른 사람이 자기 방에 들어온 것 같다고, 그래서 그만두었다고 해요."

"아아."

사사이가 고개를 끄덕였다.

"오다 씨, 조금 예민한 분이어서 여기와 잘 맞지 않았어요. 저도 잘 대처하지 못해서 죄송할 따름입니다."

"그랬군요?"

"오토하 씨는 어때요?"

"네?"

사사이가 처음으로 이름을 불러서 그쪽에 정신이 팔렸다.

"오토하 씨는 지금 쓰는 방에 뭔가 마음 걸리는 게 있나요?"

"아니요, 이렇다 할 건……."

"다행입니다." 사사이가 싱긋 웃으며 오토하를 봤다. "여기 모두가 쾌적하게 일하고 지내는 것이 제 바람입니다."

"아아."

왠지 '여기 모두가'라고 자신을 그 외 대다수로 뭉뚱그린 것 같아서 조금 슬펐다.

"무슨 일이 있으면 바로 저한테 말하세요. 그렇지, 다카시로 미즈키 선생님의 여동생에게서 또 연락이 왔습니다."

"어, 뭐라고요?"

"역시 고양이 디자인은 그만두고 그냥 평범한 것으로 하겠다고요."

"아아."

오토하는 조금 아쉽긴 해도 그게 다카시로다운 것 같다고 생각했다.

"또 그 집에 가나요?"

"아니요." 사사이가 고개를 저었다. "앞으로는 디자인을 메일로 주고받기로 했습니다. 그 집도 매각이 정해졌다고 해요."

"정해졌군요."

오토하의 침울한 얼굴을 보고 사사이가 웃었다.

"장서 정리를 마치면 다카시로 미즈키의 책도 정리해야 합니다. 오토하 씨와 마사코 씨, 아코 씨는 또 바빠지겠죠."

"바로 장서를 전시해도 되나요?"

"뭐, 다른 작가와 마찬가지로 차례가 오면 발표하는 형태로도 괜찮을 것 같습니다. 여동생도 거기에 동의했고, 또 다 같이 의논하죠."

"네." 오토하가 잠깐 주변을 둘러본 뒤 물었다. "저기 청소하

모리 요코의 통조림 요리

시는…… 늘 청소해 주시는 고바야시 씨는 지금 어떻게 지내세요?"

"네?"

사사이가 오토하를 봤다. 표정이 경직되어 보이는 건 과한 생각일까.

"고바야시 씨는 오늘 쉬는 날입니다. 무슨 일 있나요?"

"아니요, 다른 사람…… 구로이와 씨나 기노시타 씨는 휴가 동안에 어떻게 하실지 들었지만, 생각해 보니 고바야시 씨한테는 물어보지 않은 것 같아서요."

"고바야시 씨에게는 제가 직접 들었습니다. 기본적으로는 휴가를 받되 일주일에 한 번 청소하러 오시기로 했습니다."

"아아, 그렇군요. 그리고 또……."

"뭐죠?"

사사이에게 나방에 관해 물어보려다가 입을 다물었다.

불현듯 그가 '오너에 관해서는 탐색하지 않는 편이 좋을 겁니다.'라고 말했던 것이 생각났다. 이 이상 그의 기분을 상하게 하기 싫었다.

"아니요, 아무것도 아니에요."

"그런가요? 그럼 실례하겠습니다."

사사이가 대답하더니 총총 스태프룸으로 들어갔다.

✦ ✦ ✦

나는 사사이 유즈루, 서른세 살이다.

오너는 내 이모다.

부모님은 초등학교 1학년 때 두 분 다 돌아가셨다. 교통사고였다.

아버지 쪽 조부모가 나를 거뒀다. 이때 내 친권을 두고 아버지 쪽과 어머니 쪽 조부모가 다퉜다. 양쪽 다 나를 거두겠다고 양보하지 않아 다툼은 재판까지 갔다. 결국 아버지 쪽이 이겨서, 돌아가신 부모님에게서 내가 받게 될 재산과 함께 나는 그들에게 보내졌다.

나중에 들었는데, 어머니 쪽 조부모는 아버지 쪽 조부모가 내 친권을 갖고 동거하는 것에 대략 동의했다고 한다. 대신 한 달에 한 번 이상의 만남과 긴 방학 때 놀러 오게 해달라고 부탁했을 뿐인데, 아버지 쪽 조부모는 '장남의 아들을 넘겨주지 않겠다.'라는 결심이 확고해서 그 만남까지 거절했고, 이런 저런 충돌 끝에 감정적으로 뒤틀리고 말았다고 한다.

그렇게까지 갈망해서 얻은 친권이지만, 고령인 조부모는 사춘기에 접어든 나를 버거워해서 전교생이 기숙사 생활을 하는 중·고등학교에 집어넣었다. 산속에 있어서 불량소년을 갱생할 수 있다고 유명한 곳이었다. 다만 그 실태는 거의 소년원이나 교도소였다. 제대로 된 부모라면 절대 들여보내지 않을 학교였다. 나는 전혀 엇나가는 학생이 아니었는데, 그런 평판을 모르는 조부모가 다짜고짜 입학시켰다. 교사들의 폭력, 학생들의 괴롭힘이 일상다반사여서 매일 지옥 같았다.

고등학생이 되었을 때, 아버지 쪽 조부모가 둘 다 돌아가셨다. 이미 어머니 쪽 조부모와는 연락이 끊긴 후였다. 집에는 나를 받아줄 사람도 없었고, 부모님 유산에서 학비와 기숙사비를 낸다는 연락만 있었을 뿐이다.

고등학교 2학년 가을, 나는 교장실에 불려 갔다. 거기에 교장 선생님과 중년 남성이 있었다.

"사사이 군, 이쪽은……."

조례에서 학생들에게 설교할 때만 활기 넘치고 평소에는 늘 기분이 별로인 교장이 비굴하게 웃으며 말했다.

"변호사인 스나가와 마코토 씨다. 네 친척분의 의뢰로 오셨다는구나."

그가 나를 돌아보았다. 테이블 위에 커피가 있었는데 입도 대지 않은 걸 바로 알았다. 그는 나를 보자 바로 일어났다. 키가 180센티미터쯤은 됐고, 가슴이 탄탄했다. 그 몸에 두른 정장이 교장이나 교원(대부분 추리닝을 입고 있다)이 입는 것과는 품질이 전혀 다르다는 것을 고등학생인 나도 한눈에 알았다.

"네가 사사이 유즈루 군?"

"네."

그러자 그가 교장에게 말했다.

"방에서 나가주시겠습니까? 단둘이 이야기하고 싶으니."

"아니, 그게……."

교장이 너무 놀랐는지 그를 멀뚱멀뚱 바라보았다.

"아니, 하지만…… 일단 미성년이기도 해서."

"조금 전에 제가 그의 후견인이라는 서류를 보여드렸지요?"

변호사는 머리 나쁜 사람을 대하듯이 하나하나 꼽아주는 말투로 말했다.

"네."

"정식 서류라고 말씀드리지 않았습니까? 지금은 제 의뢰인이 그의 친권자이므로 그분에게 의뢰받은 제가 그의 후견인인 셈입니다만?"

모리 요코의 통조림 요리

"뭐, 그렇습니다만……."

교장은 그래도 한동안 주저하며 그 자리에서 버텼으나, 스나가와 변호사가 그 모습을 빤히 쳐다보자 어쩔 수 없이 방에서 나갔다. 즉, 교장이 교장실을 비웠다.

"자, 거기 앉아라."

그가 지금까지 교장이 앉았던 자리를 당당하게 가리켰다. 자기 방처럼. 나는 묵묵히 그 자리에 앉았다.

"조금 전에 말했지만, 네 친권은 할아버지와 할머니가 돌아가신 뒤로 더 먼 친척에게 넘어갔어. 우리가 그 사람을 찾아냈고, 내 의뢰인이 정식 절차를 거쳐 친권을 가지고 왔지."

"그랬나요?"

"의뢰인의 전언이다. 할아버지, 할머니가 돌아가신 뒤에도 바로 데리러 오지 못해서 면목 없다고."

"네."

"그리고 정식으로 친권자가 되었으니 너를 데리고 가고 싶다고 하는구나."

"……네."

대답한 나는 말없이 그를 바라보았다.

"……아무것도 물어보지 않니?"

잠깐 침묵한 뒤, 그가 웃으며 말했다.

"예를 들면 뭘 묻나요?"

"의뢰인은 누구죠? 혹은 어떤 사람이죠?"

"의뢰인이 누구죠?"

나는 그대로 물었다.

"지금은 말할 수 없다."

이럴 거면 물어보라고 하지 말라고 생각했다.

"그럴 마음이 있다면 너는 여기에서 나가 그 사람에게 갈 거다. 적어도 여기보다는 나은 곳에서 네가 받고 싶은 교육을 받을 수 있는 걸 보증해. 교육을 받기 싫거나 그 사람과 잘 맞지 않더라도 스무 살이 되면 자유로워지지."

"흐음."

"갈 거지?"

그가 싱글 웃으며 물었다.

"어떻게 할까요?"

나는 어떻게 하면 좋을지 몰라 고개를 갸웃거렸다.

"극단적으로 말해 여기는 지옥이나 마찬가지지?"

"어떻게 아세요?"

"인터넷으로 검색했어. 여기 졸업생들이 이 학교를 형편없

모리 요코의 통조림 요리

다고 욕하더군."

"그렇겠죠."

"고민하는 이유를 모르겠군. 어딜 가든 여기보다 나을 텐데."

"그래도 당신이 진짜 변호사인지 모르고, 어쩌면 인신매매 두목일지도 모르고, 그 의뢰인이 소아성애자일지도 모르고."

여기에서는 TV를 거의 보지 못하지만, 예전 졸업생이 두고 간 구식 태블릿이 대대로 전해져서, 근처 러브호텔의 미약한 와이파이 신호를 잡을 수 있었다. 그걸로 나는 세계의 도시 전설 동영상을 자주 봤다.

그가 껄껄 웃었다.

"너는 이미 열세 살을 넘었지?"

"네, 그게 관계있나요?"

"소아성애자는 열세 살 이하의 아이를 상대하는 건데?"

"네. 그래도 어려 보인다고는 소리를 들으니까요. 의뢰인이 소아성애자가 아니어도, 말하자면 쇼타 콤플렉스라고 하나요. 그런 걸지도 모르고요."

"날씨가 좋구나."라며 그가 밖을 봤다. 정말로 날씨가 좋아서 새파란 하늘 아래, 운동복을 입고 힘겹게 운동하는 학생들이 보였다.

"시간이 얼마 없어. 너와 소아성애자가 뭔지 대화하고 싶진 않군……. 어쩔 수 없지."

그러더니 그는 스마트폰을 꺼내 뭔가 검색하더니 인터넷 동영상을 내게 보여줬다. 매스컴에 시달리는 외국인과 그 사람을 보호하듯이 걸어가서 차에 태우는 그가 찍혀있었다.

"이 사람, 아니? 재팬 전기의 사장."

얼마 전 탈세 의혹으로 체포된 유명한 외국인 사장의 이름을 말했다.

"이 사람의 변호사가 나야. 일본에서는 비교적 유명한 변호사지."

"흐음."

"고객도 골라. 돈 하나로 움직이지 않는다고 유명해."

"돈이 아니라면 뭐로 움직이나요?"

"우선 이거."라며 그가 자기 심장 주변을 두드렸다. "마음이지. 내가 받아들일 수 있는 의뢰여야 해. 또 앞으로 내게 도움이 될 일, 성장할 수 있는 일."

"재팬 전기 사장의 거액 탈세 사건이 성장할 수 있는 일이었나요?"

"뭐, 여기엔 이런저런 사정이 있어서. 아무튼 나도 일단은 신용이 있고, 신뢰하지 못하는 사람에게 너를 넘기지 않아."

"알겠습니다."

"알겠다니, 뭘?"

"당신과 갈게요."

"그건 또 성급하네."

"그야 정말 여기보다 나쁜 곳은 없으니까요."

그가 또 웃었다.

수십 분 후에 나는 그와 함께 나리타공항으로 출발했다. 정말 몸 하나만 가지고. 내가 같이 가겠다고 승낙하자, 그는 바로 교장을 불렀다.

"자, 우리는 이만 실례하겠습니다. 그의 짐을 정리해서 내 변호사 사무실로 보내주시죠."

그 말에는 나도 교장도 놀라 "엇?" 하고 반문했다.

"어차피 별로 짐도 없잖아요?" 사람을 부리는 데 익숙한 사람의 쾌활한 목소리였다. "그럼 갈까. 차를 대기해 뒀으니."

"아니, 하지만…… 아직 2학기 중반입니다. 다른 학생도 놀랄 테고, 아니, 슬퍼할 겁니다." 하고 교장이 초조하게 말했다.

그러자 스나가와가 나를 봤다.

"누구 작별 인사하고 싶은 친구가 있니?"

나는 고개를 저었다. 우리 반은 심각하게 거칠어서(뭐, 학교 전체가 거칠다) 다음에는 누가 괴롭힘의 표적이 될지 매일 겁먹으며 학교생활을 했고, 서로 의심만 했다. 사이좋은 친구 따위 한 명도 없었다.

"사사이 군은 퇴학 처리해 주십시오. 전혀 상관없으니."

또 뭐라고 중얼거리는 교장을 무시하고, 스나가와는 나를 얼른 차에 태웠다. 택시가 아니라 새까맣고 커다란 차였다.

차 안에서 그가 또 이야기를 들려주었다.

"내가 말하기는 그런데, 의뢰인은 너를 찾아내 친권을 얻기까지 상당한 희생과 돈을 치렀어. 시간도 들었고, 앞으로 부탁할 일이 있을지도 몰라서 남을 도와주기도 했고. 또 위험하기도 했지."

"돈이 그렇게 들었어요? 저 하나에?"

"물론. 저쪽에⋯⋯."

그가 길가의 맨션을 가리켰다.

"맨션 한 채 정도의 돈을 썼을 거야."

"그건 당신한테 낼 돈도 포함인가요?"

그가 살짝 헛웃음을 짓더니 그래, 하고 고개를 끄덕였다.

"그러니까 하고 싶은 말이 뭔데요?"

"딱히. 다만 아마 의뢰인은 너한테 그런 말을 하지 않을 테니까 일단 말해두고 싶었어."

그때부터 내가 긴장하기 시작했던 것을 기억한다. 내가 그 돈에 어울리는 일을 할 수 있을까, 그 사람이 후회하진 않을까, 짐작이 안 갔기 때문이다.

세 시간쯤 걸려 나리타공항에 도착했고, 그가 나를 근처 호텔의 일본 요릿집 개인실로 데려갔다. 스나가와가 개인실 문을 열자, 창가에 한 여성이 서서 밖을 보고 있었다. 거기에서는 나리타공항에서 떠나고 들어오는 비행기가 잘 보였다.

"데리고 왔습니다."

그녀가 돌아보았다. 엄마와 매우 닮은 50대 중반의 여성이었다.

"오랜만이다. 나를 기억하니?"

그녀가 말했을 때, 나는 조금 울고 싶어졌다. 의연하게 모르는 사람의 차를 타고 왔지만 역시 불안했던 것이다. 내 친권을 맡은 친척이 왜 이모인지, 그걸 이들이 왜 감췄는지, 아직 몰랐다. 사실을 알려줬다면 불안한 마음으로 차를 타지 않았을 텐데.

이모는 엄마와 열두 살이나 나이 차이가 나는 언니다. 부모님이 돌아가시기 전까지 1년에 한 번 정도는 만났다. 이모는 도쿄에서 독신으로 산다고 들었다. 이모는 만나면 꼭 뭐든 좋아하는 것을 사주었다. 아마 마지막으로 만난 것이 부모님 장례식이었을 것이다.

"왜⋯⋯."

다양한 의미를 포함한 '왜'였다.

왜 이모라고 알려주지 않았어요? 왜 지금에서야 나타났어요? 왜? 왜?

이모는 나를 보더니 고개를 갸웃거리고 스나가와를 봤다.

"이 옷밖에 없었어?"

그가 고개를 끄덕였다. 나는 학교 교복⋯⋯ 하얀 반소매 셔츠와 까만 바지를 입고 있었다.

"저기, 공항이나 호텔에서 갈아입을 만한 옷을 사다 주겠어? 이런 차림으로는 싱가포르에 못 가니까. 그래, 티셔츠나 청바지면 돼. 또 속옷도 몇 장쯤."

싱가포르에 간다고? 지금부터?

나는 너무 놀라 아무 말도 못했다. 눈물도 쏙 들어갔다.

스나가와가 얼굴을 찡그렸다.

"……그런 심부름을 한 적은 없는데. 일단 일본에서 가장 유명한 변호사거든."

"그럼 당신 사무실에 있는 젊은 사람을 시키지?"

"공교롭게도 같이 오지 않았어. 사람이 너무 많이 연관되면 안 되니까."

"그렇다면 당신한테 부탁할게. 나는 얘랑 해야 할 얘기가 있으니까."

이모가 테이블 위에 놓였던 연지색 가죽 핸드백을 열어 지갑을 꺼내 몇 장의 지폐를 스나가와에게 대충 내밀었다. 그는 어쩔 수 없이 내 옷 사이즈를 묻고 나갔다.

"미안하다."

그가 나가자, 이모는 그때까지 거만하게 굴던 태도와 달리 겸허하고 솔직하게 사과했다.

"오랜만이라 놀랐지? 이런저런 이유가 있어서 그랬는데, 그걸 당장 말할 순 없어. 앞으로 조금씩 설명할게. 아까도 말했는데 이제부터 너는 싱가포르에 갈 거야."

"어째서요?"

"지금 내가 거기에 사니까."

"싱가포르에 살아요?"

"나쁘지 않은 곳이야. 안전하고 밥도 맛있고, 느긋하게 지낼 수 있어."

"……저는 싱가포르에서 뭘 하면 돼요?"

"뭘 하든 좋아. 거기에서 학교나 하고 싶은 일을 찾으면 어떨까? 네가 좋으면."

"영어 회화 못하는데."

"괜찮아. 나도 잘하진 못하거든."

"엇."

"어떻게 할래? 고등학교는."

"지금 갑자기 물어도……."

"그렇지. 그럼 한동안 싱가포르에서 생각하면 돼."

"하지만 그러면 남은 2학기는 어떻게 돼요?"

"1년이나 2년쯤 빈둥빈둥 보내도 인생은 어떻게든 돼."

그런 대화를 나누는데 스나가와가 돌아왔다. 나는 그가 고른 티셔츠와 청바지로 갈아입고 입고 있던 것들은 전부 그 방 쓰레기통에 버렸다. 생각보다 훨씬 기분이 후련했다. 그리고 나는 그들이 준비한 항공권과 여권을 들고 곧장 싱가포르로 떠났다.

이모가 말한 대로 싱가포르는 정말 좋은 곳이었다.

이모의 지인이 빌려준 오차드로드의 부엌 딸린 호텔, 서비스 아파트먼트에서 지냈다. 매일 동물원이나 식물원에 가고, 이모가 아는 일본인이 경영하는 카페 일을 돕고, 아주 잠깐 영어 학교에 다니면서 지냈다. 카페에서 월급은 받지 못했다. 비자 문제로 일할 수 없었으니까. 그래도 점심을 제공해 줬고 고급 커피 원두를 선물로 받았다.

이모는 내가 학교에 적극적으로 가고 싶어 하지 않는 것을 알고, 싱가포르 기노쿠니야 서점에 데려갔다. 그곳에서 일본 책을 잔뜩 샀다.

"책을 읽으면 어지간한 건 배울 수 있어. 학교에 가지 않는 다면 일주일에 한 권을 읽고, 일요일에 저녁을 먹으면서 책 내용을 나한테 들려줘."

이모도 책을 좋아했다. 여유로울 때는 늘 책을 손에 들고 있었고, 책만큼은 원하는 대로 샀다.

며칠이 지나고 이모는 내가 책을 전혀 읽지 않는다는 것을 알아차렸다.

"왜 책을 안 읽니?"

이모가 의아하게 물었다.

"재미없어서……"

"지금까지 어떤 책을 읽었는데?"

나는 대답 없이 고개만 갸웃거렸다.

"뭐든지 좋아. 몇 권 정도만 말해볼래?"

그래도 나는 대답하지 못했다.

"그럼 소설. 소설이라면 어떤 걸 읽었니?"

"『달려라 메로스』."

"그거 학교 교과서에 실린 거지?"

"『주문이 많은 요리점』."

"그것도 교과서에 실렸네?"

이번에는 이모가 몇 권인가 책 제목을 거론했다.

"『한밤중 톰의 정원에서』는? 『파브르 곤충기』는? 『빨간 머리 앤』은? 『셜록 홈스의 모험』은? 아니, 뭐든 좋으니까 셜록 시리즈는?"

잠시 후, 그녀가 한숨을 쉬었다.

"책을 읽은 적 없구나? 읽는 습관이 없는 거지?"

"맞아요."

초등학교 1학년 때 부모님이 돌아가신 뒤로 내게 책을 읽으라는 사람이 아무도 없었다.

그날 밤부터 이모는 저녁을 먹고 한 시간씩 같이 소파에 앉

모리 요코의 통조림 요리

아 책 읽는 시간을 가졌다. 그래도 별로 즐겁지 않았다. 나는 책에 집중하지 못해서 문장을 읽어도 기쁨이란 걸 얻지 못했다. 금방 산만해져서 책에서 고개를 들고 멍하니 방을 둘러보았다.

내 상태를 지켜본 이모는, 이번에는 소파에 앉아 내게 책을 읽어주기 시작했다. 처음에는 「엘머의 모험」 시리즈부터.

책 앞부분, 고양이가 말을 걸어 엘머가 배에 타는 지점까지 읽고 이모가 책을 덮었다.

"그래서 어떻게 됐어요?"

나도 모르게 물었다.

"뭐가?"

"엘머는 배를 타고 어디까지 갔어요? 다른 사람한테 들키지 않았어요?"

그러자 이모가 조금 더 읽어주었다.

그렇게 자기 전에 이모는 한 시간씩 책을 읽어주었다. 나는 드디어 이야기의 즐거움을 알았다. 하여간 다음 이야기가 궁금했다. 엘머는 용과 만났을까, 정글에서 다른 사나운 동물들에게 들키지 않고 도망칠 수 있었을까…….

며칠 후, 나는 이모가 외출한 낮에 혼자 책을 펼치고 그다음을 읽기 시작했다.

그때부터 「엘머의 모험」 시리즈를 전부 읽고, 『셜록 홈스의 모험』을 읽고, 일본 현대 소설도 읽으면서…… 마침내 독서하는 습관이 몸에 뱄다.

싱가포르에서 지낸 지 석 달쯤 지난 어느 날 아침, 이모가 컴퓨터를 보며 "애, 다음에는 유럽에 가지 않을래? 이탈리아라든지."라고 말했다.

"이탈리아?"

"파리도 좋아."

나는 커피를 만들며 물었다. 나는 커피를 그다지 좋아하지 않지만 카페 사람에게 어떻게 만드는지 배웠다. 이모가 "맛있다, 맛있어." 하고 칭찬해서 커피 내리는 일은 내가 이 집에서 하는 유일한 일이 되었다.

솔직히 유럽에 전혀 가고 싶지 않았다. 싱가포르의 공기가 마음에 들었고, 카페에서 같이 아르바이트하는 일본에서 온 여자애를 조금 좋아하기도 했다. 그 친구가 내게 영어를 가르쳐줬고, 쉬는 날에는 카통이나 부기스를 안내해 줬다.

"네가 고등학교에 다닌다면 한동안 여기 있어도 된다고 생각했는데 그게 아니라면 출국하고 싶어."

이모가 진지한 표정으로 말했다.

"틀림없이 마음에 쏙 들 거야. 이탈리아에 가면 시골 농가에서 운영하는 호텔이나 민박에 묵고 싶어. 밥이 맛있어."

내년에 또 여기 돌아올 거라고 해서 나는 내키지 않지만 그러자고 했다.

이탈리아 또한 멋졌다. 나는 역시 무급으로 근처 포도밭 일을 돕고, 이탈리아어 학교에 잠깐 다니고, 농가 사람에게 운전하는 법을 배웠다.

이모는 영어보다 이탈리아어를 잘해서 내게도 가르쳐주었다. 젊었을 때 이탈리아 미술 대학에 잠깐 다녔다고 한다.

그러나 또 석 달이 지나자 이모가 말했다.

"얘, 다음에는 캄보디아에 가지 않을래? 앙코르와트에서 역사와 미술을 공부하자."

이렇게 그녀와 전 세계를 여행하다가 알았는데, 이모는 '영원한 여행자'라고 불리는 부류였다. 어느 나라에서든 반년 이상 거주하면 세금을 내야 하는 의무가 생긴다. 그 제도를 역이용해 비자 없이 머물 수 있는 나라를 반년 이내에 이동하며 집이나 거주지를 갖지 않음으로써 합법적으로 세금을 전혀 내지 않는 사람들이었다.

다만 나와 이모가 만났을 무렵부터일까, 그런 '영원한 여행자'에게 납세를 의무화하는 제도가 세계적인 규모로 생기기 시작했다. 그래서 추급은 더 엄격해지고, 일본에서 납세 의무가 발생할 가능성도 있었다. 그래서 이모는 최대한 사람들에게 알리지 않고 일본에 입국해야 했고, 꼭 필요 경우에 최소한의 사람에게만 어디에서 지내는지 알렸다.

"그래도 네가 고등학교에 다니고 싶다고 하면 어딘가에 정착할 생각이었어. 그건 진짜."

자기 생활 방식을 설명하면서 이모가 말했다.

"그래도 고등학교에 갈 마음이 없는 것 같았으니까."

"마침 잘됐다고 이용했어요?"

"하하하, 들켰네."

둘러대는 말이라고 생각했는데, 예상치 못한 일이 벌어져서 정착하겠다던 이모의 말이 진실이었던 것을 알았다.

이모와 몇 년간 전 세계를 이리저리 돌아다녔다. 하와이, 파리, 태국, 인도에도 갔다. 런던에서는 영화에 나온 5성급 호텔에 장기 체류했고, 말라카에서는 1박에 천 엔인 도미토리에 묵은 적도 있었다. 그래도 대부분은 지인의 별장이나 민박에서 살았다.

어느새 내 영어 실력이 더 좋아졌고, 다음에 갈 곳을 내가 제안하기도 했다.

전환점은 내가 스무 살이 되기 조금 전에 찾아왔다. 어느 날 아침, 갑자기 침대에서 일어나지 못했다.

"아마 지금까지 피로가 쌓였을 거야."라며 이모가 웃었다.

그때 우리는 하와이에 살고 있었다.

일을 돕고 있던 커피 농장에 하루 쉬겠다고 이모가 대신 전화를 걸어주었다. 이모가 "오늘 유즈 몸 상태가 갑자기 안 좋네. 이런 걸 우리말로는 도깨비 곽란霍亂이라고 해."라며 어딘지 즐겁게 말하는 목소리를 침대에 누워 들었던 게 지금도 똑똑히 기억난다.

그런데 다음 날에도 나는 아침에 일어나지 못했다. 그다음 날도, 그다음 날도.

"대체 왜 이럴까? 일단 병원에 가볼래?"

처음에는 전혀 걱정하지 않았던 이모의 안색이 점점 심각해졌다.

열도 없고 기침도 안 한다. 그러나 몸이 너무 나른해서 일어나지 못하겠다. 계속 뱃멀미에 시달리는 것 같았다. 작년에 호화 여객선을 한 달쯤 타본 적이 있어서 뱃멀미의 감각을 안다. 아니, 뱃멀미처럼 구역질이나 현기증은 없다. 그저 기분 나쁜데도 배에서 내리지 못하는 절망적인 느낌과 비슷했다. 정신적인 뱃멀미라고나 할까.

동네 사람의 차를 빌려 섬에 있는 종합 병원에 갔다. 진단은 바로 나왔다. 가벼운 우울증.

"이를 어쩜 좋을까?"

그때까지 허둥거리거나 초조한 적이 거의 없던 이모가 집에 오는 차에서 처음으로 쩔쩔매는 목소리를 냈다.

"자면 낫겠죠. 약도 받았고."

내 쪽이 차분했다.

그런데 그러지 않았다. 그 후로 한 달쯤 나는 방에 틀어박혀 지냈다.

이모가 나를 오아후섬에 데리고 가서, 하와이에서 가장 크고 평판 좋은 병원에서 진단받았다. 그 결과, 긴 요양 생활에 들어갔다. 일본어를 할 수 있고 실력 좋은 정신과와 정신분석 전문의도 찾았다.

내 병은 역시 초등학교 1학년 때 부모님을 잃고, 친척이 다툼을 벌이고, 문제의 그 학교에 들어가서 매일매일 신경을 소모한 것이 원인이었나 보다.

"나 때문일까? 내가 전 세계로 끌고 다녔으니까."

이모가 그러면서 조금 울었다.

나는 "아닐 거예요. 게다가 설령 병에 걸렸어도 즐거웠으니까 별로 상관없어." 하고 대답했다.

"상관있지."

"그보다 슬슬 미국에서 나가야 하지 않아요?"

'영원한 여행자'인 이모의 기한이 다가왔다.

"너는 아무 걱정 안 해도 돼."

내가 무슨 의미인지 묻자, 이모가 대답했다.

"너랑 살면서 알았어. 나는 네가 이 세상에서 제일 소중해. 그러니까 아무것도 걱정하지 마. 나는 서류 같은 건 잘 모르지만, 어려운 건 전부 스나가와가 해줄 거야."

"그래도 돈이 들잖아요."

"돈으로 해결할 수 있는 것만큼 편한 일도 없어."

이모는 여기저기 연락해서 한동안 하와이에 살기로 했다. 납세는 물론이고 비자와 통원비, 막대한 상담료까지, 여러모로 힘들었을 것이다. 그래도 이모는 그때 모든 것을 내던지고 나를 치료해 줬다.

이모도 상담에 다녔다. 정신분석 전문의가 우리에게 요구

한 것이었다. 내 병은 나 혼자만의 문제가 아니라 장기간에 걸친 친척들과의 관계에서 왔다고 진단받았기 때문이다. 그녀도 그것을 받아들이고 나와 다른 시간에 같은 정신분석 전문의에게 이런저런 상담을 하고 이야기를 나눈 듯했다.

1년쯤 지나 나는 평범하게 밖에 나갈 수 있게 되었다. 외출할 수 있게 된 날은 둘이 할레쿨라니 호텔에 아침을 먹으러 갔다. 바다를 보며 이모가 말했다.

"역시 너는 동생이 준 최고의 선물이었어."

"그래요?"

"덕분에 내 정신까지 건강해졌어."

치료를 마친 뒤에도 우리는 한동안 오아후섬에서 살았다. 이모는 다른 곳으로 이주하면 내 병이 나빠질지 모른다고 걱정하는 것 같았다.

어느 날 아침, 커피를 내리며 내가 말했다.

"역시 어디든 학교…… 가능하면 대학에서 공부하고 싶어요."

이모는 미소가 얼굴 전체로 천천히 번지듯이 웃었다.

"그거 괜찮겠네?"

분명 이모는 내가 그런 말을 꺼내길 기다렸을 것이다.

"그리고."

모리 요코의 통조림 요리

다음으로 할 말은 대학에 가는 것보다 용기가 필요했다.

"이모의 아들이 되고 싶어요. 부모 자식 사이가 되고 싶어요."

스무 살이 되면 이모가 가진 내 친권이 끝난다.

이모는 고개를 저었다.

"고마운 이야기지만 네 아버지의 성씨인 사사이를 남겨야지. 동생도 그러기를 바랄 거야. 게다가 이미 부모 자식이나 마찬가지잖아."

이모는 이것만은 고집스럽게 양보하지 않았다. 그래서 나는 이모의 양자가 되지 못했지만, 내 부모라고 생각하고 그렇게 대했다. 이건 내 쪽에서 양보하지 않았다.

혼자 일본으로 돌아가 고등학교 검정고시를 치렀다. 합격후, 필리핀에서 다시 영어를 배우고 미국 대학에 진학했다. 비용은 물론 이모가 대주었다.

이렇게 이모와 내 세계 여행은 정말로 끝났다. 그녀는 또 여행을 떠났다. 그 이후로 두 번 다시 같이 사는 일은 없었다. 그녀는 여전히 혼자 여행했고, 때때로 연락을 주고받았다.

그런데 5년 전, 이모가 선언했다.

"나 일본에 돌아갈 거야."

얼마 전부터 이모 같은 '영원한 여행자'에 대한 규제가 더욱 엄격해졌다. 이제 세금을 내지 않고는 살아가기 어려웠다.

"규제 문제도 있지만 슬슬 여행에도 지쳤어. 슬리퍼 신고 나가서 소바를 서서 먹을 수 있는 곳에 살고 싶어졌어. 또 하고 싶은 일도 찾았어."

당시 나는 대학을 졸업하고 도쿄 IT 관련 회사에서 일하고 있었다.

이모가 하고 싶은 일이 '밤의 도서관'이었다. 이모는 미술을 공부하면서 과거를 보존하는 것에서 큰 의미를 찾았다.

"과거보다 지금이 진화했다는 건 지나친 자만심 아니니? 공업이나 과학, 화학이라면 몰라도 미술이나 예술이나 문학은 계속 진화하는 게 아니니까."

이모는 아카데미아 미술관 다비드상 앞에서 이렇게 말한 적이 있었다.

"아마 이것과 똑같은 건 지금은 못 만들겠지. 모사하는 의미가 아니고서는."

"흐음."

"그러니까 나는 과거를 봉인하려고 해."

나는 '밤의 도서관'이라는 구상을 듣고 바로 말했다.

"그거 나도 같이하게 해줄래요?"

이야기를 듣고 뭔가 감이 딱 왔다. 이모가 그 일에 목숨을 거는 이유도 어렴풋하게 알 것 같았다. 지금까지 이모에게 받은 은혜를 갚을 수 있다는 것도.

내 말을 듣고 이모가 고개를 끄덕였다. 여전히 미소가 얼굴 중앙에서 서서히 끝으로 퍼지듯이 웃으면서.

아마 내가 이렇게 말할 줄 알고 있었겠지.

✦ ✦ ✦

"휴가, 뭐 하면서 보낼지 정하셨어요?"

오토하는 도서관이 휴관에 들어가 두 번째로 맞이한 휴일, 「빨간 머리 앤」 드라마를 본 뒤 물었다. 미나미가 마사코와 아코의 얼굴을 쓱 봤다. 특별히 의식한 것은 아닐 테지만 마사코는 시선을 내리깔았고, 아코는 시선을 피했다.

"……저는 우선 여기로 부모님을 오시게 할 생각인데요."

오토하는 다른 사람들에게 별로 관심이 없어서 두 사람의 태도를 개의치 않고 말했다. 솔직히 자기 이야기를 하고 싶어서 꺼낸 대화였다.

"어머, 그거 잘됐네."

그 말을 듣고 마사코가 얼른 고개를 들었다.

"벌써 말씀드렸어?"

오토하는 아코가 직접 만든 피자에 손을 뻗으며 고개를 끄덕였다. 아코는 모임 때면 카레나 피자, 키슈 등 젊은 여자가 좋아하는 음식을 꼭 만들어왔다.

"부모님도 일하니까 주말에만 오실 수 있어서요."

"어디 갈지 정했고?"

"그게 고민이에요. 가고 싶은 곳을 말해달라고 부탁했는데 어디든 괜찮다는 거예요. 어디든이라고 해도…… 우에노동물원이나 도쿄타워나 롯폰기힐스도 전부 여기에서는 멀잖아요. 이 근처의 산이나 밭을 보면 고향과 별로 다르지 않다고 또 실망할 것 같아서……."

"그건 '딸과 함께라면 어디든 괜찮아.'라는 의미야."

아코가 아이스티를 따라주며 웃었다. 이것도 그녀가 만든 것이다. 향이 그윽하고, 상쾌한 민트 냄새가 조금 났다. 이곳의 좁은 베란다에서 페퍼민트를 키운다고 한다.

"부모는 그런 법이지. 어디 특별한 곳에 가고 싶은 게 아니야. 딸 얼굴을 보고 대화하면 그걸로 만족해."

"에이, 우리 부모님은 그렇게 쉽지 않아요! 취직한 걸 두고

도 거리낌 없이 툭툭 말했고, 저를 전혀 인정해 주지 않는걸요. 이번에도 틀림없이 설교할 거예요."

오토하가 얼굴을 찌푸렸다.

"그렇지 않아. 기숙사 방을 보여드리고 도서관을 보여드리면 되지 않을까? 어떤 곳에서 일하는지 걱정하시잖아?"

마사코도 동의했다.

오토하의 취직을 두고 부모님이 반대한 것은 모두에게 말한 적 있었다.

"그럴까요?"

"그럼, 그럼. 방에서 주무시게 하고, 역 앞 상점가에서 쇼핑하고 가능하면 도서관 내부도 보여드릴 수 있게 해달라고 하면 어때?"

"아, 그래도 휴관 중인데……."

"그날만 열쇠를 빌려달라고 하면?"

"그럴 수 있어요? 휴관하는 동안에 열쇠는 사사이 씨가 가지고 있죠?"

"사사이 씨, 여기에서 자전거를 타면 금방 가는 곳에 사니까 의논해 보지? 열쇠를 받고 반나절 안에 돌려주겠다고 하면 아마 괜찮을 거야."

"생각해 볼게요."

오토하는 어쩔 수 없다는 듯이 대답했으나 그들이 하는 말에도 일리가 있다는 생각이 들었다. 게다가 그 코스라면 돈도 별로 들지 않는다. 부모님과 만난 뒤, 세부로 단기 유학하러 갈 생각도 했으나 자료를 받아보기만 하고 아직 고민 중이었다.

"부모님이 방에 묵으시면 침구 빌려줄 테니까 말해."

마사코가 말했다.

"어, 마사코 씨는 괜찮으세요?"

"응. 나는 여행을 좀 다녀올 생각이니까."

"와, 좋겠다. 혼자요?"

미나미가 묻고 나서, 조금 멋쩍은 표정을 지었다. 대단치 않은 질문이지만 마사코의 사생활에 발을 들이민 것을 깨달았으리라.

"그럼." 마사코는 미나미의 걱정을 웃어넘기듯이 밝게 대답했다. "온천에 갈 생각이야."

"온천 삼매경! 우아하네요."

"그렇게 우아하지 않아. 산속의 작은 여관이야. 방도 두 평 조금 넘는 좁은 방이고, 이부자리랑 TV 정도만 있는 곳이야. 예전에는 탕치로 이용하던 온천이라 공동 부엌도 있어서 요리할 수도 있어. 잠만 잔다면 하룻밤에 5천 엔 이하야."

"예전에는 그런 여관이 제법 있었지."

아코도 말을 보탰다.

"그래도 부엌일을 하는 건 귀찮으니까 간단한 식사를 요청할 생각이야. 인터넷도 스마트폰도 거의 안 되는 곳이래."

"어, 그런 곳에 가서 뭐 하시게요?"

오토하는 무심코 물었다.

"그야 당연히 독서 삼매경이지. 지금까지 읽지 못한 책을 가지고 가서 마구 읽을 생각이야."

모두 "좋네요." "우아하다." "마사코 씨답다."라고 말하는 것을 마사코는 웃으며 바라보았다. 그런 칭찬하는 말이 잦아들자, 조용히 속삭였다.

"거기에서 끝을 볼 생각이야."

"네? 뭐를요?"

그래도 그 이상은 대답하지 않았다.

"비밀."

수수께끼의 미소만 남았다.

"아코 씨는요?"

미나미가 물었다.

"나는 집을 처분할 생각이야."

"네?"

오토하와 미나미가 놀라서 소리를 높였다. 마사코는 뭔가 말하지 않았으나 아코의 얼굴을 가만히 바라보았다.

"계속 고민했어. 시골에 집……이 아니라 가게인데, 아주아주 작은 서점을 어떻게 할까 하고. 인터넷 서점이 많아지니까 전혀 책이 팔리지 않아서 오랫동안 닫아뒀거든. 그렇다고 내부를 정리할 마음도 영 들지 않네."

"……괜찮겠어?"

마사코가 아코의 표정을 확인했다.

"응. 결심했어. 아무것도 없는 동네고 좁고 낡았지만, 그래도 역 앞 로터리니까 팔아달라는 사람이 나타났거든. 편의점을 만들겠대. 금액도 나쁘지 않아. 내가……."

아코가 입술을 한 번 핥았다.

"판 돈을 가족과 나눠도 노후 자금 정도는 나올 것 같더라."

"가족도 찬성하셨어요?"

아코의 가족 이야기를 전혀 들은 적 없다는 걸 오토하는 깨달았다.

"어떨까? 모르겠네. 아니, 오히려 가게를 어쩌고 싶은지는

모리 요코의 통조림 요리

아무 생각도 없을 거야. 거기에 다시는 돌아오지 않겠다고만 정했을 테니까. 그러니까 괜찮아. 오히려 이렇게 하면 기뻐하겠지."

주어를 알 수 없는 이야기였다. 그래도 캐물을 수 없었다.

"아코 씨가 괜찮다면야 괜찮겠지만……."

"팔아서 돈을 주면 그 아이를 위해서도 좋지. 지금은 계좌 이외에 그 아이와 연결된 건 없으니까."

자기 자신에게 들려주는 듯한 말투였다.

"그 아이요?"

거기까지 들었으니 모르는 척할 수도 없어서 오토하가 물었다.

"응, 딸."

"따님이 계셨군요."

"응. 지금은 간사이 쪽에서 일해. 아마 그럴 거야. 어쩌면 결혼했을지도 모르지. 그랬으면 기쁘겠네. 아니, 결혼했으면 좋겠다는 게 아니라 누군가 같이 있어 줄 사람이 있어서 행복하다면 기쁠 거야."

아코는 자기가 말하고 자기가 끄덕였다.

"괜찮으세요, 아코 씨?"

미나미가 걱정스럽게 물었다.

"괜찮아. 딸이랑 내 사이가 잘 안 풀린 건 다 내 잘못이야. 전부 내가 나빴어. 딸한테 과하게 기대를 걸었어. 남편은 딸이 어렸을 때 죽었는데, 그 후로 이렇게 해라, 저렇게 해라, 너무 과하게 참견했어. 계속 곁에 있어주렴, 고등학교도 대학교도 근처로 가라, 취직도 우리 가게를 물려받으면 되고 가능하면 데릴사위를 들이라고 했고……. 강하게 요구할 생각은 없었어. 넌지시 소원을 말했을 뿐이라고 여겼어. 그래도 딸한테는 부담이었나 봐. 딸은 내 말에 칭칭 얽매였고, 정신 차리고 보니 도쿄에 있는 대학에 가겠다며 집을 나가버렸어. 그 후로 만나지 않았어. 사촌과는 연락을 주고받으니까 살아있는 것만은 알아. 그래도 나와는 말하기 싫대."

"그런 일이 있었군요."

"은행 계좌는 딸이 가게를 도와줬을 때, 아르바이트비를 입금해서 모아줄 테니 결혼할 때 결혼 자금으로 쓰라고 내가 만들어준 거야. 딸도 계좌번호를 알고 있어. 거기에 돈을 입금하는 게 지금 나와 딸의 유일한 연결고리야."

모두 입을 다물었다.

"……괜찮아. 여기에서 일할 수 있어서 나는 정말 감사해.

그래서 결심이 섰어. 그 가게를 팔고 딸을 놓아 주겠다고."

미나미가 울 것 같은 표정으로 자길 바라보는 것을 알고 아코가 말했다.

"그리고 미나미 씨와 오토하 씨랑 지내면서 알았어. 열심히 일하는 젊은 사람들 모두 야무지고 다정하고 또 행복해 보인다고. 분명 내 딸도 똑같이 살고 있겠지. 그러니까 나도 혼자 살아가려고. 다 여러분 덕분이야."

정말일까. 오토하는 생각했다.

물론 진심이겠지만, 사실은 조금 기대를 걸었을지도 모른다. 큰돈을 입금하면 딸이 연락할 거라고.

아니, 그러면 좋겠다고 바랐고, 미미한 희망에 매달리는 아코가 안타깝기도 했다. 한편 부모와 자식 사이는 그들 본인만 안다는 것도. 자신들과는 잘 지내는 아코지만 딸에게는 같이 있기도 싫은 인간일지 모른다.

사람은 상대방에 따라 보여주는 얼굴이 달라진다.

"……저, 말할지 말지 고민했는데요."

미나미가 조심스러운 느낌으로 말했다.

"사실은 여러분에게 말하지 않을 생각이었는데요."

"뭔데?" 마사코가 물었다. "충격적인 고백?"

무거운 분위기를 풀 생각으로 일부러 과장된 단어를 사용하는 것 같았다.

"아니에요……. 아닌가, 조금은 그럴지도요. 이번 휴가에…… 도쿄에 가서 면접을 좀 보고 오려고요."

미나미의 목소리가 점점 작아졌다.

"어, 면접이라니. 취업 면접이요?"

오토하가 물었다.

"응. 말하지 않을 생각이었는데." 미나미가 아코를 봤다. "아코 씨가 충격적인 고백을 했으니까 말하고 싶어졌어요."

"어머, 나 때문이야?"

아코는 평소의 느긋한 분위기를 되찾았다.

"어째서요! 미나미 씨, 언제나 즐거워 보였는데."

오토하는 너무 놀라서 목소리가 어쩔 수 없이 커졌다.

"……여기 일에 불만이 있는 건 아니야. 오히려 반대야. 즐겁고, 다들 좋은 사람이니까……. 그래도 나, 사실은 책을 그렇게 좋아하지 않는 것 같아서요. 여러분처럼 책이나 소설에 정열을 퍼붓지 못하겠어요. 그러느니 이 일을 다른 사람에게 양보하는 게 좋겠다고 생각했어요."

"무슨 소리야."

모리 요코의 통조림 요리

"서적이나 소설을 사랑하는 사람만 도서관 직원이 되어야 한다고 생각하지 않아."

마사코가 차분하게 말했다.

"오히려 그런 걸 냉정하게 판단할 수 있는 사람도 도서관에는 필요해."

"고맙습니다."

미나미가 꾸벅 고개를 숙였다.

"그래도 다른 직장…… 평범한 회사원? 사무직도 한 번은 해보고 싶어요. 대학을 졸업한 뒤로 쭉 도서관에서 일했으니까 늘 오래된 책들만 상대했잖아요. 책이라는 걸 좀 더 외부에서 보고 싶어졌어요."

"그렇구나."

오토하에게는 충격적인 이야기였고, 미나미가 떠나면 비슷한 나이의 사람이 사라지게 되는 거라 불안했다. 그래도 응원해 주고 싶었다.

"아직은 몰라. 그야 전부 다 떨어질지도 모르고, 그럴 가능성이 더 높지. 면접을 보고 역시 여기가 좋다고 생각할 수도 있고."

미나미는 그렇게 말했지만, 오토하에게는 그녀가 거의 마음을 결정한 것처럼 보였다.

그날, 오토하는 방에 돌아와서야 생각이 났다.

오다 사호나 고바야시 고코의 이야기를 깜박한 것을.

+ + +

이모의 자산이 어디에서 나오는지 그 비밀은 오아후섬에서 휴양할 때 알 수 있었다.

젊은 시절, 이모는 이탈리아 볼로냐에서 미술을 공부했는데, 대학에 입학하기 전 잠시 그쪽 외국어 학교에 다녔다. 그 학교에는 각국 사람들이 모였는데, 그중에 아랍에서 온 집단이 있었다.

왕의 친족이라고 하는 남자와 그의 추종자 겸 보디가드 무리였다. 늘 대여섯 명이 함께 행동했다.

그들은 너무 횡포하게 굴고 저 잘났다는 듯이 무리를 이끌고 외국어 학교를 활개 치며 다녔다. 특히 왕의 친족이라는 무리의 보스를 다들 끔찍이 싫어했다. 그 보스 행세를 하는 남자는 반을 쭉 둘러보고 "여기 모두가 평생에 걸쳐 번 돈보다 내가 1년에 쓰는 돈이 많겠지."라느니 "이탈리아어를 공부해서 이탈리아 여자를 네 번째 아내로 데려가겠어." 같은 소리를 해댔다. 선생님들도 그를 싫어해서, 그가 조금 어색하게 발음하면 일부러 몇 번이나 다시 시키곤 했다.

그런데 어느 날, 이모는 그 무리 중 한 명이 학생 식당에서 곤란해하는 것을 보고 도와주었다.

"신용카드에 문제가 생겨 계산하지 못하는 것 같아서 돈을 빌려줬어. 다들 싫어했으니까 곤란해하는 그 사람을 보고도 모르는 척 도와주지 않았거든."

이모는 전부터 그가 집단에서 제일 젊고 제일 얌전하다는 걸 알고 있었다. 반에서 백안시당할 때마다 그만은 어딘지 슬픈 표정을 짓는 것도.

그는 고맙다고 하며 이모를 식사에 초대했다. 물론 다른 무리는 없이. 그는 이탈리아어는 서툴러도 영어를 유창하게 썼다. 어려서 영국에 유학한 적이 있다고 했다. 그는 왕족을 경호하는 사이사이 이모와 만나자고 했다. 그리고 몇 달간 진행되는 외국어 학교 커리큘럼 도중 이모는 그 사람과 사귀기 시작했다.

당시 이모는 일본에서 대학을 졸업하고 몇 년간 평범하게 회사 생활을 한 뒤에 유학하러 갔으니까 이미 서른 살이었다.

그는 모국의 대학을 갓 졸업했으니 한참 연하였다.

"동양인은 어려 보이니까 전혀 몰랐던 것 같아."

외국어 학교 수료일, 그는 이모에게 청혼했다. 게다가 놀랍
게도 왕의 친족은 거들먹거리는 밉살스러운 남자가 아니라
자기 자신이라고 고백했다. 이번 유학은 대학을 졸업한 축하
여행의 일환이고, 모국에 돌아가면 정부 요직을 맡기로 정해
진 것까지도.

"놀랐어. 경호상의 이유로 줄곧 경호원인 척했다는 거야. 또
왕의 친족인 걸 알면 사람들 태도가 달라지니까 그런 것 없이
다양한 사람과 만나고 싶었대. 일을 시작하면 외국으로는 거
의 나가지 못한다고 하니까."

그가 싫진 않았으나 이모는 거절했다. 이모에게는 앞으로
이탈리아 대학에 진학한다는 목적이 있었고, 그의 두 번째 아
내(그는 이미 기혼자로, 첫 번째 아내는 어려서부터 약혼한 사이였다)
가 되는 것도 싫었다. 또 그의 추종자가 고국에 이 상황을 보
고하자, 그의 부모가 대대적으로 반대했다. 뭐, 한참 연상인
외국인과 결혼한다고 하면 보통은 반대하리라.

그는 슬펐지만 어쩔 수 없었다. 그는 모국에 돌아가고 이모
는 이탈리아에 남았다.

그 후로도 외국에 거의 나오지 못하는 그를 대신해 이모가 몇 번인가 그를 만나러 갔다. 그때마다 그는 이모에게 '수당'을 줬다. 마치 정부 취급하는 것 같아서 내키지 않았지만 그에게는 얼마 안 되는 돈이고 달리 줄 수 있는 게 없다며 슬픈 얼굴로 말하니까 받을 수밖에 없었다. 그는 자기 쪽에서 청혼했는데 부모님이 이모를 거부한 것을 너무도 미안하게 생각하고 책임을 느꼈던 것 같다.

그렇게 다니는 동안 그의 아내가 하나둘 늘었다. 그의 세계에서는 정략적으로 어쩔 수 없는 일이라고 했다. 정말 필요했던 일인지, 단순히 그가 여자를 좋아했는지 이모는 알 수 없었다. 그래도 그는 아내가 늘 때마다 이모에게 거금을 건넸다.

그의 아내가 세 사람이 되었을 때, 그는 한 번 더 이모에게 청혼했다. 그는 서른 살, 이모는 슬슬 마흔이 가까운 나이였다. 지금 결혼하지 않으면 더는 아내를 가질 수 없으니, 이것이 마지막으로 결혼할 기회라고 했다. 그는 이미 여덟 명의 자식이 있는 일가족의 가장이었다.

"그런 곳에 들어갈 마음도 없고 아내가 되면 아마 그 나라에서 나오지 못할 테니까."

종교 문제도 있었다. 결혼하려면 개종해서 머리부터 발끝까지 뒤덮는 옷을 입고, 그가 준비한 집에 갇혀서 살아야 한다. 아는 사람이라곤 거의 없는 나라에서. 이모는 이슬람교를 결코 부정하는 것은 아니지만, 어떤 형태로든 신은 없다고 믿는 무신론자였다.

이모는 이번에도 그의 청혼을 거절했다.

그가 마지막으로 네 번째 아내를 들였을 때, 그는 또 막대한 돈을 이모에게 줬다. 이모는 평생 놀며 살아도 될 만큼의 돈을 손에 넣었다. 또 모국에서 금융 관련 요직에 있던 그는 투자에도 밝아서 이모에게 '영원한 여행자'로 사는 요령과 몇 가지 투자를 알려주었다.

그 시기를 전후해서 이모와 그의 남녀 관계도 끝났다고 한다. 그는 더욱 출세해서 정부 장관 중 한 명이 되고 일족의 우두머리가 되어 더욱더 바빠졌다. 동양에서 온 정체 모를 여자와 가볍게 만나는 것은 점점 불가능해졌다.

이모도 세계를 전전하는 생활에 익숙해졌다. 그와 이모는 벌써 10년 넘게 직접 만나지 않았을 것이다.

그는 지금도 이모를 자기 고문으로 고용해 때때로 스카이프를 써서 대화한다. 그것만으로도 아마 상당한 돈을 줄 것이다. 게다가 이 '밤의 도서관'에 후원자로 관여한다.

그는 지금도 이모를 사랑하고, 정신적 지주로서 의지하는 것이다.

'밤의 도서관'에서 도난 사건이 빈발하고 이상한 인간이 나타나자, 이모를 걱정해서 구로이와 씨를 보낸 것도 그였다. 일본 보안회사에 의뢰해 전직 경찰관 중 적임자를 찾았다고 한다. 변호사 스나가와를 이모에게 붙여준 사람도 그였다.

이모는 '밤의 도서관'을 짓기 위해 도쿄 교외에서 지금은 사용하지 않는 도서관을 발견하고 조금씩 개축했다. 그 과정에서 중개인이던 나이 많은 부동산 사장이 스토킹 같은 행위를 해서 이모는 너무 무서운 경험을 했다. 사람의 악의와 집착에 노출될 때마다 이모는 피폐해졌다.

이모도 점점 나이를 먹었다.

나를 처음 만났을 때와 조금 달라졌다고 느끼는 면인데, 이모는 괴팍해져서 사람과의 만남을 거의 끊어버렸다. 원래 그런 기질을 타고난 사람인데 나이를 먹고 고생하다 보니 더욱 현저히 사람들과 거리를 두었다.

나 이외에는 다른 사람과 직접 대화하지 않았다.

스카이프 등을 써서 도서관 직원 후보자들과 면접을 마치면 며칠간 누워 지냈다. "다른 사람과 대화하면 너무 지쳐."라고 했다.

"생생한 감정과 말이 나쁘진 않은데, 그걸 뒤집어쓰는 건 괴로워."

내가 보기에는, 이모가 과하게 신경을 쓰는 것 같았다.

그들과 대화한 뒤에는 한동안 혼잣말을 중얼중얼 한다. 그때 이렇게 말하면 좋았을 텐데, 이렇게 반응하면 좋았을 텐데, 그런 식으로 반응해서 마음이 상하진 않았을까……. 그런 후회를 입에 담는다.

그 상태에서 회복하려면 며칠간 잘 자고 기억이 흐려지기를 기다릴 수밖에 없다.

한 번은 어떤 기준으로 사람을 고르는지 물은 적이 있다.

"우선은 큰 상처를 받은 사람, 지쳐버린 사람."

이모가 즉각 대답했다.

나는 무심코 웃었다. 책과 관련된 일을 하다가 괴로움을 겪은 사람을 구하고 싶은 건 꽤 좋은 이유라고 생각했으니까. 그러나 이어지는 말을 듣고 웃음이 싹 가셨다.

"또 비밀이 있는 사람. 그걸 잘 써먹으면 내 말을 잘 들어줄 약점이 되거든."

"왜 그런 걸……."

모리 요코의 통조림 요리

"사람은 달라져. 앞으로 무슨 일이 있을지 몰라. 일이 생겼을 때 바로 대처할 수 있어야 해. 너와 여길 지키기 위해서야."

이모는 절대 다정하기만 한 독지가가 아니다. 예전부터 알고 있던 사실을 새삼스레 인식했다.

그때 나는 생각했다. 이모가 나를 지켜주는 것처럼 나는 이곳과 이모, 여기에서 일하는 사람 모두를 지킬 수 있을까. 어렵겠지만 어떻게든 해내야 한다.

지금까지 이모는 도서관의 드러난 곳에 서지 않고, 도서관과 기숙사를 청소하며 충분히 만족한 것 같았다. 도서관의 누구와도 대화하지 않지만, 그들을 제일 잘 아는 건 자기라고 때때로 자랑했다.

"그 사람이 읽는 책에 관해 대화하면 어떤 사람인지 알 수 있어."

"그래요?"

나는 잘 모르겠다.

"또 그 사람의 책장을 봐도 그래. 책장에는 그 사람의 갈망이 담겨 있어. 어떤 인간이 되고 싶은지 그걸 보면 알아."

사실 이모는 기숙사로 쓰는 연립주택의 마스터키를 갖고 있다. 그야 청소도 해야 하고, 그 집의 실질적인 주인이니 어쩔 수 없는데, 이모는 때때로 그들의 방에 들어가 책장을 살펴본다고 한다.

"뭘 하진 않아. 그냥 책장을 확인할 뿐이야."

이모가 점점 더 자기 껍데기 안에 틀어박혀 괴팍해지는 게 걱정이다. 앞으로 좀 더 주의를 기울여야 할 것이다.

어쩌면 이모는 자기가 생각하는 것 이상으로 왕의 친족이던 그 사람을 사랑했고, 그와 함께하지 못한 운명이나 그때의 판단을 후회해서 괴로워하는지도 모른다.

뭐, 그러냐고 물어봐도 아마 부정하겠지만.

이모가 사랑했던 그는 두 권의 저서를 냈다. 한 권은 자기 본명으로 낸 자국 경제에 관한 전문서, 또 한 권은 영어로 써서 은밀하게 영국에서만 필명으로 출판한 연애 소설이다.

그게 바로 이모가 이곳을 만든 이유 중 하나였다.

소설가인 그의 장서를 자기 곁에 두는 것.

예전에 이모는 그의 자택 도서실에 몇 시간이나 있었다고 한다. 혼자서, 때로는 둘이서. 그의 연애 소설도 이모의 조언을 들으며 그곳에서 탄생했다고 한다. 그는 사후 장서를 일본 '밤의 도서관'에 기증한다고 유언장을 작성했다. 그건 정체 모를 동양인 여성 개인으로서는 절대 받을 수 없는 것이었다.

여길 '밤의 도서관'으로 만든 것은 이모의 소원이었다.

처음 문을 열었을 때 왜 밤에만 여는지 물었는데, "낮에는 햇빛 때문에 귀중한 책이 상하니까." "그 사람의 나라와 일본의 시차가 여섯 시간이야. 그 사람은 밤에 연락하니까 밤에 움직이는 게 좋아."라고 했지만, 사실은 낮 시간의 도서관을 자기가 쓰고 싶기 때문이다.

낮이면 이모는 도서관의 진실한 주인이 된다. 오로지 책과 언어의 바다에 푹 빠져 독서를 이어간다.

이 도서관에 자기 재산을 퍼부었으니 나는 그 정도 사치는 누려도 된다고 생각한다.

다만 니노미야 기미코 사건으로 이모는 피폐해졌다.

"한동안 도서관을 닫고 싶어."

모든 보고를 마치자, 이모가 머리를 움켜쥐고 말했다.

"한동안이라면 언제까지요?"

내 목소리가 떨렸다. 히구치 오토하 씨도 살짝 알아차린 것처럼, 두 번 다시 이곳이 열리지 않을 것 같았다.

"한동안이라고 했으니까 한동안이지."

이모는 미간에 주름을 잡고 그렇게만 대답했다.

도서관과 함께 이모도 닫혔다.

쉬는 동안 어떻게든 이모를 열어야 한다. 사실 나는 지금 그 것만으로 머리가 꽉 찼다. 이곳을 지켜야 한다.

도서관 현관에 있는 나방 표본은 그가 보낸 것이다. 그는 여 러 대학과 재단에 기부하는데, 그중 곤충 연구도 포함되어서 신종 나방에 학명을 지어달라는 제안을 받았다.

이모의 이름은 고바야시 고코小林虹子, 무지개虹의 아이子라 고 쓰고 고코라고 읽는다.

✦ ✦ ✦

장서 정리는 휴가에 들어가기 이틀 전 거의 끝났다. 다행히 분실된 책은 없고, 장서인이 찍히지 않은 책(니노미야 기미코가 두고 갔을 책)만 두 권 발견되었다.

마지막 날에는 청소하고, 휴관을 마치고 손님을 맞이하기 위해 각자 준비하기로 했다.

장서 정리 담당인 오토하와 마사코, 아코는 시라카와 다다 스케와 다카시로 미즈키의 장서를 회의실에서 장서 정리실로 옮겼다. 휴가를 마치면 이 일부터 시작할 것이다. 손이 빈 다른 사람들도 도왔다.

"식당에 기노시타 씨가 출근했어."

짐차로 책을 운반하던 도중에 미나미가 귓속말했다.

"정말요?"

"야식을 만들어줄 거래."

갑자기 기운이 무럭무럭 났다.

책 운반을 마친 뒤, 마사코와 아코에게 말하고 서둘러 식당
에 가자, 정말로 카페에 밝게 불이 들어와 있었고 기노시타가
카운터 너머에서 일하고 있었다.

"기노시타 씨, 오랜만이에요!"

"아아."

그가 짧게 대답했다. 쑥스러운 건지 귀찮은 건지, 가볍게 고
개만 끄덕였다.

"뭔가 먹을 수 있어요?"

"응. 거기 앉아서 기다려."

미나미와 도쿠다와 함께 수다를 떠는데, 기노시타가 앞치
마를 두른 채 다가왔다.

"사실은 올 생각이 없었는데, 오늘이 장서 정리 마지막 날이
라고 생각하니까 뭔가 먹여주고 싶었어."

"고맙습니다!"

오토하가 꾸벅 고개를 숙이며 고마워했다.

"그래서 뭘 먹을 수 있어요?"

"생각난 게 어젯밤이어서 대단한 건 없는데, 여기 쟁여둔 통조림으로 만들 수 있는 음식도 괜찮지?"

"물론이죠."

"아까 밥솥 스위치를 급하게 눌렀어. 다 될 때까지 조금 걸려. 10분 정도."

"기노시타 씨, 몇 인분 정도 만들 수 있어요?"

"밥은 넉넉하게 지었고 통조림도 제법 있으니까 먹고 싶은 사람이 있다면 얼마든지."

"그럼 다른 사람도 불러도 돼요?"

"괜찮아. 또 수제 로컬 맥주도 사둔 게 있으니까 다들 뒤풀이라도 하면 어때?"

"신난다!"

오토하와 미나미가 1층으로 달려가 사사이와 마사코, 아코에게 말을 걸었다. 당연히 접수처의 기타자토에게도.

"저도 괜찮아요?"

"지금까지 거기서 밥을 먹은 적이 거의 없는데……."

모리 요코의 통조림 요리

다들 면목 없어 하면서도 기쁜 기색이었다.

오토하와 미나미가 식당으로 돌아가자, 이미 요리가 완성되어 테이블에 놓여있었다.

"그냥 있는 통조림으로 만들었으니까 너무 기대하지 마."

요리는 덮밥으로, 밥 위에 자잘한 생선을 네댓 마리 얹고 파를 뿌린 것이었다. 또 공기에 국물이 담겨있었다.

"……이거 뭐예요?"

"일단 먹어봐."

오토하는 밥그릇을 들고 작은 생선과 함께 밥을 입에 넣었다.

"……기노시타 씨, 맛있어요. 뭔지 잘 모르겠고 보기에도 단순한데 진짜 맛있어요."

"올리브유에 담긴 정어리 통조림을 프라이팬에 데우고 간장을 넉넉히 넣어서 밥에 참기름을 뿌린 거야. 그게 다야. 파는 여기 오다가 편의점에서 샀어. 뭐, 문 연 곳이 편의점뿐이었으니까. 제법 괜찮지?"

"네. 밥을 얼마든지 먹을 수 있겠어요."

"모리 요코의 에세이에 나온 요리야. 국물은 건조 미역과 달걀로 만들었고."

먹고 있는데, 그날 도서관에 출근한 사람들이 모두 모였다.

기노시타는 모두에게 어느 정도 배가 고픈지, 싫어하는 음식은 없는지 묻고 순서대로 정어리 덮밥을 만들어주었다. 모두 밥을 받자, 수제 로컬 맥주도 작은 병으로 가져왔다.

"소소한 뒤풀이네."

미나미가 오토하에게 속삭였다.

"맞아요. 미나미 씨."

"응?"

맥주병에 직접 입을 대고 마시던 미나미가 이쪽을 봤다. 모두 기노시타의 설거짓감을 조금이라도 줄이려고 병째로 마시고 있었다.

"그만둔다고 하지 마세요. 쓸쓸해요."

주변에 들리지 않는 목소리로 미나미에게 말했다.

"이런 거, 즐겁잖아요. 아마 다른 회사에서는 못 할 걸요."

"……뭐, 여기저기 보고 조금 생각해 볼게."

생각해 보겠다는 말에 모든 의미가 담긴 것 같았다.

미나미는 아마도 앞으로 일주일 동안 면접을 보거나 회사를 견학하며 정말로 조금 생각해 볼 것이다. 어떤 답을 내리든 오토하와 다른 사람들이 말리거나 부정할 수 없다.

모리 요코의 통조림 요리

조금 떨어진 곳에서 마사코와 아코가 나란히 앉아 밥을 먹었고, 기노시타가 두 사람에게 말을 걸었다. 보기 드물게 셋이 한 장면에 있는 순간이었는데 오늘 밤에는 그 외에도 그런 풍경이 있었다. 도쿠다가 사사이에게 뭔가 열심히 말하고 있고, 도카이와 기타자토도 같이 웃고 있었다. 두 사람은 연인으로 보일 정도로 잘 어울렸는데, 그렇다고 딱히 사귀는 사이는 아닐 것이다. 그래도 앞으로 그렇게 되어도 좋지 않을까.

여기 있는 사람들이 어떤 선택을 해도 괜찮다.

오토하 자신은 앞으로 사사이와 어떻게 될까.

가능하면 조금 더 가까워지고, 같이 있고 싶다. 그의 말을 듣고 싶다. 나중에 사사이 옆자리로 가야지. 밥을 먹으며 대화하고 싶다.

설령 그러지 못하더라도 지금 이 분위기가 귀중하고 너무도 좋은 시간이다. 하지만 아마도 이 시간은 영원하지 않겠지.

오토하는 슬쩍 식당에서 나왔다. 뒤를 살펴 아무도 자길 알아차리지 못한 걸 확인하고, 1층으로 내려갔다.

접수처 근처 여자 화장실을 들여다보자, 고바야시가 변기를 닦고 있었다. 바닥에 무릎을 꿇고 얼굴을 변기 안에 집어넣을 것처럼 걸레를 쥐고 필사적으로 닦고 있었다. 도서관 이용자가 없으니까 그렇게 지저분하진 않을 것이다.

그 모습을 가만히 바라보는데 왠지 묘한 감동이 가슴에 차올랐다.

"저도 도울까요?"

사실은 다른 말을 할 생각이었는데, 입에서 나온 말은 그것이었다.

고바야시가 천천히 이쪽을 보았다. 삼각건을 깊이 쓰고 커다란 마스크를 한 얼굴은 눈가가 언뜻 보일 뿐이었다. 그녀는 아무 말 없이 그저 고개를 저었다. 다시 변기를 닦았다.

"아니에요, 저도 도울게요."

그래, 어째서 지금까지 이러지 않았을까.

오토하는 고바야시가 늘 곁에 두는 청소 도구 짐차에서 걸레를 꺼내 고바야시가 청소하는 화장실 옆 개별실을 열었다. 거기는 옛날식 화장실이어서 순간 망설였지만, 고바야시보다도 더 깊게 바닥에 무릎을 꿇고 닦았다.

고바야시는 아무 말도 하지 않았다.

"그만두지 말아 주세요."

오토하는 변기를 바라보며 말했다. 역시 대답은 없었다. 들리지 않았나 싶어 한 번 더 반복했다.

모리 요코의 통조림 요리

"저는 고바야시 씨가 도서관 오너일 것 같다고 생각해요…….
저는 여기가 소중해요. 그러니까 그만두지 말아요……."

"……당신은 서점에서 일할 때, 사건을 일으켰지. 여기 오기
전에."

처음으로 제대로 듣는 고바야시의 목소리였다. 생각보다
생기 있고 젊고 아름다운 목소리였다. 다만 그보다도 내용에
놀랐다.

"어떻게 아세요?"

"당신 혼자 있을 때, 금전출납기에서 돈이 사라져서 범인으
로 몰렸지."

"그건 아니에요. 저는 안 했어요."

"그래도 서점을 그만둔 이유는 그거잖아. 하지만 다른 사람
들에게 말하지 않았어. 내가 말해도 될까?"

"네?"

"당신 부모님이나 사사이에게 말해도 돼? 진실을."

"무슨……."

"그게 싫다면 괜한 참견은 하지 마."

오토하는 걸레를 움켜쥔 채 고바야시의 뒤로 가서 청소하
는 그녀를 바라보았다.

면접 때, 오너는 서점을 그만둔 이유를 묻지 않았다. 그럴 필요 없었다. 이미 알고 있었으니까.

　"그건 제가 한 게 아니에요. 절대로 아니에요."

　오토하는 돈을 훔친 사람이 점장이라고 의심하고 있었다. 하지만 확증이 없고, 그에게는 가족이 있다. 소동을 일으킬 수 없었다.

　"고바야시 씨가 알리고 싶다면 상관없어요. 아니, 제가 직접 사람들한테 말할게요. 그러니까 여길 계속해 주세요. 저도, 다른 사람들도 여기가 필요해요. 여기가 없어지면 갈 곳이 없는 사람도 있어요. 그리고 오너에 관해서 아무에게도 말하지 않을 테니까요."

　고바야시가 천천히 돌아보았다. 오토하의 눈을 빤히 봤다.

　"말하지 않아도 돼."

　"네?"

　"당신이 훔치지 않은 걸 알아. 믿었으니까 여기에 불렀지."

　갑자기 눈시울이 뜨거워졌다.

　"그만 가보도록 해. 다른 사람들에게 돌아가."

　"하지만……."

　"괜찮아. 당신들이 곤란한 일은 안 할 거야. 내가 여기에 부른 책임이 있으니까."

"정말이세요?"

"내가 책임을 진다고 하면 질 거야."

"……알겠습니다."

오토하는 걸레를 돌려놓고 세면대에서 손을 닦았다. 그때, 자신이 뺨을 촉촉하게 적신 채 덜덜 떨고 있는 것을 알았다.

식당으로 들어가자, 아까와 똑같이 다들 식사하며 대화중이었다.

도쿠다와 대화하던 사사이와 눈이 마주쳤다. 그는 뭔가 묻고 싶은 표정으로 오토하를 봤는데, 도쿠다가 말을 걸어서 그쪽으로 고개를 돌렸다.

오토하는 다시 미나미 옆에 앉았다.

"어떻게 된 거야?"

미나미가 맥주를 마시며 물었다.

"뭐가요?"

"어디 갔었어? 자리를 오래 비웠던데……."

"화장실에 다녀왔어요."

거짓말은 아니다.

"그래?"

다들 오토하가 방금 하고 온 일은 모르고, 수다와 식사를 이어갔다.

이곳은 과연 계속될 수 있을까. 오너는 자신과 한 약속을 지켜줄까.

오토하는 눈을 감았다. 모두의 목소리가 멀게 들리는 것 같은 기분은 취했기 때문이겠지.

여기가 언제까지 있을지는 모른다.

그래도 영원하지 않기에 이토록 아름다운 것이라고 오토하는 생각했다.

참고 도서

- 『시로밤바』 이노우에 야스시 지음, 나지윤 옮김, 학고재, 2015.

- 『무코다 구니코의 요리向田邦子の手料理』 무코다 구니코向田和子 지음, 고단사講談社.

- 『에이번리의 앤』 L.M.몽고메리 지음, 유보라 그림, 오수원 번역, 현대지성, 2023.

- 『빨간 머리 앤의 요리 노트赤毛のアンのお料理ノート』 문화출판국文化出版局編 편집, 혼마 미치요本間三千代・도시코トシ子 요리, 문화출판국文化出版局編.

- 『The Anne of Green Gables Cookbook』 Kate Macdonald (Author), L.M. Montgomery, Race Point Publishing.

- 『다나베 세이코의 맛 삼매경田辺聖子の味三昧』 다나베 세이코田辺聖子 감수, 고단사講談社.

- 『모리 요코의 요리 수첩森瑤子の料理手帖』 모리 요코森瑤子 지음, 고단사講談社.

도서관의 야식

1판 1쇄 발행 2024년 7월 1일
1판 2쇄 발행 2024년 10월 2일

지은이 하라다 히카
옮긴이 이소담

발행인 양원석 **편집장** 김건희 **책임편집** 이혜인
디자인 최승원, 김미선 **영업마케팅** 양정길, 윤송, 김지현, 한혜원, 정다은, 유민경

펴낸 곳 ㈜알에이치코리아
주소 서울시 금천구 가산디지털2로 53, 20층 (가산동, 한라시그마밸리)
편집문의 02-6443-8902   **도서문의** 02-6443-8800
홈페이지 http://rhk.co.kr
등록 2004년 1월 15일 제2-3726호

ISBN 978-89-255-7504-9 (03830)